徐志摩

散文

陳信元 編選

推薦序

最好的課外讀物、最佳的散文選集

翰林國高中國文教科書主編　**宋裕**

　　1919年以北京大學青年學生為主發起的五四運動，除了打破中國人不問政事的風氣，喚起了中國人的愛國熱情之外，更促成了白話文的興起，形成一股強大的新文化運動。

　　此後，胡適、朱自清、魯迅、徐志摩、謝冰瑩、巴金、郁達夫、許地山、劉半農等白話文學作家的作品影響近代中國文壇近100年而不墜，成為每一個學子必讀的文學經典作品。

　　曾任南華管理學院出版學研究所所長的陳信元教授，目前任職佛光大學文學系，多年來對於中國文學史、台灣文學、中國現代文學、大陸文學等方面的研究探討與文學史料的研究，可說是國內第一把交椅，無人能出其右。

　　為了增強各級學生的作文能力與文學鑑賞能力，陳教授特別編選了《徐志摩散文》、《朱自清散文》、《郁達夫散文》三本書。

　　這三本書涵括了徐志摩、朱自清、郁達夫最精采的散文作品、生平事略、著作一覽、珍貴圖片，文末並有編選者對於文章的寫作背景說明，有別於坊間隨意拼湊翻印而成卻號稱「全集」者。

徐志摩的散文實際上也是詩，它具有詩的意境美、韻律美和語言美。

朱自清打破了復古派認為白話文不能作美文的迷思，他的散文具有極高的藝術價值。

郁達夫的作品融合了寫實主義與浪漫主義，在文學的傳承上成為從寫實主義過渡到現代主義的一座重要橋樑。

徐志摩、朱自清、郁達夫三人，代表了中國近代白話文學，閱讀他們的作品，不單單可以得到文學的濡潤，對於近代中國白話文學的形成與演進，更能有所了解。

想要強化自己的語文能力、寫作能力，多讀、多思考、多寫是三大法門，而陳教授編選的《徐志摩散文》、《朱自清散文》、《郁達夫散文》三本書，提供最佳的閱讀與寫作範本，幫助我們認識與體會中國文字的音律之美。

很高興看到這三本書的出版，除了學生應該閱讀這三本書，我認為每個人都應該讀讀這三本書，好好的沉澱心情享受一下閱讀的樂趣。

編選報告

1.徐志摩的著作，港臺二地書商競相翻印，徐氏九泉有知，當感欣慰。但多年
　來，除了蔣復璁、梁實秋二位先生主編，傳記文學出版社印行的《徐志摩全
　集》，是將徐氏已輯印成書的著作，照像影印，保存其眞外，香港、中國出
　版過三套全集，坊間大部分係翻印或選編自徐氏著作，而冠以全集之名，或
　另立書名，不加說明，終不免「不大負責任」之譏。

2.近二、三十年，梁錫華先生奔走世界各地，搜求徐氏散佚詩文、書信，並先
　後刊佈流傳。編者有幸利用前輩研究成果，並廣讀徐氏背景資料及創作，乃
　試圖以創作時間先後，精選其散文作品，輯成一書，並在作品後，輔以相關
　資料，以明其創作背景與心態。

3.本書所選徐氏作品，分別選自下列各書：《徐志摩全集》第三輯所收的《落
　葉》（一九二六年，北新書局）、《巴黎的鱗爪》（一九二七年，新月書
　店）、《自剖文集》（一九二八年，新月書店）、《秋》（一九三一年，良
　友圖書公司）；同書第六輯的《新編文集》、梁錫華編著《徐志摩詩文補
　遺》（一九八〇年，時報文化出版公司）。徐氏生平資料，則參見《徐志摩
　年譜》（全集本）及梁實秋、梁錫華、趙聰、劉心皇諸位先生的論著，以及
　徐氏死後的一些紀念文，期對徐氏生平有較爲詳實的介紹。

4. 書後附錄梁實秋先生〈談志摩的散文〉一文，這是篇精闢的論述，原載《新月》月刊第四卷第一期「志摩紀念號」（一九三二年）。另附拙撰〈浪漫情懷總是詩——談徐志摩的愛情生活〉一文，以見徐氏浪漫多姿的一生。

5. 本書計收散文三十三篇，書前附有選錄作品創作發表年代，以供讀者參考。另附《徐志摩生平事略》、《徐志摩的著作》，均取材自全集本。

6. 本書編撰期間，得以從作品中，瞭解「一個單純的理想主義者——徐志摩」，讀他的散文，更宛如見到眞性情、眞生命的詩人風貌。志摩已離去近八十年了，編者仍願以這本小書，紀念這位「飛升的詩人」。

一代詩聖——徐志摩

目錄

徐志摩生平事略

一八九七年　一歲／一月十五日生於浙江省海寧縣硤石鎮。先生原名徐章垿，
　　　　　　父親徐申如在上海開設票莊銀號，母親錢氏。

一九○○年　五歲／入家塾從同里孫蔭軒讀書。

一九○一年　六歲／從海寧查詩溥讀書。

一九○七年　十二歲／入家鄉開智學堂，從同里張樹森先生讀書。成績爲全班
　　　　　　之冠，被視爲神童。

一九○九年　十四歲／冬，畢業於開智學堂。

一九一○年　十五歲／春，與表兄沈叔薇同入杭州府中學求學，任級長（當時
　　　　　　杭中規定第一名任級長）。同學中有郁達夫、毛子水、董任堅
　　　　　　等人。

一九一五年　二十歲／夏，畢業於杭州第一中學（即：杭州府中學，一九一二
　　　　　　年改此名），旋考入北京大學預科。
　　　　　　舊曆十月廿九日，與張幼儀女士在硤石結婚。婚後，先生改入
　　　　　　上海浸信會學院暨神學院（即滬江大學前身）。

一九一六年　二十一歲／秋，入天津北洋大學念法科的預科，成績斐然。

一九一七年　二十二歲／畢業於北洋大學預科，改入北京大學法科政治學門。

一九一八年　二十三歲／四月二十二日，長子積鍇生於硤石，乳名阿歡。
　　　　　　（按：後旅居美國）。
　　　　　　夏，拜在梁啓超門下。
　　　　　　八月十四日，搭輪赴美留學。進入麻省克拉克大學歷史系就
　　　　　　讀。

一九一九年　二十四歲／六月，畢業於克拉克大學，得一等榮譽獎。九月，入
　　　　　　紐約哥倫比亞大學研究院習政治。

一九二〇年　二十五歲／九月，拿到哥倫比亞大學文學碩士學位。二十四日，
　　　　　　離美，取道巴黎赴英國。先進入倫敦大學政治經濟學院，從賴
　　　　　　斯基教授學政治。在倫敦首先認識了陳源（筆名西瀅），又見
　　　　　　到政壇名人林長民及他的女兒林徽音。
　　　　　　是年冬，夫人張幼儀至倫敦。

一九二一年　二十六歲／經狄更生介紹，轉到劍橋大
　　　　　　學王家學院，做隨意選課聽講的特別生
　　　　　　（按：後來成為正式的研究生）。這時
　　　　　　期開始寫詩。
　　　　　　秋間，張幼儀赴德求學。

一九二二年　二十七歲／二月二十四日，次子德生
　　　　　　（彼得）生於柏林。三月，在柏林由吳

徐志摩寫給林徽音的「情書」，原
稿收藏在英國托特尼斯的達廷頓莊

經熊、金卻岳霖作證，與夫人張幼儀離婚。十月十五日，由倫敦回國。

一九二三年　二十八歲／春，進入北京松坡圖書館服務，擔任幹事一職，協助處理英文函件。

暑假，曾在天津南開大學暑期學校授課兩星期，講近代英文文學和未來詩派。

八月二十七日，祖母何太夫人逝世，享壽八十四。

一九二四年　二十九歲／任北大教授，與陸小曼在北京相識。

四月十二日，泰戈爾應北京講學社之邀訪華，由先生擔任翻譯。

是年，新月社在北京成立，先生主持其事。

一九二五年　三十歲／三月，與陸小曼戀愛的事，在北京鬧得滿城風雨，遂決定到歐洲旅行，避避鋒頭，並打算在歐洲會晤泰戈爾。三月十九日，次子德生患腹膜炎死於柏林，二十六日先生趕到柏林，已不及見最後一面。

七月，因陸小曼生病，兼程趕回國。

八月，開始寫日記，記載與小曼相戀的經過與心情，此即膾炙人口的《愛眉小札》。

十月一日，接編北京晨報副刊。

徐志摩、陸小曼在花園中遊玩

一九二六年　三十一歲／四月一日，晨報副刊「詩刊」創刊，由先生主編，至
　　　　　　六月十日第十一期停刊。
　　　　　　六月十七日，晨報副刊「劇刊」創刊，由先生主編，至九月
　　　　　　二十三日第十五期停刊。
　　　　　　八月十四日（陰曆七月七日，乞巧節），與陸小曼訂婚，並在
　　　　　　北海董事會宴客。
　　　　　　十月三日（陰曆八月二十七日，孔誕日），與陸小曼在北海結
　　　　　　婚，由梁啟超證婚，胡適做介紹人。

一九二七年　三十二歲／春，籌設新月書店於上海，由胡適任董事長，張禹
　　　　　　九任經理，梁實秋任總編輯。新月書店主要業務是發刊新月雜
　　　　　　誌，也出版叢書。
　　　　　　秋，擔任上海光華大學翻譯、英文小說派別等課教授，並兼東
　　　　　　吳大學法學院英文教授。

一九二八年　三十三歲／三月十日，新月月刊創刊，由先生主編。
　　　　　　秋，曾出國，經印度、英國，至年底返回上海。

一九二九年　三十四歲／任上海光華大學及南京中央大學英文系教授。並兼任
　　　　　　中華書局編輯。

一九三〇年　三十五歲／仍在光華大學、中央大學二校任教，並任中英文化基
　　　　　　金委員會委員。

一九三一年　三十六歲／一月二十日，新月詩刊創刊，由先生主編。

四月二十三日，母親錢太夫人病逝硤石，享年五十八歲，先生南歸奔喪。

十一月十九日，先生由南京搭機飛北平，因遇大霧，飛機在濟南黨家莊附近，撞山墜毀，遂遇難，享年三十六歲。

徐志摩的遺像

徐志摩的著作

《詩集》

（一）**志摩的詩**　這是先生第一部詩集，於一九二二年回國後兩年內寫的，
初版是由中華書局印刷所承印的，連史紙，中式線裝，仿宋體字，古色
古香，後由北京北新書局及現代評論社先後代售。一九二八年新月書店
重新用鉛字排印，內容較初版為少，計被先生刪去十餘首，如自然與人
生，希望的埋葬等。

（二）**翡冷翠的一夜**　這是先生的第二部詩集，送給陸
小曼女士，算是紀念他們結婚的一份禮物。江小
鶼做封面，一九二七年九月新月書店初版。

（三）**猛虎集**　這是志摩生前出版的最後一部詩集，
一九三一年八月新月書店初版，聞一多做封面。

（四）**雲遊**　一九三二年七月新月書店初版，當時志摩
已經去世，是由邵洵美請陳夢家編輯而成的，書
名是夢家所擬，陸小曼作序。

徐志摩《猛虎集》的封面

《文集》

（一）**落葉**　這本文集有一半是講演稿，一九二六年六月北新書局出版，封面
是聞一多設計的。

（二）**巴黎的鱗爪**　一九二七年八月新月書店初版，聞一多封面設計。

（三）**自剖文集**　一九二八年一月新月書店初版，江小鶼做封面。

（四）**秋**　這是志摩於一九二九年在國立暨南大學的一篇講演稿，遇難後的第
　　　二天（一九三一年十一月二十日）由趙家璧交良友圖書公司付排，列為
　　　該公司一角叢書第十三種，十一月二十七日初版。

《小說、戲劇及其他雜著》

（一）**輪盤**　這是短篇小說集，於一九二九年五月結集，沈從文作序，一九三
　　　〇年四月中華書局初版。

（二）**卞昆岡**　志摩與陸小曼合作的五幕劇，一九二八年
　　　四月十日至五月十日在新月月刊一卷二期至三期中
　　　發表，後由新月書店出版。

（三）**愛眉小札**　一九三五年，陸小曼為紀念志摩四十誕
　　　辰，把二人合寫的日記（志摩日記與小曼日記）及
　　　志摩在一九二五年寫給她的信編成這本愛眉小札，
　　　上海良友圖書公司出版。

徐志摩與陸小曼合作的戲劇
《卞昆岡》（1928年版本）

（四）**志摩日記**　一九四七年二月陸小曼為紀念志摩五十
　　　歲生日把這本日記交由晨光出版公司出版，列為晨光文學叢書第六種，
　　　一九四七年三月初版。這部日記裏的愛眉小札與良友版愛眉小札中之志
　　　摩日記完全相同，兩書中之小曼日記亦複雷同，增加的部分是徐志摩兩
　　　本未發表的日記（一為西湖記，寫於一九二三年；一為眉軒瑣語，寫於
　　　一九二六年八月　至一九二七年四月），以及朋友們寫給他的一本紀念
　　　冊——一本沒有顏色的書。

《翻譯》

（一）**渦堤孩**　這是一本翻譯的小說，原書名為Undine，著者為德國人福溝
（Friedrich Heinrich Karl, Baron de la Fougue），志摩所譯是根據高斯
（Edmund Cosse）的英譯本轉譯的，一九二三年五月商務印書館出版，
列為共學社文學叢書之一。

（二）**曼殊斐爾小說集**　這是志摩陸續翻譯曼殊斐爾（Katherine Mansfield）幾
篇短篇小說的結集，有序，一九二七年北新書局出版。

（三）**贛第德**　這是志摩在一九二五年主編北京晨報副刊時翻譯的，陸續在副
刊發表，一九二七年六月北新書局出版，列為歐美名家小說叢刊之一。

（四）**瑪麗瑪麗**　這部小說原名The Charwoman's Daughter，愛爾蘭人James
Stephens作，刊於·九·二年。　九二三年志摩在硤石東山過多時開始
翻譯此書，僅成不滿九章，曾托於晨報副刊發表，以後幾章是由沈姓仁
女士（陶孟和夫人）續成的，一九二七年八月由新月書店出版。

《徐志摩散文》選錄作品年表

印度洋上的秋思　　　　寫於一九二二、十、六

　　　　　　　　　　　刊晨報副刊同年十二、二十九

我過的端陽節　　　　　寫於一九二三、六、二十

　　　　　　　　　　　刊晨報副刊同年六、二十四

北戴河海濱的幻想　　　約寫於一九二三、八月間

　　　　　　　　　　　收入《自剖文集》

泰山日出　　　　　　　刊小說月報第十四卷第九號（一九二三、九、十）

我的祖母之死　　　　　寫於一九二三、十一、二十四

　　　　　　　　　　　收入《自剖文集》

一封信　　　　　　　　刊小說月報第十五卷第三號（一九二四、三、十）

泰戈爾　　　　　　　　一九二四、五、十二在眞光講演稿

　　　　　　　　　　　刊晨報副刊同年五、十九

落葉　　　　　　　　　寫於一九二四、九月間北平師範大學講演稿

　　　　　　　　　　　收入《落葉》文集

話　　　　　　　　　　燕京大學講演稿

　　　　　　　　　　　收入《落葉》文集

海灘上種花　　　　　　附屬中學講演稿

　　　　　　　　　　　收入《落葉》文集

悼沈叔薇　　　　　　　寫於一九二四、十一、一

　　　　　　　　　　　收入《自剖文集》

致新月社朋友	寫於一九二五、三、十四
	刊晨報副刊同年四、二
拜倫	寫於一九二五、四、二
	刊小說月報第十五卷第四號
	收入《巴黎的鱗爪》
我的彼得	寫於一九二五、六、三
	刊現代評論二卷三十六期
	收入《自剖文集》
翡冷翠山居閒話	寫於一九二五、七月
	收入《巴黎的鱗爪》
義大利的天時小引	刊晨報副刊一九二五、八、十九
羅曼羅蘭	寫於一九二五、十月
	收入《巴黎的鱗爪》
迎上前去	刊晨報副刊一九二五、十、五
	收入《自剖文集》
悼劉叔和	寫於一九二五、十、十五
	刊晨報副刊同年十、十九
	收入《自剖文集》
巴黎的鱗爪	寫於一九二五、十二、二十一
	收入《巴黎的鱗爪》
吸煙與文化	寫於一九二六、一、十四
	收入《巴黎的鱗爪》

我所知道的康橋　　　寫於一九二六、一、十五
　　　　　　　　　　收入《巴黎的鱗爪》

傷雙栝老人　　　　　寫於一九二六、二、二
　　　　　　　　　　收入《自剖文集》

一封情書　　　　　　寫於一九二六、二、四
　　　　　　　　　　刊晨報副刊同年二、十六

自剖　　　　　　　　寫於一九二六、三、二十五～四、一
　　　　　　　　　　收入《自剖文集》

再剖　　　　　　　　寫於一九二六、四、五
　　　　　　　　　　收入《自剖文集》

這是風刮的　　　　　寫於一九二六、四、八
　　　　　　　　　　刊晨報副刊同年四、十

求醫　　　　　　　　一九二六年作品
　　　　　　　　　　收入《自剖文集》

想飛　　　　　　　　一九二六年作品
　　　　　　　　　　收入《自剖文集》

南行雜紀（醜西湖）　寫於一九二六、八、七
　　　　　　　　　　刊晨報副刊同年八、九

天目山中筆記　　　　寫於一九二六年陰曆九月
　　　　　　　　　　收入《巴黎的鱗爪》

謁見哈代的一個下午　刊新月月刊第一卷第一期（一九二八、三、十）

秋　　　　　　　　　寫於一九二九年；暨南大學講演稿
　　　　　　　　　　收入紀念文集《秋》

印度洋上的秋思

　　昨夜中秋。黃昏時西天掛下一大簾的雲母屏，掩住了落日的光潮，將海天一體化成暗藍色，寂靜得如黑衣尼在聖座前默禱。過了一刻，即聽得船梢布篷上悉悉索索啜泣起來，低壓的雲夾著迷濛的雨色，將海線逼得像湖一般窄，沿邊的黑影，也辨認不出是山是雲，但涕淚的痕跡，卻滿佈在空中水上。

　　又是一番秋意！那雨聲在急驟之中，有零落蕭疏的況味，連著陰沉的氣氲，只是在我靈魂的耳畔私語道：「秋」！我原來無歡的心境，抵禦不住那樣溫婉的浸潤，也就開放了春夏間所積受的秋思，和此時外來的怨艾構合，產出一個弱的嬰兒──「愁」。

　　天色早已沉黑，雨也已休止。但方才啜泣的雲，還疏鬆地幕在天空，只露著些慘白的微光，預告明月已經裝束齊整，專等開幕。同時船煙正在莽莽蒼蒼地吞吐，築成一座蟒鱗的長橋，直聯及西大盡處，和船輪泛出的一流翠波白沫，上下對照，留戀西來的蹤跡。

　　北天雲幕豁處，一顆鮮翠的明星，喜孜孜地先來問探消息，像新嫁媳的侍婢，也穿扮得遍體光艷，但新娘依然姍姍未出。

　　我小的時候，每於中秋夜，呆坐在樓窗外等看「月華」。若然天上有雲霧繚繞，我就替「亮晶晶的月亮」擔憂。若然見了魚鱗似的雲彩，我的小心就欣欣怡悅，默禱著月兒快些開花，因爲我常聽人說只要有「瓦楞」雲，就有月華；但在月光放彩以前，我母親早已逼我去上床，所以月華只是我腦筋裏一個不曾實現的想像，直到如今。

　　現在天上砌滿了瓦楞雲彩，霎時間引起了我早年許多有趣的記憶──但我的純潔的童心，如今那裏去了！

　　月光有一種神秘的引力。她能使海波咆哮，她能使悲緒生潮。月下的喟息可以結聚成山，月下的情淚可以培時百畝的畹蘭，千莖的紫琳耿。我疑悲哀是人類先天的遺傳，否則，何以我們兒年不知悲感的時期，有時對著一瀉的清輝，也往往凄心滴淚呢？

　　但我今夜卻不曾流淚。不是無淚可滴，也不是文明教育將我最純潔的本能鋤淨，卻爲是感覺了神聖的悲哀，將我理解的好奇心激動，想學契古特白登來解剖這神秘的「眸冷骨寒」。冷的智永遠是熱的情的死仇。他們不能相容的。

　　但在這樣浪漫的月夜，要來練習冷酷的分析，似乎不近人情！所以我的心機一轉，重複將鋒快的智刃劇起，讓沉醉的情淚自然流轉，聽他產生什麼音樂；讓綣繾的詩魂漫自低回，看他尋出什麼夢境。

印度洋的月色

　　明月正在雲岩中間，周圍有一圈黃色的彩暈，一陣陣的輕靄，在她面前扯過。海上幾百道起伏的銀溝，一齊在微叱淒其的音節，此外不受清輝的波域，在暗中憤憤漲落，不知是怨是慕。

　　我一面將自己一部分的情感，看入自然界的現象，一面拿著紙筆，癡望著月彩，想從她明潔的輝光裏，看出今夜地面上秋思的痕跡，希冀他們在我心裏，凝成高潔情緒的菁華。因為她光明的捷足，今夜遍走天涯，人間的恩怨那一件不經過她的慧眼呢？

　　（一）印度的Ganges（埂奇）河邊有一座小村落，村外一個榕絨密繡的湖邊，坐著一對情醉的男女，他們中間草地上放著一尊古銅香爐，燒著上品的水息，那溫柔婉戀的煙篆，沉馥香濃的熱氣，便是他們愛感的象微——月光從

雲端裏輕俯下來，在那女子胸前的珠串上，水息的煙尾上，印下一個慈吻，微哂，重複登上她的雲艇，上前駛去。

一家別院的樓上，窗簾不曾放下，幾枝肥滿的桐葉正在玻璃上搖曳鬥趣，月光窺見了窗內一張小蚊床上紫紗帳裏，安眠著一個安琪兒似的小孩，她輕輕挨進身去，在他溫軟的眼睫上，嫩桃似的腮上，撫摩了一會。又將她銀色的纖指，理齊了他臍圓的額髮，靄然微哂著，又回她的雲海去了。

一個失望的詩人，坐在河邊一塊石頭上，滿面寫著幽鬱的神情，他愛人的倩影，在他胸中像河水似的流動，他又不能在失望的渣滓裏榨出些微的甘液，他張開兩手，仰著頭，讓大慈大悲的月光，那時正在過路，洗沐他淚腺濕腫的眼眶，他似乎感覺到清心的安慰，立即摸出一管筆，在白衣襟上寫道：

「月光，
　你是失望兒的乳娘！」

面海一座柴房的窗櫺裏，望得見屋裏的內容：一張小桌上放著半塊麵包和幾條冷肉，晚餐的剩餘。窗前几上開著一本家用的聖經，爐架上兩座點著的燭臺，不住地在流淚，旁邊坐著一個皺面駝腰的老婦人，兩眼半閉地落在伏在她膝上悲泣的一個少婦，她的長裙散在地板上像一隻大花蝶。老婦人掉頭向窗外望，只見遠遠海濤起伏，和慈祥的月光在擁抱密吻，她嘆了聲氣向著斜照在聖經上的月彩囑道：

「真絕望了！真絕望了！」

　　她獨自在她精雅的書室裏，把燈火一齊熄了，倚在窗口一架藤椅上，月光從東牆肩上斜瀉下去，籠住她的全身，在花甌上幻出一個窈窕的倩影，她兩根乖辮的髮梢，她微澹的媚唇，和庭前幾莖高峙的玉蘭花，都在靜謐的月色中微顫，她和她的呼吸，吐出一股幽香，不但鄰近的花草，連月兒聞了，也禁不住迷醉，她腮邊天然的妙渦，已有好幾日不圓滿：她瘦損了。但她在想什麼呢？月光，你能否將我的夢魂帶去，放在離她三五尺的玉蘭花枝上。

　　威爾斯西境一座礦床附近，有三個工人，口唧著笨重的煙斗，在月光中間坐。他們所能想到的話都已講完，但這異樣的月彩，在他們對面的松林，左首的溪水上，平添了不可言語比說的嫵媚，惟在他們工餘倦極的眼珠不闔，彼此不約而同今晚較往常多抽了兩斗的煙，但他們礦火燻黑，煤塊擦黑的面容，表示他們心靈的薄弱，在享樂煙斗以外，雖經秋月溪聲的戟刺，也不能有精美情緒之反感。等月影移西一些，他們默默地撲出了一斗灰，起身進屋，各自登床睡去。月光從屋背飄眼望進去，只見他們都已睡熟；他們即使有夢，也無非礦內礦外的景色！

　　月光渡過了愛爾蘭海峽，爬上海爾佛林的高峰，正對著靜默的紅潭。潭水凝定得像一大塊冰，鐵青色。四圍斜坦的小峰，全都滿鋪著蟹青和蛋白色的岩片碎石，一株矮樹都沒有。沿潭間有些叢草，那全體形勢，正像一大青碗，現在滿盛了清潔的月輝，靜極了，草裏不聞蟲吟，水裏不聞魚躍；只有石縫裏潛澗瀝淅之聲，斷續地作響，彷彿一座大教堂裏點著一星小火，益發對照出靜穆寧寂的境界，月兒在鐵色的潭面上，倦倚了半晌，重複汲起她的銀瀉，過山去了。

　　昨天船離了新加坡以後，方向從正東改為東北，所以前幾天的船梢正對落日，此後「晚霞的工廠」漸漸移到我們船向的左手來了。

　　昨夜吃過晚飯上甲板的時候，船右一海銀波，在犀利之中涵有幽秘的彩色，淒清的表情，引起了我的凝視。那放銀光的圓球正掛在你頭上，如其起靠著船頭仰望。她今夜並不十分鮮艷；她精圓的芳容上似乎輕籠著一層藕灰色的薄紗；輕漾著一種悲喟的音調；輕染著幾痕淚化的霧靄。她並不十分鮮艷，然而她素潔溫柔的光線中，猶之少女淺藍妙眼的斜瞟；猶之春陽融解在山巔白雲反映的嫩色，含有不可解的迷力，媚態，世間凡具有感覺性的人，只要承沐著她的清輝，就發生也是不可理解的反應，引起隱複的內心境界的緊張，——像琴絃一樣，——人生最微妙的情緒，戟震生命所蘊藏高潔名貴創現的衝動。有時在心理狀態之前，或於同時，撼動軀體的組織，使感覺血液中突起冰流，嗅神經難禁之酸辛，內臟洶湧之跳動，淚腺之驟熱與潤濕。那就是秋月興起的秋思——愁之水流。

月下愁思

　　昨晚的月色就是秋思的泉源，豈止，眞是悲哀幽騷悱怨沉鬱的象徵，是季候運轉的偉劇中最神秘亦最自然的一幕，詩藝界最淒涼亦最微妙的一個消息。

　　今夜月明人望，不知秋思在誰家。我們中國的國字形具有一種獨一的嫵媚，有幾個字的結構，我看來純是藝術家的匠心：這也是我們國粹之尤粹者之一。譬如「秋」字，已經是一個極美的字形；「愁」字更是文字史上有數的傑作：有石開湖暈，風掃松針的妙處，這一群點畫的配置，簡直經過柯羅的書篆，米開朗基羅的雕圭Chopin的神感；像──用一個科學的比喻──原子的結構，將旋轉宇宙的大力收縮成一個無形無蹤的電核；這十三筆造成的象徵，似乎是宇宙和人生悲慘的現象和經驗，吁唔和涕淚，所凝成最純粹精密的結晶，滿充了催迷的秘力。你若然有高蒂閒（Gautier）異超的知感性，定然可以夢到，愁字變形爲秋霞黯綠色的通明寶玉，若用銀槌輕擊之，當吐銀色的幽咽電蛇似騰入雲天。

　　我並不是爲尋秋意而看月，更不是爲覓新愁而訪秋月；蓄意沉浸於悲哀的生活，是丹德所不許的。我蓋見月而感秋色，因秋窗而拈新愁：人是一簇脆弱而富於反射性的神經！

　　我重複回到現實的景色，輕裹在雲錦之中的秋月，像一個遍體蒙紗的女郎，他那團圓清朗的外貌像新娘，但同時他幂絃的顏色，那是藕灰，他踟躕的行蹤，掩泣的痕跡，又使人疑是送喪的麗姝。所以我曾說：

　「秋月呀！
　　我不盼望你團圓。」

　　這是秋月的特色，不論他是懸在落日殘照邊的新鐮，與「黃昏曉」競艷的眉鈎，中宵斗沒西陲的金盎，星雲參差間的銀床，以至一輪腴滿的中秋，不論盈昃高下，總在原來澄爽明秋之中，遍灑著一種我只能稱之爲「悲哀的輕靄」，和「傳愁的以太」即使你原來無愁，見此也禁不得沾染那「灰色的音調」，漸漸興感起來！

秋月呀！
誰禁得起銀指尖兒
浪漫地搔爬呵！
不信但看那一海的輕濤，可不是禁不住他玉指的撫摩，在那裏低徊飲泣呢！
就是那無聊的燻煙，
秋月的美滿，
燻暖了飄心冷眼，
也清冷地穿上了輕縞的衣裳，
來參與這
美滿的婚姻和喪禮。

志摩

十月六日

刊晨副，民十一、十二、二十九

說明

　　〈印度洋上的秋思〉原刊於一九二二年十二月二十九日的《晨報副刊》，這年十月，徐志摩自歐洲返國，在船上寫成此作。他的日記集《西湖記》十月十五日「回國週年紀念」中，曾記載了快抵國門時的悲喜心情，茲附錄於下：

　　「今天是我回國的周年紀念。……去年的十月十五日，天將晚時，我在三島丸船上拿著遠鏡望碇泊處的接客者，漸次的望著了這個親，那個友，與我最愛的父親，五年別後，似乎蒼老了不少，那時我在狂跳的心頭，突然迸起一股不辨是悲是喜的寒流，腮邊便覺得兩行急流的熱淚。後來回三泰棧，我可憐的娘，生生的隔絕了五年，也只有兩行熱淚迎接她唯一的不孝的嬌兒。但久別初會的悲感，畢竟是短時的，久離重聚的歡懷，畢竟是實現了；那時老祖母的不滅的清健，給我不少的安慰，雖則母親也著實見老。」

我過的端陽節

　　我方才從南口回來。天是眞熱，朝南的屋子裏都到了九十度以上，兩小時的火車竟如在火窖中受刑，坐起一樣的難受。我們今天一早在野鳥開唱以前就起身，不到六時就騎騾出發，除了在永陵休息半小時以外，一直到下午一時餘，只是在高度的日光下趕路。我一到家，只覺得四肢的筋肉裏像用細麻繩紮緊似的難受，頭裏的血，像沸水似的急流，神經受了烈性的壓迫，彷彿無數燒紅的鐵條蛇盤似的絞緊在一起……

　　一進陰涼的屋子，只覺得一陣眩暈從頭頂直至踵底，不僅眼前望不清楚，連身子也有些支持不住。我就向著最近的籐椅上癱了下去，兩手按住急顫的前胸，緊閉著眼，縱容內心的渾沌，一片黯黃，一片荼青，一片墨綠，影片似的在倦絕的眼膜上扯過……

　　直到洗過了澡，神志方才回復清醒，身子也覺得異常的爽快，我就想了……

人啊，你不自己慚愧嗎？

野獸，自然的，強悍的，活潑的，美麗的；我只是羨慕你。

什麼是文明人：只是腐敗了的野獸！你若然拿住一個文明慣了的人類，剝了他的衣服裝飾，奪了他作偽的工具——語言文字，把他赤裸裸的放在荒野裏看看——多麼「寒村」的一個畜生呀！恐怕連長耳朵的小驢兒，都瞧他不起哪！

白天，狼虎放平在叢林裏睡覺，他躲在樹蔭底下發痧；

晚上清風在樹林中演奏輕微的妙樂，鳥雀兒在巢裏做好夢，他倒在一塊石上發燒咳嗽——著了涼了！

也不等狼虎去商量他有限的皮肉，也不必小雀兒去嘲笑他的懦弱；單是他平常歌頌的艷陽與涼風，甘霖與朝露，已夠他的受用，在幾小時之內可使他腦子裏消滅了金錢名譽經濟主義等等的虛景，在一半天之內，可使他心窩裏消滅了人生的情感悲樂種種的幻象，在三兩天之內——如其那時還不曾受淘汰——可使他整個的超出了文明人的醜態，那時就叫他放下兩隻手來替腳平分走路的負擔，他也不以為離奇，抵拼撕破皮肉爬上樹去採果子吃，也不會感覺到體面的觀念……

平常見了活潑可愛的野獸，就想起紅燒野味之美，現在你失去了文明的保障，但求彼此平等待遇兩不相犯，已是萬分的僥倖……

文明只是個荒謬的狀況；文明人只是個淒慘的現象………

　　我騎在騾上嚷累叫熱，跟著啞巴的騾夫，比手勢告訴我他整天的跑路，天還不算頂熱，他一路很快活的不時將一朵野花，折一莖麥穗，笑他古怪的笑，唱他啞巴的歌；我們到了客寓喝冰汽水喘息，他路過一條小澗時，撲下去喝一個貼面飽，同行的有一位說：「眞的，他們這樣的胡喝，就不會害病，眞賤！」

　　回頭上了頭等車，坐在皮椅上嚷累叫熱，又是一瓶兩瓶的冰水，還怪嫌車裏不安電扇；同時前面火車頭裏司機的加煤的，在一百四五十度的高溫裏笑他們的笑，談他們的談……

　　田裏割麥的農夫拱著棪黑色的裸背在做工，從清早起已經做了八九時的工，熱烈的陽光在他們的皮上像在打出火星來似的，但他們卻不曾嚷腰酸叫頭痛。

　　我們不敢否認人是萬物之靈；我們卻能斷定人是萬物之淫；

　　什麼是現代的文明；只是一個淫的現象；

　　淫的代價是活力之腐敗與人道之醜化；

　　前面是什麼；沒有別的，只是一張黑沉沉的大口，在我們運定的道上張開等著，時候到了把我們整個吞了下去完事！

六月二十日

刊晨副，民十二、六、二十四

下層社會眾生寫照

説明

　　〈我過的端陽節〉一文，是徐志摩回國後次年的作品。這一年（一九二三）他進入北京西單牌樓石虎胡同七號松坡圖書館服務，此館爲梁啓超所創辦，並自任館長。徐志摩擔任幹事，協助處理英文函件，與張君勱及蔣復璁皆住該館。暑假期間，徐志摩曾在天津南開大學暑期學校授課兩星期，講近代英文文學和未來詩派。本文約作於此一時期。

北戴河海濱的幻想

　　他們都到海邊去了。我為左眼發炎不曾去。我獨坐在前廊，倔坐在一張安適的大椅內，袒著胸懷，赤著腳，一頭的散髮，不時有風來撩拂。清晨的晴爽，不曾消醒我初起時睡態；但夢思卻半被曉風吹斷。我閉緊眼簾內視，只見一斑斑消殘的顏色，一似晚霞的餘赭，留戀地膠附在天邊。廊前的馬櫻，紫荊，藤蘿，青翠的葉與鮮紅的花，都將他們的妙影映印在水汀上，幻出幽媚的情態無數；我的臂上與胸前，亦滿綴了綠蔭的斜紋。從樹蔭的間隙平望，正見海灣：海波亦似被晨曦喚醒，黃藍相間的波光，在欣然的舞蹈。灘邊不時見白濤湧起，進射著雪樣的水花。浴線內點點的小舟與浴客，水禽似的浮著；幼童的歡叫，與水波拍岸聲，與潛濤嗚咽聲，相間的起伏，競報一灘的生趣與樂意。但我獨坐的廊前，卻只是靜靜的，靜靜的無甚聲響。嫵媚的馬櫻，只是幽幽的微顫著，蠅蟲也斂翅不飛，只有遠近樹裏的秋蟬在紡紗似的繰引他們不盡的長吟。

　　在這不盡的長吟中，我獨坐在冥想。難得是寂寞的環境，難得是靜定的意

北戴河海濱

境：寂寞中有不可言傳的和諧，靜默中有無限的創造。我的心靈，比如海濱，
生平初度的怒潮，已經漸次的消翳，只剩有疏鬆的海砂中偶爾的迴響，更有
殘缺的貝殼，反映星月的輝芒。此時摸索潮餘的斑痕，追想當時洶湧的情景，
是夢或是眞，再亦不須辨問，只此眉梢的輕皺，唇邊的微哂，已足解釋無窮奧
緒，深深的蘊伏在靈魂的微纖之中。

　　青年永遠趨向反叛，愛好冒險；永遠如初度航海者，幻想黃金機緣於浩森
的煙波之外；想割斷繫岸的纜繩，扯起風帆，欣欣的投入無垠的懷抱。他厭
惡的是平安，自喜的是放縱與豪邁。無顏色的生涯，是他目中的荊棘；絕海與
凶巇，是他愛取自由的途徑。他愛折玫瑰：爲她的色香，亦爲她冷酷的刺毒。
他愛搏狂瀾：爲他的莊嚴與偉大，亦爲他吞噬一切的天才，最是激發他探險與
好奇的動機。他崇拜衝動：不可測，不可節，不可預逆，起，動，消歇皆在無

形中，狂飆似的倏忽與猛烈與神秘。他崇拜鬥爭：從鬥爭中求劇烈的生命之意義，從鬥爭中求絕對的實在，在血染的戰陣中，呼叫勝利之狂歡或歌敗喪的哀曲。

幻象消滅是人生裏命定的悲劇；青年的幻滅，更是悲劇中的悲劇，夜一般的沉黑，死一般的兇惡。純粹的，猖狂的熱情之火，不同阿拉伯的神燈，只能放射一時的異彩，不能永久的朗照；轉瞬間，或許，便已斂熄了最後的焰舌，只留存有限的餘燼與殘灰，在未減的餘溫裏自傷與自慰。

流水之光，星之光，露珠之光，電之光，在青年的妙目中閃耀，我們不能不驚訝造化者藝術之神奇；然可怖的黑影，倦與衰與飽饜的黑影，同時亦緊緊的跟著時日進行，彷彿是煩惱，痛苦，失敗，或庸俗的尾曳，亦在轉瞬間，彗星似的掃滅了我們最自傲的神輝——流水涸，明星沒，露珠散滅，電閃不再！

在這艷麗的日輝中，只見愉悅與歡舞與生趣，希望，閃爍的希望，在蕩漾，在無窮的碧空中，在綠葉的光澤裏，在蟲鳥的歌吟中，在青草的搖曳中——夏之榮華，春之成功。春光與希望，是長駐的；自然與人生，是調諧的。

在遠處有福的山谷內，蓮馨花在坡前微笑，稚羊在亂石間跳躍，牧童們，有的吹著蘆笛，有的平臥在草地上，仰看變幻的浮游的白雲，放射下的青影在初黃的稻田中縹緲地移過。在遠處安樂的村中，有妙齡的村姑，在流澗邊照映她自製的春裙；口啣煙斗的農夫三四，在預度秋收的豐盈，老婦人們坐在家門外陽光中取暖，她們的周圍有不少的兒童，手擎著黃白的錢花在環舞與歡呼。

在遠——遠處的人間，有無限的平安與快樂，無限的春光……

在此暫時可以忘卻無數的落蕊與殘紅；亦可以忘卻花蔭中掉下的枯葉，私語地預告三秋的情意；亦可以忘卻苦惱的僵癥的人間，陽光與雨露的殷勤，不能再恢復他們腮頰上生命的微笑，亦可以忘卻紛爭的互殺的人間，陽光與雨露的仁慈，不能感化他們兇惡的獸性；亦可以忘卻庸俗的卑瑣的人間，行雲與朝露的丰姿，不能引逗他們剎那間的凝視；亦可以忘卻自覺的失望的人間，絢爛的春時與媚草，只能反激他們悲傷的意緒。

我亦可以暫時忘卻我自身的種種；忘卻我童年期清風白水似的天眞；忘卻我少年期種種虛榮的希翼；忘卻我漸次的生命的覺悟；忘卻我熱烈的理想的尋求；忘卻我心靈中樂觀與悲觀的鬥爭；忘卻我攀登文藝高峰的艱辛；忘卻剎那的啓示與澈悟之神奇；忘卻我生命潮流之驟轉；忘卻我陷落在危險的旋渦中之幸與不幸；忘卻我追憶不完全的夢境；忘卻我大海底裏埋著的秘密；忘卻曾經剜割我靈魂的利刃，炮烙我靈魂的烈焰，摧毀我靈魂的狂飆與暴雨；忘卻我的深刻的怨與艾；忘卻我的冀與願；忘卻我的恩澤與惠感，忘卻我的過去與現在……過去的實在，漸漸的膨漲，漸漸的模糊，漸漸的不可辨認：現在的實在，漸漸的收縮，逼成了意識的一線，細極狹極的一線，又裂成了無數不相連續的黑點……黑點亦漸次的隱翳？幻術似的滅了，滅了，一個可怕的黑暗的空虛……

（編案：一九二三年八月十一日起，徐志摩有北戴河之遊，這篇作品約寫於此時，後來收入《自剖文集》。）

泰　山　日　出

　　振鐸來信要我在小說月報的泰戈爾號上說幾句話。我也曾答應了，但這一時遊濟南遊泰山遊孔陵，太樂了，一時竟拉不攏心思來做整篇的文字，一直挨到現在期限快到，只得勉強坐下來，把我想得到的話不整齊的寫出。

　　我們在泰山頂上看出太陽，在航過海的人，看太陽從地平線下爬上來，本不是奇事；而且我個人是曾飽飲過江海與印度洋無比的日彩的。但在高山頂上看日出，尤其在泰山頂上，我們無饜的好奇心，當然盼望一種特異的境界，與平原或海上不同的。果然，我們初起時，天還暗沉沉的，西方是一片的鐵青，東方些微有些白意，宇宙只是──如用舊詞形容──一體莽莽蒼蒼的。但這是我一面感覺勁烈的曉寒，一面睡眠不曾十分醒豁時約略的印象，等到留心回覽時，我不由得大聲的狂叫──因為眼前只是一個見所未見的境界。原來昨夜整夜暴風的工程，卻砌成一座普遍的雲海，除了日觀峰與我們所在的玉皇頂以外，東西南北只是平鋪著彌漫的雲氣，在朝旭未露前，宛似無量數厚毳長絨的綿羊，交頸接背的眠著，卷耳與彎角都依稀辨認得出。那時候在這茫茫的雲海

中，我獨自站在霧靄溟濛的小島上，發生了奇異的幻想——

　　我軀體無限的長大，腳下的山巒比例我的身量，只是一塊拳石；這巨人披著散髮，長髮在風裏像一面墨色的大旗，颯颯的在飄蕩。這巨人豎立在大地的頂尖上，仰面向著東方，平拓著一雙長臂，在盼望，在迎接，在催促，在默默的叫喚；在崇拜，在祈禱，在流淚——在流久慕未見而將見悲喜交互的熱淚……

　　這淚不是空流的，這默禱不是不生顯應的。

　　巨人的手，指向著東方——

　　東方有的，在展露的，是什麼？

　　東方有的是瑰麗榮華的色彩，東方有的是偉大普照的光明——出現了，到了，在這裏了……

　　玫瑰汁，葡萄漿，紫荊液，瑪瑙精，霜楓葉——大量的染工，在層累的雲底工作；無數蜿蜒的魚龍，爬進了蒼白色的雲堆。

　　一方的異彩，揭去了滿天的睡意，喚醒了四隅的明霞——光明的神駒，在熱奮地馳騁……

　　雲海也活了；眠熟了獸形的濤瀾，又回復了偉大的呼嘯，昂頭搖尾的向著我們朝露染青饅形的小島沖洗，激起了四岸的水沫浪花，震盪著這生命的浮礁，似在報告光明與歡欣之臨在……

泰山雲海

再看東方──海句力士已經掃蕩了他的阻礙，雀屏似的金霞，從無垠的肩上產生，展開在大地的邊沿。起……起……用力，用力，純熔的圓顱，一探再探的躍出了地平，翻登了雲背，臨照在天空……

歌唱呀，讚美呀，這是東方之復活，這是光明的勝利……

散髮禱祝的巨人，他的身彩橫亙在無邊的雲海上，已經漸漸的消翳在普遍的歡欣裏；現在他雄渾的頌美的歌聲，也已在霞采變幻中，普徹了四方八隅……

聽呀，這普徹的歡聲；看呀，這普照的光明！

這是我此時回憶泰山日出時的幻想，亦是我想望泰戈爾來華的頌詞。

（原載：民國十二年九月十日《小說月報》第十四卷第九號）

說明

　　〈泰山日出〉原發表於《小說月報》第十四卷第九號（一九二三年九月十日刊行），這一期是歡迎印度詩哲泰戈爾（Rabindranath Tagore 1861～1941）訪華的專號。徐志摩此文甚為推崇泰戈爾，把他比為世界的巨人。

　　泰戈爾是一九二二年諾貝爾文學獎的得主。一九二四年四月應北京講學社的邀請到中國訪問。泰戈爾一行六人，包括印度文學藝術與歷史的專家，懷著「進香人」虔敬的心情，來對中國文化行敬禮，自然受到北方學術界隆重的歡迎。他訪華期間，徐志摩不但隨侍左右做他的旅伴和翻譯，也陪著他到日本觀光，以後一直送他到香港才殷殷道別。他對泰戈爾恭執弟子之禮，大獲泰戈爾歡心，除了送給他印度袍印度帽之外，更贈他一個印度名字——素思瑪（Susima）。

　　泰戈爾訪華期間，有幾件逸事可供談資。一是徐志摩陪他遊西湖，一時詩興大發，竟在一處海棠花下做詩通宵，一是泰戈爾在北京天壇演講時，由林徽音攙扶，徐志摩擔任翻譯，構成一幅「三友圖」——「林小姐人艷如花，和老詩人挾臂而行，加上長袍白面，郊寒島瘦的徐志摩，有如蒼松竹梅的一幅三友圖。徐氏在翻譯泰戈爾的英語演說，用了中國語彙中最美的修辭，以硤石官話出之，便是一首首的小詩，飛瀑流泉，琮琮可聽。」（吳詠《天壇史話》）一是為慶祝泰戈爾六十四歲誕辰的祝壽會中，徐志摩和新月社同仁粉墨登場演出泰戈爾的短劇「齊德拉」，他有一篇文章〈這是風刮的〉（刊《晨報》副刊，一九二六、四、十）記載當晚的演出。

我的祖母之死

（一）

「一個單純的孩子，

　過他快活的時光，

　興匆匆的，活潑潑的，

　何嘗識別生存與死亡？」

　　這四行詩是英國詩人華茨華斯（William Wordsworth）一首有名的小詩叫做〈我們是七人〉（We are Seven）的開端，也就是他的全詩的主意。這位愛自然，愛兒童的詩人，有一次碰著一個八歲的小女孩，髮鬈蓬鬆的可愛，他問她兄弟姊妹共有幾人，她說我們是七個，兩個在城裏，兩個在外國，還有一個姊妹一個哥哥，在她家裏附近教堂的墓園裏埋著。但她小孩的心理，卻不分清生與死的界限，她每晚攜著她的乾點心與小盤皿，到那墓園的草地裏，獨自的吃，獨自的唱，唱給她的在土堆裏眠著的兄姊聽，雖則他們靜悄悄的莫有迴

響，她爛漫的童心卻不曾感到生死間有不可思議的阻隔；所以任憑華翁多方的
譬解，她只是睜著一雙靈動的小眼，回答說：

「可是，先生，我們還是七人。」

（二）

其實華翁自己的童真，也不讓那小女孩的完全：他曾經說：「在孩童時
期，我不能相信我自己有一天也會得悄悄的躺在墳裏，我的骸骨會得變成塵
土。」又一次他對人說：「我做孩子時最想不通的，是死的這回事將來也會得
輪到我自己身上。」

孩子們天生是好奇的，他們要知道貓兒爲什麼要吃耗子，小弟弟從那裏變
出來的，或是究竟先有雞還是先有雞蛋；但人生最重大的變端──死的現象與
實在，他們也只能含糊的看過，我們不能期望一個個小孩子們都是搔頭窮思的
丹麥王子。他們臨到喪故，往往跟著大人啼哭；但他只要眼淚一乾，就會到
院子裏踢键子，趕蝴蝶，就使在屋子裏長眠不醒了的是他們的親爹或親娘，
大哥或小妹，我們也不能盼望悼死的悲哀可以完全翳蝕了他們稚羊小狗似的歡
欣。你如其對孩子說，你媽死了，你知道不知道──他十次裏有九次只是對著
你發呆；但他等到要媽叫媽，媽偏不應的時候，他的嫩頰上就會有熱淚流下。
但小孩天然的一種表情，往往可以給人們最深的感動。我生平最忘不了的一
次電影，就是描寫一個小孩愛戀已死母親的種種天真的情景。她在園裏看種
花，園丁告訴她這花在泥裏，澆下水去，就會長大起來。那天晚上天下大雨，

她睡在床上，被雨聲驚醒了，忽然想起園丁的話，她的小腦筋裏就發生了絕妙的主意。她偷偷的爬出了床，走下樓梯，到書房裏去拿下桌上供著的她死母的照片，一把揣在懷裏，也不顧傾倒著的大雨，一直走到園裏，在地上用園丁的小鋤掘鬆了泥土，把她懷裏的親媽，謹慎的取了出來，栽在泥裏，把鬆泥掩護著；她做完了工就蹲在那裏守候——一個三四歲的女孩，穿著白色的睡衣，在深夜的暴雨裏，蹲在露天的地上，專心篤慧的盼望已經死去的親娘，像花草一般，從泥土裏發長出來！

（三）

　　我初次遭逢親屬的大故，是二十年前我祖父的死，那時我還不滿六歲。那是我生平第一次可怕的經驗，但我追想當時的心理，我對於死的見解也不見得比華翁的那位小姑娘高明。我記得那天夜裏，家裏人吩咐祖父病重，他們今夜不睡了，但叫我和我的姊妹先上樓睡去，回頭要我們時他們會來叫的。我們就上樓去睡了，底下就是祖父的臥房，我那時也不十分明白，只知道今夜一定有很怕的事，有火燒，強盜搶，做怕夢，一樣的可怕。我也不十分睡著，只聽得樓下的急步聲，碗碟聲，喚婢僕聲，隱隱的哭泣聲，不息的響著。過了半夜，他們上來把我從睡夢裏抱了下去，我醒過來只聽得一片的哭聲，他們已經把長條香點起來，一屋子的煙，一屋子的人，圍攏在床前，哭的哭，喊的喊，我也捱了過去，在人叢裏偷看大床裏的好祖父。忽然聽說醒了醒了，哭喊聲也歇了，我看見父親爬在床裏，把病父抱持在懷裏，祖父倚在他的身上，雙眼緊閉著，口裏銜著一塊黑色的藥物他說話了，很清的聲音，雖則我不曾聽明他說的

什麼話，後來知道他經過了一陣昏暈，他又醒了過來對家人說：「你們吃嚇了，這算是小死。」他接著又說了好幾句話，隨講音隨低，呼氣隨微，去了，再不醒了，但我卻不曾親見最後的彌留，也許是我記不起，總之我那時早已跪在地板上，手裏擎著香，跟著大衆高聲的哭喊了。

（四）

此後我在親戚家收殮雖則看得不少，但死的實在的狀況卻不曾見過。我們念書人的幻想力是比較的豐富，但往往因爲有了幻想力，就不管生命現象的實在，結果是書呆了，陸放翁說的「百無　用是書生」。人生的範圍是無窮的：我們少年時精力充足什麼都不怕嘗試，只愁沒有出奇的事情做，往往抱怨這宇宙太窄，青天太低，大鵬似的翅膀飛不痛快，但是……但是平心的說，且不論奇的，怪的，特別的，離奇的，我們姑且試問人生裏最基本的事實，最單純的，最普遍的，最平庸的，最近人情的經驗，我們究竟能有多少的把握，我們能有多少深徹的瞭解，我們是否都親身經歷過？譬如說：生產，戀愛，痛苦，悲，死，妒，恨，快樂，真疲倦，真饑餓，渴，毒熖似的渴，真的幸福，凍的刑罰，懺悔，種種的情熱。我可以說，我們平常人生觀，人類，人道，人情，真理，哲理，本能等等名詞不離口吻的念書人們，什麼文學家，什麼哲學家——關於真正人生基本的事實的實在，知道的——恐怕是極微至眇，即使不等於圓圈。我有一個朋友，他和他夫人的感情極厚，一次他夫人臨到難產，因爲在外國，所以進醫院什麼都得他自己照料，最後醫生宣言只有用手術一法，但性命不能擔保，他沒有法子，只好和他半死的夫人訣別。（解剖時親屬不准

在旁的）滿心毒魔似的難受，他出了醫院，走在道上，走上橋去，像得了離魂病似的，心脈春臼似的跳著，最後他聽著了教堂和緩的鐘聲，他就不自主的跟著鐘聲，進了教堂，跟著在做禮拜的跪著，禱告，懺悔，祈求，唱詩，流淚，（他並不是信教的人），他這樣的捱過時刻，後來回轉醫院時，一步步都是慘酷的磨難，比上行刑場的犯人，加倍的難受，他怕見醫生與看護婦，彷彿他的命運是在他們的手掌裏握著。事後他對人說：「我這才知道了人生一點子的意味！」

（五）

所以不曾經歷過精神或心靈的大變的人們，只是在生命的戶外徘徊，也許偶爾猜想到幾分牆內的動靜，但總是浮的淺的，不切實的，甚至完全是隔膜的。人生也許是個空虛的幻夢，但在這幻象中，生與死，戀愛與痛苦，畢竟是陡起的奇峰，應得激動我們彷徨者的注意，在此中也許有可以感悟到一些幻裏的真，虛中的實，這浮動的水泡不曾破裂以前，也應得飽吸自由的日光，反射幾絲顏色！

我是一隻不羈的野駒，我往往縱容想像的猖狂，詭辨人生的現實；比如憑藉凹折的玻璃，覺察當前景色。但時而復再，我也能從煩囂的雜響中聽出清新的樂調，在眩耀的雜彩裏，看出有條理的意匠。這次祖母的大故，老家庭的生活，給我不少靜定的時刻，不少深刻的反省。我不敢說我因此感悟了部分的真理，或是取得了若干的智慧；我只能說我因此與實際生活更深了一層的接觸，

益發激動我對於人生種種好奇的探討，益發使我驚訝這迷謎的玄妙，不但死是神奇的現象，不但生命與呼吸是神奇的現象，就連日常的生活與習慣與迷信，也好像放射著異樣的光閃，不容我們擅用一兩個形容詞來概狀，更不容我們倡言什麼主義來抹煞——一個革新者的熱心，碰著了實在的寒冰！

（六）

我在我的日記裏翻出一封不曾寫完不曾付寄的信，是我祖母死後第二天的早上寫的。我那時在極強烈的極鮮明的時刻內，很想把那幾日經過感想與疑問，痛快的寫給一個同情的好友，使他在數千里外也能分嘗我強烈的鮮明的感情。那位同情的好友我選中了通伯，但那封信卻只起了一個呆重的頭，一為喪中忙，二為我那時眼熱不耐用心，始終不曾寫就，一直挨到現在再想補寫，恐怕強烈已經變弱，鮮明已經透闇，逃亡的囚逋，不易追獲的了。我現在把那封殘信錄在這裏，再來追摹當時的情景。

「通伯：

我的祖母死了！從昨夜十時半起，直到現在，滿屋子只是號咷呼搶的悲音，與和尚道士女僧的禮懺鼓磬聲。二十年前祖父喪時的情景，如今又在眼前了。忘不了的情景——你願否聽我講些？

我一路回家，怕的是也許已經見不到老人，但老人卻在生死的交關彷彿存心的彌留著，等待她最鍾愛的孫兒——即不能與他開言訣別，也使他尚能把握他依然溫暖的手掌；撫摩她依然跳動著的胸懷，凝視她依然能自開自闔雖則

不再能表情的目睛。她的病是腦充血的一種，中醫稱爲「卒中」（最難救的中風）。她十日前在暗房裏躓仆倒地，從此不再開口出言，登仙似的結束了她八十四年的長壽，六十年良妻與賢母的辛勤，她現在已經永遠的脫辭了煩惱的人間，還歸她清淨自在的來處。我們承受她一生的厚愛與蔭澤的兒孫，此時親見，將來追念，她最後的神化，不能自禁中懷的摧痛，熱淚暴雨似的盆湧，然痛心中卻亦隱有無窮的讚美，熱淚中依稀想見她功成德備的微笑，無形中似有不朽的靈光，永遠的臨照她綿衍的後裔……」

（七）

舊曆的乞巧那一天，我們一大群快活的遊蹤，驢子灰的黃的白的，轎子四個腳夫抬的，正在山海關外，紆迴的，曲折的繞登角山的棲賢寺，面對著殘圮的長城，巨蟲似的爬山越嶺，隱入煙靄的迷茫。那晚回北戴河海濱住處，已經半夜，我們還打算天亮四點鐘上蓮峰山去看日出，我已經快上床，忽然想起了，出去問有信沒有，聽差遞給我一封電報，家裏來的四等電報。我就知道不妙，果然是「祖母病危速回」！我當晚就收拾行裝，趕早上六時車到天津，晚上才上津浦快車。正嫌路遠車慢，半路又爲水發沖壞了軌道過不去，一停就停了十二點鐘有餘，在車裏多過了一夜，直到第三天的中午方才過江上滬甯車。這趟車如其準點到上海，剛好可以接上滬杭的夜車，誰知道又誤了點，誤了不多不少的一分鐘，一面我們的車進站，他們的車頭鳴的一聲叫，別斷別斷的去了！我若然是空身子，還可以冒險跳車，偏偏我的一雙手又被行李固定了，所以只得定著眼睛送它走。

所以直到八月二十二日的中午
我方才到家。我給通伯的信說「怕
是已經見不著老人」，在路上那幾
天眞是難受，縮不短的距離沒有法
子，但是那急人的水發，急人的火
車，幾面湊攏來，叫我整整的遲一
晝夜到家！試想病危了的八十四歲

徐志摩誕生地—硤石保寧坊老屋

的老人，這二十四點鐘不是容易過的，說不定她剛巧在這個期間內有什麼動
靜，那才叫人抱憾哩！但是結果還算沒有多大的差池──她老人家還在生死的
交關等著！

<h2 style="text-align:center">（八）</h2>

奶奶──奶奶──奶奶！奶──奶！你的孫兒回來了，奶奶──沒有回
音。老太太閉著眼，仰面躺在床裏，右手拿著一把半舊的鷗翎扇很自在的扇
動著。老太太原來就怕熱，每年暑天總是扇子不離手的，那幾天又是特別的
熱。這還不是好好的老太太，呼吸頂勻淨的，定是睡著了，誰說危險！奶奶，
奶奶！她把扇子放下了，伸手去摸著頭頂上掛著的冰袋，一把抓得緊緊的，呼
了一口長氣，像是暑天趕道兒的喝了一盌涼湯似的，這不是她明明的有感覺不
是？我把她的手拿在我的手裏，她似乎感覺我手心的熱，可是她也讓我握著，
她開眼了！右眼張得比左眼開些，瞳子卻是發呆，我拿手指在她的眼前一挑，
她也沒有瞬，那準是她瞧不見了──奶奶，奶奶，──她也眞沒有聽見，難道

她真是病了，真是危險，這樣愛我疼我寵我的好祖母，難道真會得……我心裏一陣的難受，鼻子裏一陣的酸，滾熱的眼淚就迸了出來。這時候床前已經擠滿了人，我的這位，我的那位，我一眼看過去，只見一片慘白憂愁的面色，一雙雙裝滿了淚珠的眼眶。我的媽更看的憔悴。她們已經伺候了六天六夜，媽對我講祖母這回不幸的情形，怎樣的她夜飯前還在大廳上吩咐事情，怎樣的飯後進房去自己擦臉，不知怎樣的閃了下去，外面人聽著響聲才進去，已經是不能開口了，怎樣的請醫生，一直到現在還沒有轉機……

一個人到了天倫骨肉的中間，整套的思想情緒，就變換了式樣與顏色。你的不自然的口音與語法沒有用了；你的耀眼的袍服可以不必穿了；你的潔白的天使的翅膀，預備飛翔出人間到天堂的，不便在你的慈母跟前自由的開豁；你的理想的樓臺亭閣，也不易輕易的放進這二百年的老屋；你的佩劍，要塞，以及種種的防禦，在爭競的外界即使是必要的，到此只是可笑的累贅。在這裏，不比在其餘的地方，他們所要求於你的，只是隨熟的聲音與笑貌，只是好的，純粹的本性，只是一個沒有斑點子的赤裸裸的好心。在這些純愛的骨肉的經緯中心，不由得你不從你的天性裏抽出最柔糯亦最有力的幾縷絲線來加密或是縫補這幅天倫的結構。

所以我那時坐在祖母的床邊，含著兩朵熱淚，聽母親敘述她的病況，我腦中發生了異常的感想，我像是至少逃回了二十年的光陰，正如我膝前子侄輩一般的高矮，回復了一片純樸的童真，早上走來祖母的床前，揭開帳子叫一聲軟和的奶奶，她也回叫了我一聲，伸手到裏床去摸給我一個蜜棗或是三片狀元糕，我又叫了一聲奶奶，出去玩了，那是如何可愛的辰光，如何可愛的天真，

但如今沒有了，再也不回來了。現在床裏躺著的，還不是我的親愛的祖母，十個月前我伴著到普渡登山拜佛清健的祖母，但現在何以不再答應我的呼喚，何以不再能表情，不再能說話，她的靈性那裏去了，她的靈性那裏去了？

（九）

一天，一天，又是一天，——在垂危的病榻前過的時刻，不比平常飛駛無礙的光陰，時鐘上同樣的一聲的嗒，直接的打在你的焦急的心裏，給你一種模糊的隱痛——祖母還是照樣的眠著，右手的脈自從起病以來已是極微僅有的，但不能動彈的卻反是有脈的左側，右手還是不時在揮扇，但她的呼吸還是一例的平勻，面容雖不免瘦削，光澤依然不減，並沒有顯著的衰象，所以我們在旁邊看她的，差不多每分鐘都盼望她從這常長期的睡眠中醒來，打一個哈欠，就開眼見人，開口說話——果然她醒了過來，我們也不會覺得離奇，像是原來應當似的。但這究竟是我們親人絕望中的盼望，實際上所有的醫生，中醫，西醫，針醫，都已一致的回絕，說這是「不治之症」，中醫說這脈象是憑證，西醫說腦殼裏血管破裂，雖則植物性機能——呼吸，消化——不曾停止，但言語中樞已經斷絕——此外更專門更玄學更科學的理論我也記不得了。所以暫時不變的原因，就在老太太本來的體元太好了，拳術家說的「一時不能散工」，並不是病有轉機的兆頭。

我們自己人也何嘗不明白這是個絕症；但我們卻總不忍自認是絕望：這「不忍」便是人情。我有時在病前，在淒悒的靜默中，發生了重大的疑問。科

學家說人的意識與靈感，只是神經系最高的作用，這複雜，微妙的機械，只要部分有了損傷或是停頓，全體的動作便發生相當的影響；如其最重要的部分受了擾亂，他不是變成反常的瘋癲，便是完全的失去意識。照這一說，體即是用，離了體即沒有用；靈魂是宗教家的大謊，人的身體一死什麼都完了。這是最乾脆不過的說法，我們活著時有這樣有那樣已經盡夠麻煩，盡夠受，誰還有興致，誰還願意到墳墓的那一邊再去發生關係，地獄也許是黑暗的，天堂是光明的，但光明與黑暗的區別無非是人類專擅的假定，我們只要擺脫這皮囊，還歸我清靜，我就不願頭戴一個黃色的空圈子，合著手掌跪在雲端裏受罪！

再回到事實上來，我的祖母──一位神智最清明的老太太──究竟在那裏？我既然不能斷定因為神經部分的震裂她的靈感性便永遠的消滅，但同時她又分明的失卻了表情的能力，我只能設想她人格的自覺性，也許比平時消澹了不少，卻依舊是在著，像在夢魘裏將醒未醒時似的，明知她的兒女孫曾不住的叫喚她醒來，明知她即使要永別也總還有多少的囑咐，但是可憐她的眼球再不能反映外界的印象，她的聲帶與口舌再不能表達她內心的情意，隔著這脆弱的肉體的關係，她的性靈再不能與他最親的骨肉自由的交通──也許她也在整天整夜的伴著我們焦急，伴著我們傷心，伴著我們出淚，這才是可憐，這才眞叫人悲感哩！

（十）

到了八月二十七那天，離她起病的第十一天，醫生吩咐脈象大大的變了，

叫我們當心，這十一天內每天她只咽入很困難的幾滴稀薄的米湯，現在她的面上的光澤也不如早幾天了，她的目眶更陷落了，她的口部的筋肉也更寬弛了，她右手的動作也減少了，即使拿起了扇子也不再能很自然的扇動了——她的大限的確已經到了。但是到晚飯後，反是沒有什麼顯象。同時一家人著了忙，準備壽衣的，準備冥銀的，準備香燈等等的。我從裏走出外，又從外走進裏，只見匆忙的腳步與嚴肅的面容。這時病人的大動脈已經微細的不可辨，雖則呼吸還不至怎樣的急促。這時一門的骨肉已經齊集在病房裏，等候那不可避免的時刻。到了十時光景，我和我的父親正坐在房的那一頭一張床上，忽然聽得一個哭叫的聲音說——「大家快來看呀，老太太的眼睛張大了——」這尖銳的喊聲，彷彿是一大桶的冰水澆在我的身上，我所有的毛管一齊豎了起來，我們踉蹌的奔到了床前，擠進了人叢。果然，老太太的眼睛張大了，張得很大了！這是我一生從不曾見過，也是我一輩子忘不了的眼見的神奇。（恕罪我的描寫！）不但是兩眼，面容也是絕對的神變了（Transfigured）：她原來皺縮的面上廣發出一種鮮潤的彩澤，彷彿半瘀的血脈，又一度滿充了生命的精液，她的口，她的兩頰，也都回復了異樣的豐潤；同時她的呼吸漸漸的上升，急進的短促，現在已經幾乎脫離了氣管，只在鼻孔裏脆響的呼出了。但是最神奇不過的是一隻眼睛！她的瞳孔早已失去了收斂性，呆頓的放大了。但是最後那幾秒鐘！不但眼眶是充分的張開了，不但黑白分明，瞳孔銳利的緊斂了，並且放射著一種不可形容，不可信的輝光，我只能稱他爲「生命最集中的靈光」！這時候床前只是一片的哭聲，子媳喚著娘，孫子喚著祖母，婢僕爭喊著老太太，幾個稚齡的曾孫，也跟著狂叫太太……但老太太最後的開眼，彷彿是與她親愛的骨肉，做無言的訣別，我們都在號泣的送終，她也安慰了，她放心的去了。在

幾秒時內，死的黑影已經移上了老人的面部，遏滅了生命的異彩，她最後的呼氣，正似水泡破裂，電光遄滅，菩提的一響，生命呼出了竅，什麼都止息了。

我滿心充塞了死象的神奇，同時又須顧管我有病的母親，她那時出性的號啕，在地板上滾著，我自己反而哭不出來；我自己也覺得奇怪，跟看著一家長幼的涕淚滂沱，耳聽著狂沸似的呼搶號叫，我不但不發生同情的反應，卻反而達到了一個超感情的，靜定的，幽妙的意境，我想像的看見祖母脫離了軀殼與人間，穿著雪白的長袍，冉冉的上升天去，我只想默默的跪在塵埃，讚美她一生的功德，讚美她一生的圓寂。這是我的設想！我們內地人卻沒有這樣純粹的宗教思想；他們的假定是不論死的是高年厚德的老人或是無知無愆的幼孩，或是罪大惡極的凶人，臨到彌留的時刻總是一例的有無常鬼，摸壁鬼，牛頭馬面，赤髮獠牙的陰差等等到門，拿著鐐鏈枷鎖，來捉拿陰魂到案。所以燒紙帛是平他們的暴戾，最後的呼搶是沒奈何的訣別。這也許是大部分臨死時實在的情景，但我們卻不能概定所有的靈魂都不免遭受這樣的凌辱。譬如我們的祖老太太的死，我只能想像她是登天，只能想像她慈祥的神化——像那樣鼎沸的號啕，固然是至性不能自禁，但我總以爲不如匐伏隱泣或禱默，較爲近情，較爲合理。

理智發達了，感情便失了自然的濃摰；厭世主義的看來，眼淚與笑聲一樣是空虛的，無一意義的。但厭世主義姑且不論，我卻不相信理智的發達，會得妨礙天然的情感；如其教育眞有效力，我以爲效力就在剝削了不合理性的「感情作用」，但絕不會有損眞純的感情；她眼淚也許比一般人流得少些，但他等到流淚的時候，他的淚才是應流的淚。我也是智識愈開流淚愈少的一個人，但

這一次卻也真的哭了好幾次。一次是伴我的姑母哭的，她為產後不曾復元，所以祖母的病一直瞞著她，一直到了祖母故後的早上方才通知她。她扶病來了，她還不曾下轎，我已經聽出她在啜泣，我一時感覺一陣的悲傷，等到她出轎放聲時，我也在房中歔欷不住。又一次是伴祖母當年的贈嫁婢哭的。她比祖母小十一歲，今年七十三歲，亦已是個白髮的婆子，她也來哭她的「小姐」，她是見著我祖母的花燭的唯一個人，她的一哭我也哭了。

再有是伴我的父親哭的。我總是覺得一個身體偉大的人，他動情感的時候，動人的力量也比平常人偉大些。我見了我父親哭泣，我就忍不住要伴著洶淚。但是感動我最強烈的幾次，是他一人倒在床裏，反覆的啜泣著，叫著媽，像一個小孩似的，我就感到最熱烈的傷感，在他偉大的心胸裏浪濤似的起伏，我就感到母子的感情的確是一切感情的起源與總結，等到一失慈愛的蔭蔽，彷彿一生的事業頓時沒有了根柢，所有的快樂都不能填平這唯一的缺陷；所以他這一哭，我也真哭了。

但是我的祖母果真是死了嗎？她的軀體是的。但她是不死的。詩人勃蘭恩德說（Bryant）So live, that when thy summons comes to join the innumerable caravan, which moves to that mysterious realm where each one takes His chamber in the silent halls of death, then go not like the quarry Slave at night scourged to his dungeon, but sustained and soothed.

By an unfaltering truth, approach thy grave like one that wraps the Drapery of his couch, about him, and lies down to pleasant dreams.

　　如果我們的生前是盡責任的，是無愧的，我們就會安坦的走近我們的墳墓，我們的靈魂裏不會有慚愧或悔恨的瘢痕。人生自生至死，如勃蘭恩德的比喻，眞是大隊的旅客在不盡的沙漠中進行，只要良心有個安傾，到夜裏你臥倒在帳幕裏也就不怕噩夢來纏繞。

　　我的祖母，在那舊式的環境裏，到我們家來五十九年，眞像是做了長期的苦工，她何嘗有一日的安閒，不必說子女的嫁娶，就是一家的柴米油鹽，掃地抹桌，那一件事不在八十歲老人早晚的心上！我的伯父快近六十歲了，但他的起居飲食，還差不多完全是祖母經管的，初出世的曾孫如其有些身熱咳嗽，老太太晚上就睡不安穩；她愛我寵我的深情，更不是文字所能描寫；她那深厚的慈蔭，眞是無所不包，無所不蔽。但她的身心即使勞碌了一生，她的報酬卻在靈魂無上的平安；她的安慰就在她的兒女孫曾，只要我們能夠步她的前例，各盡天定的責任，她在冥冥中也就永遠的微笑了。

一九二三年十一月二十四日

說明

　　〈我的祖母之死〉選自《自剖文集》。徐志摩的祖母何太夫人生前最愛他，所以她的死，志摩特別感到悲傷。

　　一九二三年農曆七夕（國曆八月十八日），徐志摩與友人，正在山海關外繞登角山的棲賢寺，半夜回北戴河住處，接祖母病危電報，當晚就收拾行李，趕第二天早車南下，二十二日中午到家。他的祖母則在二十七日逝世，享年八十四歲。這篇紀念文章感人至深，值得再三誦讀。

相見時難別亦難，東風無力百花殘。
春蠶到死絲方盡，蠟炬成灰淚始乾。
曉鏡但愁雲鬢改，夜吟應覺月光寒。
蓬山此去無多路，青鳥殷勤為探看。

郤柳

徐志摩親筆題「春蠶到死絲方盡」

一封信
（給抱怨生活乾燥的朋友）

得到你的信，像是掘到了地下的珍藏，一樣的希罕一樣的寶貴。

看你的信，像是看古代的殘碑，表面是模糊的，意致卻是深微的。

又像是在尼羅河旁邊幕夜，在明亮正照著金字塔的時候，夢見一個穿黃金袍服的帝王，對著我作謎語，我知道他的意思，他說：「我無非是一個體面的木乃伊。」

又像是我在這重山腳下半夜夢醒時，聽見松林裏夜鷹的Soprano，可憐的遭人厭毀的鳥，他雖則沒有子規那樣天賦的妙舌，但我卻懂他的怨憤，他的理想，他的急調，是他的嘲諷與咒詛：我知道他怎樣的鄙蔑一切，鄙蔑光明，鄙蔑煩囂的燕雀，也鄙棄自喜的畫眉。

又像是我在普陀山發現的一個奇景；外面看是一大塊岩石，但裏面卻早被海水蝕空，只剩羅漢頭似的一個腦殼，每次海濤向這島身摟抱時，發出極奧妙

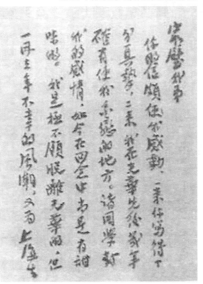

1930年徐志摩寫給趙家璧的信

的音響，像是情話，像是咒詛，像是祈禱，在雕空的石筍，鐘乳間嗚咽，像大和琴的諧音在皋雪格的古寺的花椽，石楹間迴蕩──但除非你有耐心與勇氣，攀下幾重的石磴，俯身下去凝神的察看與傾聽，你也許永遠不會想像，不必說發現這樣的秘密。

又像是⋯⋯但是我知道，朋友，你已經聽夠了我的比喻，也許你願意聽我自然的嗓音與不做作的語調，不願意收受用幻想的亮箔包裹著的話，雖則，我不能不補一句，你自己就是最喜歡從一個彎曲的白銀喇叭裏，吹弄你的古怪的調子。

你說「風大上大，生活乾燥。」這話彷彿是一陣奇怪的涼風，使我感覺一

個恐懼的戰慄；像一團飄零的秋葉，使我的靈魂裏掉下一滴悲憫的清淚。

我的記憶裏，我似乎自信，並不是沒有葡萄酒的顏色與香味，並不是沒有嫵媚的微笑的痕跡，我想我總可以抵抗你那句灰色的語調的影響──。

是的，昨天下午我在田裏散步的時候，我不是分明看見兩塊兇惡的黑雲消滅在太陽猛烈的光焰裏，五隻小山羊，兔子一樣的白淨，聽著她們媽的吩咐在路旁尋草吃，三個捉草的小孩在一個稻屯前拋擲鐮刀；自然的活潑給我不少的鼓舞，我對著白雲裏矗著的寶塔喊說我知道生命是有意趣的。

今天太陽不曾出來，一捆捆的雲在空中緊緊的挨著，你的那句話碰巧又添上了幾重雲蒙，我又疑惑我昨天的宣言了。

我也覺得奇怪，朋友，何以你那句話在我的心裏，竟像白堊塗在玻璃上，這半透明的沉悶是一種很巧妙的刑罰，我差不多要喊痛了。

我向我的窗外望，陰沉沉的一片，也沒有月亮，也沒有星光，日光更不必想，他早已離別了，那邊黑蔚蔚的是林子，樹上，我知道，是夜鴉的寓處，樹下纍纍的在初夜的微芒中排列著，我也知道，是墳墓，僵的白骨埋在硬的泥裏，磷火也不見一星，這樣的靜，這樣的慘，黑夜的勝利是完全的了。

我閉著眼向我的靈府裏問訊，呀，我覓尋不到一個與乾燥脫離的生活的意像，乾燥像一個影子，永遠跟著生活的腳後，又像是蔥頭的蔥管，永遠附著在生活的頭頂，這是一件奇事。

朋友，我抱歉，我不能答覆你的話，雖則我很想，我不是爽愷的西風，吹

不散天上的雲羅，我手裏只有一把粗拙的泥鍬，如其有美麗的理想或是希望要埋葬，我的工作倒是現成的——我也有過我的經驗。

　　朋友，我並且恐怕，說到最後，我只得收受你的影響，因爲你那句話已經兇狠的咬入我的心裏，像是一個有毒的蠍子，已經沉沉的壓在我的心上，像一塊盤陀石，我只能忍耐，我只能忍耐……。

　　（原載：民國十三年三月十日《小說月報》第十五卷第三號）

徐志摩的故居

泰戈爾

　　我有幾句話想趁這個機會對諸君講，不知道你們有沒有耐心聽。泰戈爾先生快走了。在幾天內他就離別北京，在一兩個星期內他就告辭中國。他這一去大約是不會再來的了。也許他永遠不能再到中國。

　　他是六七十歲的老人，非但身體不強健，並且是有病的。去年秋天他還發了一次很重的骨痛熱病。所以他要到中國來，不但他的家屬，他的親戚朋友，他的醫生，都不願意他冒險，就是他歐洲的朋友，比如法國的羅曼羅蘭，也都有信去勸阻他。他自己也曾經躊躇了好久，他心裏常常盤算他如其到中國來，他究竟能不能夠給我們好處，他想中國人自有他們的詩人、思想家、教育家，他們有他們的智慧、天才、心智的財富與營養，他們更用不著外來的補助與激刺，我只是一個詩人，我沒有宗教家的福音，沒有哲學家的理論，更沒有科學家實利的效用，或是工程師建設的才能，他們要我去做什麼，我自己又為什麼要去，我有什麼禮物帶去滿足他們的盼望。他真的很覺得遲疑，所以他延遲了他的行期。但是他也對我們說到冬天完了春風吹動的時候（印度的春風比我們

的吹得早），他不由的感覺了一種內迫的衝動，他面對著逐漸滋長的青草與鮮花，不由的拋棄了，忘卻了他應盡的職務，不由的解放了他的歌唱的本能，和著新來的鳴雀，在柔軟的南風中開懷的謳吟，同時他收到我們催請的信，我們青年盼望他的誠意與熱心，喚起了老人的勇氣。他立即定奪了他東來的決心。他說趁我暮年的肢體不曾僵透。趁我衰老的心靈還能感受，絕不可錯過這最後唯一的機會。這博大、從容、禮讓的民族，我幼年時便發心朝拜，與其將來在黃昏寂靜的境界中萎衰的惆悵，何如利用這夏陽未瞑時的光芒，了卻我晉香人的心願？

　　他所以決意的東來。他不顧親友的勸阻，醫生的警告，不顧他自身的高年與病體，他也撇開了在本國一切的任務，跋涉了萬里的海程，來到了中國。

　　自從四月十二在上海登岸以來，可憐老人不曾有過一半天完整的休息，旅行的勞頓不必說，單就公開的演講以及較小集會時的談話，至少也有三四十次！他的，我們知道，不是教授們的講義，不是教士們的講道。他的心府不是堆積貨品的棧房，他的辭令不是教科書的喇叭。他是靈活的泉水，一顆顆顫動的圓珠從地心裏兢兢的泛登水面都是生命的精液；他是瀑布的吼聲，在白雲間、青林中、石罅裏，不住的嘯響；他是百靈的歌聲，他的歡欣，

泰戈爾像

憤慨，響亮的諧音，彌漫在無際的晴空。但是他倦了。終夜的狂歌已經耗盡了子規的精力，東方的曙色亦照出她點點的心血染紅了薔薇枝上的白露。

老人是疲乏了。這幾天他睡眠也不得安寧。他已經透支了他有限的精力。他差不多是靠散拿吐瑾過日的，他不由的不感覺風塵的厭倦，他時常想念他少年時在恒河邊沿拍浮的清福；他想望椰樹的清蔭與曼果的甜瓤。

但他還不僅是身體的憊勞，他也感覺心境的不舒暢。這是很不幸的。我們做主人的只是深深的負歉。他這次來華，不為遊歷，不為政治，更不為私人的利益。他熬著高年，冒著病體，拋棄自身的事業，備嚐行旅的辛苦，他究竟為的是什麼？他為的只是一點看不見的情感。說遠一點，他的使命是在修補中國與印度兩民族間中斷千餘年的橋樑。說近一點，他只想感召我們青年真摯的同情。因為他是信仰生命的，他是尊崇青年的，他是歌頌青春與清晨的，他永遠指點著前途的光明。悲憫是當初釋迦牟尼證果的動機，悲憫也是泰戈爾先生不辭艱苦的動機。現代的文明只是駭人的浪費，貪淫與殘暴，自私與自大，相猜與相忌，颶風似的傾覆了人道的平衡，產生了巨大的毀滅。蕪穢的心田裏只是誤解的蔓草，毒害同情的種子，更沒有收成的希冀。在這個荒慘的境地裏，難得有少數的丈夫，不怕阻難，不自餒怯，肩上抗著剗除誤解的大鋤，口袋裏滿裝著新鮮人道的種子，不問天時是陰是雨是晴，不問是早晨是黃昏是黑夜，他只是努力的工作，清理一方泥土，施殖一方生命，同時口唱著嘹亮的新歌，鼓舞在黑暗中將次透露的萌芽。泰戈爾先生就是這少數中的一個。他是來廣佈同情的，他是來消除成見的。我們親眼見過他慈祥的陽春似的表情，親耳聽過他從心靈底裏迸裂出的大聲，我想只要我們的良心不曾受惡毒的煙煤燻黑，或

徐志摩與泰戈爾、胡適等人合影

是被惡濁的偏見污抹，誰不曾感覺他至誠的力量，魔術似的，為我們生命的前途開闢了一個神奇的境界，燃點了理想的光明？所以我們也懂得他的深刻的懊悵與失望，如其他知道部分的青年不但不能容納他的靈感，並且存心的誣毀他的熱忱。我們固然獎勵思想的獨立，但我們絕不敢附和誤解的自由。他生平最滿意的成績就在他永遠能得青年的同情，不論在德國，在丹麥，在美國，在日本，青年永遠是他最忠心的朋友。他也曾經遭受種種的誤解與攻擊，政府的猜疑與報紙的誣捏與守舊派的譏評，不論如何的謬妄與劇烈，從不曾擾動他優容的大量，他的希望，他的信仰，他的愛心，他的至誠，完全的託付青年。我的鬚，我的髮是白的，但我的心卻永遠是青的，他常常的對我們說，只要青年是我的知己，我理想的將來就有著落，我樂觀的明燈永遠不致黯淡。他不能相信純潔的青年也會墜落在懷疑、猜忌、卑瑣的泥淖，他更不能信中國的青年也會沾染不幸的污點。他真不預備在中國遭受意外的待遇。他很不自在，他很感覺

異樣的愴心。

因此精神的懊喪更加重他軀體的倦勞。他差不多是病了。我們當然很焦急的期望他的健康，但他再沒有心境繼續他的講演。我們恐怕今天就是他在北京公開講演最後的一個機會。他有休養的必要。我們也絕不忍再使他耗費有限的精力。他不久又有長途的跋涉，他不能不有三四天完全的養息。所以從今天起，所有已經約定的集會，公開與私人的，一概撤銷，他今天就出城去靜養。

我們關切他的一定可以原諒，就是一小部分不願意他來作客的諸君也可以自喜戰略的成功。他是病了，他在北京不再開口了，他快走了，他從此不再來了。但是同學們，我們也得平心的想想，老人到底有什麼罪，他有什麼負心，他有什麼不可容赦的犯案。公道是死了嗎，爲什麼聽不見你的聲音？

他們說他是守舊，說他是頑固。我們能相信嗎？他們說他是「太遲」，說他是「不合時宜」，我們能相信嗎？他自己不能信，眞的不能信。他說這一定是滑稽家的反調，他一生所遭逢的批評只是太新，太早，太急進，太激烈，太革命的，太理想的，他六十年的生涯只是不斷的奮鬥與衝鋒，他現在還只是衝鋒與奮鬥；但是他們說他是守舊，太遲，太老。他頑固奮鬥的物件只是暴烈主義，資本主義，帝國主義，武力主義，殺滅性靈的物質主義。他主張的只是創造的生活，心靈的自由，國際的和平，教育的改造，普愛的實現。但他們說他是帝國政策的間諜，資本主義的助力，亡國奴族的流民，提倡裹腳的狂人！骯髒是在我們的政客與暴徒的心裏，與我們的詩人又有什麼關連？昏亂是在我們冒名的學者與文人的腦裏，與我們的詩人又有什麼親屬？我們何妨說太陽是

黑的，我們何妨說蒼蠅是眞理？同學們，聽信我的話，像他的這樣偉大的聲音
我們也許一輩子再不會聽著的了。留神目前的機會，預防將來的惆悵！他的人
格我們只能到歷史上去搜尋比擬。他的博大的溫柔的靈魂我敢說永遠是人類記
憶裏的一次靈跡。他的無邊際的想像與遼闊的同情使我們想起惠德曼；他的博
愛的福音與宣傳的熱心使我們記起托爾斯泰；他的堅韌的意志與藝術的天才使
我們想起造摩西像的米開朗基羅；他的詼諧與智慧使我們想像當年的蘇格拉底
與老聃；他的人格的和諧與優美使我們想念暮年的葛德；他的慈祥的純愛的撫
摩，他的爲人道不厭的努力，他的磅礴的大聲，有時竟使我們喚起救主的心
像；他的光彩，他的音樂，他的雄偉，使我們想念奧林匹克山頂的大神，他是
不可侵凌的，不可逾越的，他是自然界的一個神秘的現象。他是三春和暖的南
風，驚醒樹枝上的新芽，增添處女頰上的紅暈。他是普照的陽光。他是一派浩
瀚的大水，來從不可追尋的淵源，在大地的懷抱中終古的流著，不息的流著，
我們只是兩岸的居民，憑藉這慈恩的天賦，灌漑我們的田稻，甦解我們的消
渴，洗淨我們的污垢。他是喜馬拉雅積雪的山峰，一般的崇高，一般的純潔，
一般的壯麗，一般的高傲，只有無限的青天枕藉他銀白的頭顱。

　　人格是一個不可錯誤的實在。荒歉是一件大事，但我們是餓慣了的，只認
鳩形與鵠面是人生本來的面目，永遠忘卻了眞健康的顏色與彩澤。標準的低降
是一種可恥的墮落；我們只是踞坐在井底的青蛙。但我們更沒有懷疑的餘地。
我們也許揣詳東方的初白，卻不能非議中天的太陽。我們也許見慣了陰霾的天
時，不耐這熱烈的光焰，消散天生的雲霧，暴露地面的荒蕪。但同時在我們心
靈的深處，我們豈不也感覺一個新鮮的影響，催促我們生命的跳動，喚醒潛在

的想望，彷彿是武士望見了前方烽煙的信號，更不躊躇的奮勇前向？只有接近了這樣超軼的純粹的丈夫，這樣不可錯誤的實在，我們方始相形的自愧我們的口不夠闊大，我們的聲音不夠響亮，我們的呼吸不夠深長，我們的信仰不夠堅定，我們的理想不夠瑩澈，我們的自由不夠磅礴，我們的語言不夠明白，我們的情感不夠熱烈，我們的努力不夠勇猛，我們的資本不夠充實……。

　　我自信我不是恣濫不切事理的崇拜。我如其曾經應用濃烈的文字，這是因為我不能自制我濃烈的感想。但我最急切要聲明的是，我們的詩人，雖則常常招受神秘的徽號，在事實上卻是最清明，最有趣，最詼諧，最不神秘的生靈。他是最通達人情，最近人情的。我盼望有機會追寫他日常的生活與談話。如其我是犯嫌疑的，如其我也是性近神秘的（有好多朋友這麼說），你們還有適之先生的見證，他也說他是最可愛最可親的一個人；我們可以相信適之先生絕對沒有「性近神秘」的嫌疑！所以無論他怎樣的偉大與深厚，我們的詩人還只是有骨有血的人，不是野人，也不是天神。唯其是人，尤其是最富情感的人，所以他到處要求人道的溫暖與安慰，他尤其要我們中國青年的同情與情愛。他已經為我們盡了責任，我們不應，更不忍辜負他的期望。同學們，愛你的愛，崇拜你的崇拜，是人情不是罪孽，是勇敢不是懦怯！

十二日在真光講

刊於晨副，一九二四、五、十九

説明

　　一九二四年四月，泰戈爾訪華期間，雖受到文化界人士如梁啓超、蔡元培、胡適等人熱烈歡迎和隆重接待，但也受到了許多青年的奚落和反對，尤其是左翼人士更甚。泰戈爾這一次訪華並不算成功，在最後的一段訪問時間裏，他也感到不受群眾歡迎的難堪，托病取消最末三次演講。

　　泰戈爾訪華期間，在演說辭中處處宣揚印度的哲理思想，而這類哲理思想給人的感覺是重精神反科學，這和當時中國一般知識份子的思想就背道而馳了。所以，他們覺得泰戈爾所宣傳的所謂東方文化，無非「亡國奴哲學」。徐志摩爲了這些抨擊痛心疾首：在〈泰戈爾〉一文中，他爲泰戈爾辯護，用了最強烈的字眼讚譽他的印度師尊，並指責反對泰戈爾思想的人。事實上，泰戈爾此次訪華的不愉快後果，應由徐志摩負相當責任，他爲了取悅泰戈爾的心情，不惜侈言中國青年對他的傾慕，在一九二三年十二月二十七日給泰戈爾的英文信中，徐志摩說：「……無論是東方的或西方的作家，從來沒有一個人像你這樣在我們這個年輕國家的人心中，引起那麼廣泛眞摯的興趣。也沒有幾個作家（連我們的古代聖賢也不例外），像你這樣把生氣勃勃和浩瀚無邊的鼓舞力量賜給我們……」徐志摩過份抬舉了泰戈爾，錯認以自己爲中心的一群朋友足以代表中國大多數青年的想法，他個人思想上的偏差，給泰戈爾訪華的收場抹上了灰暗的色彩，令詩哲黯然神傷地離去。（本文主要立論參考梁錫華《徐志摩新傳》中〈泰戈爾訪華〉一節）。

落葉

　　前天你們查先生來電話要我講演，我說但是我沒有什麼話講，並且我又是最不耐煩講演的。他說：你來罷，隨你講，隨你自由的講，你愛說什麼就說什麼。我們這裏你知道這次開學情形很困難，我們學生的生活很枯燥很悶，我們要你來給我們一點活命的水。這話打動了我。枯燥，悶，這我懂得。雖則我與你們諸君是不相熟的，但這一件事實，你們感覺生活枯悶的事實，卻立即在我與諸君無形的關係間，發生了一種真的深切的同情。我知道煩悶是怎麼樣一個不成形不講情理的怪物，他來的時候，我們的全身彷彿被一個大蛛蜘網蓋住了，好容易掙出了這條手臂，那條又叫黏住了。那是一個可怕的網子。我也認識生活枯燥，他那可厭的面目，我想你們也都很認識他。他是無所不在的，他附在個個人的身上，他現在個個人的臉上。你望你的朋友去，他們的臉上有他，你自己照鏡子去，你的臉上，我想，也有他。可怕的枯燥，好比是一種毒劑，他一進了我們的血液，我們的性情，我們的皮膚就變了顏色，而且我怕是離著生命遠，離著墳墓近的顏色。

落葉

　　我是一個信仰感情的人，也許我自己天生就是一個感情性的人。比如前幾天西風到了，那天早上我醒的時候是凍著才醒過來的，我看著紙窗上的顏色比往常的淡了，我被窩裏的肢體像是浸在冷水裏似的，我也聽見窗外的風聲，吹著一顆棗樹上的枯葉，一陣一陣的掉下來，在地上捲著，沙沙的發響，有的飛出了外院去，有的留在牆角邊轉著，那聲響真像是嘆氣。我因此就想起這西風，冷醒了我的夢，吹散了樹上的葉子，他那成績在一般饑荒貧苦的社會裏一定格外的可慘。那天我出門的時候，果然見街上的情景比往常不同了；窮苦的老頭小孩全躲在街角上發抖；他們遲早免不了樹上枯葉子的命運。那一天我就覺得特別的悶，差不多發愁了。

因此我聽著查先生說你們生活怎樣的煩悶，怎樣的乾枯，我就很懂得，我就願意來對你們說一番話。我的思想——如其我有思想——永遠不是成系統的。我沒有那樣的天才。我的心靈的活動是衝動性的，簡直可以說痙攣性的。思想不來的時候，我不能要他來，他來的時候，就比如穿上一件濕衣，難受極了，只能想法子把他脫下。我有一個比喻，我方才說起秋風裏的枯葉；我可以把我的思想比做樹上的葉子，時期沒有到，他們是不很會掉下來的；但是到時期了，再要有風的力量，他們就只能一片一片的往下落；大多數也許是已經沒有生命了的，枯了的，焦了的，但其中也許有幾張還留著一點秋天的顏色，比如楓葉就是紅的、海棠葉就是五彩的。這葉子實用是絕對沒有的；但有人，比如我自己，就有愛落葉的癖好。他們初下來時顏色有很鮮豔的，但時候久了，顏色也變，除非你保存得好。所以我的話，那就是我的思想，也是與落葉一樣的無用，至多有時有幾痕生命的顏色就是了。你們不愛的盡可以隨意的踩過，絕對不必理會；但也許有少數人有緣分的，不責備他們的無用，竟許會把他們撿起來揣在懷裏，間在書裏，想延留他們幽澹的顏色。感情，真的感情，是難得的，是名貴的是應當共有的；我們不應得拒絕感情，或是壓迫感情，那是犯罪的行為，與壓住泉眼不讓上沖；或是捂住小孩不讓喘氣一樣的犯罪。人在社會裏本來是不相連續的個體。感情，先天的與後天的，是一種線索，一種經緯，把原來分散的個體織成有文章的整體。但有時線索也有破爛與渙散的時候，所以一個社會裏必須有新的線索繼續的產出，有破爛的地方去補，有渙散的地方去拉緊，才可以維持這組織大體的勻整，有時生產力特別加增時，我們就有機會或是推廣，或是加添我們現有的面積，或是加密，像網球板穿雙線似的，我們現成的組織，因為我們知道創造的勢力與破壞的勢力，建設與潰敗的

勢力，上帝與撒旦的勢力，是同時存在的。這兩種勢力是在一架天平上比著；他們很少平衡的時候，不是這頭沉，就是那頭沉。是的，人類的命運是在一架大天平上比著，一個巨大的黑影，那是我們集合的化身，在那裏看著，他的手裏滿拿著分兩的法碼，一會往這頭送，一會又往那頭送，地球盡轉著，太陽，月亮，星，輪流的照著，我們的運命永遠是在天平上秤著。

我方才說網球拍，不錯，球拍是一個好比喻。你們打球的知道網拍上那裏幾根線是最吃重，最要緊，那幾根線要是特別有勁的時候，不僅你對敵時拉球，抽球，拍球格外來的有力，出色，並且你的拍子也就格外的經用。少數特強的分子保持了全體的勻整。這一條原則應用到人道上，就是說，假如我們有力量加密，加強我們最普通的同情線，那線如其穿連得到所有跳動的人心時，那時我們的大網子就堅實耐用，天津人說的，就有根。不問天時怎樣的壞，管他雨也罷，雲也罷，霜也罷，風也罷，管他水流怎樣的急，我們假如有這樣一個強有力的大網子，那怕不能在時間無盡的洪流裏──早晚網起無價的珍品，那怕不能在我們運命的天平上重重的加下創造的生命的分量？

所以我說真的感情，真的人情，是難能可貴的，那是社會組織的基本成分。初起也許只是一個人心靈裏偶然的震動，但這震動，不論怎樣的微弱，就產生了及遠的波紋；這波紋要是喚得起同情的反應時，原來細的便並成了粗的，原來弱的便合成了強的，原來脆性的便結成了韌性的，像一縷縷的苧麻打成了粗繩似的；原來只是微波，現在掀成了大浪，原來只是山罅裏的一股細水，現在流成了滾滾的大河，向著無邊的海洋裏流著。耶穌在山頭上的訓道：Sermon on the Mount比如，還不是有限的幾句話，但這一篇短短的演說，卻制

定了人類想望的止境，建設了絕對的價值的標準，創造了一個純粹的完全的宗教。那是一件大事實，人類歷史上一件最偉大的事實。再比如釋迦牟尼感悟了生老病死的究竟，發大慈悲心，發大勇猛心，發大無畏心，拋棄了他人間的地位，富與貴，家庭與妻子，直到深山裏去修道，結果他也替苦悶的人間打開了一條解放的大道，爲東方民族的天才下一個最光華的定義。那又是人類歷史上的一件奇跡。但這樣大事的起源還不只是一個人的心靈裏偶然的震動，可不僅僅是一滴最透明的眞摯的感情滴落在黑沉沉的宇宙間？

感情是力量，不是知識。人的心是力量的府庫，不是他的邏輯。有眞感情的表現，不論是詩是文是音樂是雕刻或是畫，好比是一塊石子擲在平面的湖心裏，你站著就看得見他引起的變化。沒有生命的理論，不論他論的是什麼理，只是拿石塊扔在沙漠裏，無非在乾枯的地面上添一顆乾枯的分子，也許擲下去時便聽得出一些乾枯的聲響，但此外只是一大片死一般的沉寂了。所以感情才是成江成河的水泉，感情才是織成大網的線索。

但是我們自己的網子又是怎麼樣呢？現在時候到了，我們應當張大了我們的眼睛，認明白我們周圍事實的眞相。我們已經含糊了好久，現在再不容含糊的了。讓我們來大聲的宣佈我們的網子是壞了的，破了的，爛了的；讓我們痛快的宣告我們民族的破產，道德，政治，社會，宗教，文藝，一切都是破產了的。我們的心窩變成了蟲蟲的家，我們的靈魂裏住著一個可怕的大謊！那天平上沉著的一頭是破壞的重量，不是創造的重量；是潰敗的勢力，不是建設的勢力；是撒旦的魔力，不是上帝的神靈。霎時間這邊路上長滿了荊棘，那邊道上湧起了洪水，我們頭頂有駭人的聲響，是雷霆還是炮火呢？我們周圍有一哭

聲與笑聲，哭是我們的靈魂受污辱的悲聲，笑是活著的人們瘋魔了的獰笑，那比鬼哭更聽的可怕，更淒慘。我們張開眼來看時，差不多更沒有一塊乾淨的上地，那一處不是叫鮮血與眼淚沖毀了的；更沒有平安的所在，因為你即使忘得了外面的世界，你還是躲不了你自身的煩悶與苦痛。不要以為這樣混沌的現象是原因於經濟的不平等，或是政治的不安定，或是少數人的放肆的野心。這種種都是空虛的，欺人自欺的理論，說著容易，聽著中聽，因為我們只盼望脫卸我們自身的責任，只要不是我的分，我就有權利罵人。但這是，我著重的說，儒怯的行為；這正是我說的我們各個人靈魂裏躲著的大謊！你說少數的政客，少數的軍人，或是少數的富翁，是現在變亂的原因嗎？我現在對你說：先生，你錯了，你很大的錯了，你太恭維了那少數人，你太瞧不起你自己。讓我們一致的來承認，在太陽普遍的光亮底下承認，我們各個人的罪惡，各個人的不潔淨，各個人的苟且與儒怯與卑鄙！我們是與最骯髒的一樣的骯髒，與最醜陋的一般的醜陋，我們自身就是我們運命的原因。除非我們能起拔了我們靈魂裏的大謊，我們就沒有救度；我們要把祈禱的火焰把那鬼燒淨了去，我們要把懺悔的眼淚把那鬼沖洗了去，我們要有勇敢來承當罪惡；有了勇敢來承當罪惡，方有膽量來決鬥罪惡。再沒有第二條路走。如其你們可以容恕我的厚顏，我想念我自己近作的一首詩給你們聽，因為那首詩，正是我今天講的話的更集中的表現：——

一、毒藥

今天不是我唱歌的日子，我口邊涎著獰惡的微笑，不是我說笑的日子，我

胸懷間插著發冷光的利刃；相信我，我的思想是惡毒的，因為這世界是惡毒的，我的靈魂是黑暗的，因為太陽已經滅絕了光彩，我的聲調是像墳堆裏的夜鴉，因為人間已經殺盡了一切的和諧，我的口音像是冤鬼責問他的仇人，因為一切的恩已經讓路給一切的怨。

但是相信我，真理是在我的話裏，雖則我的話像是毒藥，真理是永遠不含糊的，雖則我的話裏彷彿有兩頭蛇的舌，蠍子的尾尖，蜈蚣的觸鬚；只因為我的心裏充滿著比毒藥更強烈，比咒詛更狠毒，比火焰更猖狂，比死更深奧的不忍心與憐憫心與愛心，所以我說的話是毒性的，咒詛的，燎灼的，虛無的；

相信我，我們一切的準繩已經埋沒在珊瑚土打緊的墓宮裏，你們最勁冽的祭肴的香味也穿不透這嚴封的地層：一切的準則是死了的；

我們一切的信心像是頂爛在樹枝上的風箏，我們手裏擎著這迸斷了的鷂線：一切的信心是爛了的；

相信我，猜疑的巨大的黑影，像一塊烏雲似的，已經籠蓋著人間一切的關係：人子不再悲哭他新死的親娘，兄弟不再來攙著他姊妹的手，朋友變成了寇仇，看家的狗回頭來咬他主人的腿：是的，猜疑淹沒了一切；

在路旁坐著啼哭的，在街心裏站著的，在你窗前探望的，都是被姦污的處女：池潭裏只見爛破的鮮豔的荷花；

在人道惡濁的澗水裏流著，浮荇似的，五具殘缺的屍體，他們是仁義禮智信，向著時間無盡的海瀾裏流去；

濁浪滔天

這海是一個不安靜的海，波濤猖獗的飛著，在每個浪頭的小白帽上分明的寫著人慾與獸性；

到處是姦淫的現象：貪心摟抱著正義，猜忌逼迫著同情，懦怯狎褻著勇敢，肉慾侮弄著戀愛，暴力侵陵著人道，黑暗踐踏著光明；

聽呀，這一片淫猥的聲響，聽呀，這一片殘暴的聲響；

虎狼在熱鬧的市街裏，強盜在你們妻子的床上，罪惡在你們深奧的靈魂裏……

二、白旗

來，跟著我來，拿一面白旗在你們的手裏——不是上面寫著激動怨毒，鼓勵殘殺字樣的白旗，也不是塗著不潔淨血液的標記的白旗，也不是畫著懺悔與咒語的白旗（把懺悔寫在你們的心裏）；

你們排列著，噤聲的，嚴肅的，像送喪的行列，不容許臉上留存一絲的顏色，一毫的笑容，嚴肅的，噤聲的，像一隊決死的兵士；

現在時辰到了，一齊舉起你們手裏的白旗，像舉起你們的心一樣，仰看著你們頭頂的青天，不轉瞬的，惶恐的，像看著你們自己的靈魂一樣；

現在時辰到了，你們讓你們熬著，擁著，迸裂著，滾沸著的眼淚流，直流，狂流，自由的流，痛快的流，盡性的流，像山水出峽似的流，像暴雨傾盆似的流……

現在時辰到了，你們讓你們咽著，壓迫著，掙扎著，洶湧著的聲音嚎，直嚎，狂嚎，放肆的嚎，兇狠的嚎，像颶風在大海波濤間的嚎，像你們喪失了最親愛的骨肉的嚎……

現在時辰到了，你們讓你們回復了的天性懺悔，讓眼淚的滾油煎淨了的，讓悲慟的雷霆震醒了的天性懺悔，默默的懺悔，悠久的懺悔，沉徹的懺悔，像冷峭的星光照落在一個寂寞的山谷，像一個黑衣的尼僧匍伏在一座金漆的神龕前；

…………

在眼淚的沸騰裏，在嚎慟的酣徹裏，在懺悔的沉寂裏，你們望見了上帝永久的威嚴。

三、嬰兒

我們要盼望一個偉大的事實出現，我們要守候一一個馨香的嬰兒出世：──

你看他那母親在她生產的床上受罪！

她那少婦的安詳，柔和，端麗，現在在劇烈的陣痛裏變形成不可信的醜惡：你看她那遍體的筋絡都在她薄嫩的皮膚底裏暴漲著，可怕的青色與紫色，像受驚的水青蛇在田溝裏急泅似的，汗珠站在她的前額上像一顆顆的黃豆，她的四肢與身體猛烈的抽搐著，畸屈著，奮挺著，糾旋著，彷彿她墊著的席子是用針尖編成的，彷彿她的帳圍是用火焰織成的；

一個安祥的，鎮定的，端莊的，美麗的少婦，現在在絞痛的慘酷裏變形成魔鬼似的可怖：她的眼，一時緊緊的閉著，一時巨大的睜著，她那眼，原來像冬夜池潭裏反映著的明星，現在吐露著青黃色的兇焰，眼珠像是燒紅的炭火，映射出她靈魂最後的奮鬥，她的唇，原來是朱紅色的，現在像是爐底的冷灰，她的口顫著，撇著，扭著，死神的熱烈的親吻不容許她一息的平安，她的髮是散披著，橫在口邊，漫在胸前，像揪亂的麻絲，她的手指間，還緊抓著幾穗擰下來的亂髮；

這母親在她生產的床上受罪：——

但是她還不曾絕望，她的生命掙扎著血與肉與骨與肢體的纖維，在危崖的邊沿上，抵抗著，搏鬥著，死神的逼迫。

她還不曾放手，因為她知道（她的靈魂知道！）這苦痛不是無因的，因為她知道她的胎宮裏孕育著一點比她自己更偉大的生命的種子，包涵著一個比一切更永久的嬰兒；

新生

因為她知道這苦痛是嬰兒要求出世的徵候，是種子在泥土裏爆裂成美麗的生命的消息，是她完成她自己生命的使命的機會；

因為她知道這忍耐是有結果的，在她劇痛的昏瞀中，她彷彿聽著上帝准許人間祈禱的聲音，她彷彿聽著天使們讚美未來的光明的聲音；

因此她忍耐著，抵抗著，奮鬥著……她抵拼繃斷她遍體的纖維，她要贖出在她胎宮裏動盪著的生命，在她一個完全，美麗的嬰兒出世的盼望中，最銳利，最沉酣的痛感逼成了最銳利最沉酣的快感……

這也許是無聊的希冀，但是誰不願意活命，就使到了絕望最後的邊沿，我們也還要妄想希望的手臂從黑暗裏伸出來挽著我們。我們不能不想望這苦痛的現在只是準備著一個更光榮的將來，我們要盼望一個潔白的肥胖的活潑的嬰兒出世！

（節錄自《落葉》文集）

　　〈落葉〉這篇文章選自《落葉》文集，是徐志摩在北平師範大學演講的講稿，寫成於一九二四年九月間。北新版《落葉》文集前，有篇序，作於一九二六年六月，他寫道：「就這書的內容說，除了第一篇〈落葉〉反映前年秋天一個異常的心境，多少有點份量，或許還值得留，此外那幾篇都不能算是滿意的文章，⋯⋯」

　　〈落葉〉本文甚長，蔣、梁合編的《徐志摩全集》（第三輯）係影印北新版《落葉》文集，文中於俄國革命的講詞中略有刪節，為顧及文義的流暢，編者將徐志摩談及俄國革命及日本地震的段落略去。

　　徐志摩在文中念的散文詩〈毒藥〉、〈白旗〉、〈嬰兒〉，後來收入其第一部詩集《志摩的詩》。許多人說這本詩集的散史詩是受美國詩人惠特曼（Walt Whitman）的「自由詩」影響；梁錫華則認為「徐志摩無論在內容和技巧方面，都直接受了嘉本特的影響。惠特曼不過他的『遠祖』罷了。」（《徐志摩新傳》，頁二八。）徐志摩認識嘉本特（Edward Carpenter），是經由狄更生及畫家傳來義的介紹，這位英國作家那時已年近八十，「他愛人類，愛自由，提倡自由結婚自由離婚，贊成回到自然。此外，他對中國也很熱愛。⋯⋯」（同上引）徐志摩曾在其鄉居逗留。嘉本特甚為喜愛徐志摩，一九二四年，在他八十高齡時，還親筆給徐志摩寫信，也一直飲用徐志摩送給他的中國茶。

《志摩的詩》第一版線裝本封面

話

　　絕對的值得一聽的話，是從不曾經人口說過的；比較的值得一聽的話，都在偶然的低聲細語中；相對的不值得一聽的話，是有規律有組織的文字結構；絕對不值得一聽的話，是用不經修練，又粗又蠢的嗓音所發表的語言。比如：正式會集的演說，不論是運動女子參政或是宣傳色彩鮮明的主義；學校裏講臺上的演講，不論是山西鄉村裏訓閭閻聖人用民主主義的多烘先生的法寶，或是穿了前紅後白道袍方巾的博士衣的瞎扯；或是充滿了煙士披裏純開口天父開口阿門的講道──都是屬於我所說最後的一類：都是無條件的根本的絕對的不值得一聽的話。歷代傳下來的經典，大部分的文學書，小部分的哲學書，都是末了第二類──相對的不值得一聽的話。至於相對的可聽的話，我說大概都在偶然的低聲細語中：例如真詩人夢境最深──詩人們除了做夢再沒有正當的職業──神魂遠在祥雲飄渺之間那時候隨意吐露出來的零句斷片，英國大詩人宛茨渥士所謂茶壺煮沸時嘶嘶的微音；最可以象徵入神的詩境──例如李太白的，我醉欲眠卿且去，明朝有意抱琴來，或是開茨的Then I shut her wild,wild eyes with kisses four。你們知道宛茨渥士和雪萊他們不朽的詩歌，大都是在田野間，海灘邊，樹林裏，獨自徘徊著像離魂病似的自言自語的成績；法國的波特萊亞，凡爾侖他們精美無比的妙句，很多是受了烈性的麻醉劑——大麻或是鴉片——影響的結果。這種話比較的狠值得一聽。還有青年男女初次受了頑皮的小愛神箭傷以後心跳肉顫面紅耳赤的在花蔭間，在課室內，或在月涼如洗的墓園裏，含著一包眼淚吞吐出來的——不問怎樣的不成片段，怎樣的違反文法——往往都是一顆顆稀有的珍珠，眞情眞理的凝晶。但諸君要聽明白了，我說值得一聽的話大都是在偶然的低聲和語中，不是說凡是低聲和語都是值得一聽的，要不然外交廳屏風後的交頭接耳，家裏太太月底月初枕頭邊的小囉嗦，都有了詩的價值了！

　　絕對的值得一聽的話，是從不曾經人口道過的。整個的宇宙，只是不斷的創造；所有的生命，只是個性的表現。眞消息，眞意義。內蘊在萬物的本質裏，好像一條大河，網路似的支流，地形的結構，四方錯綜著，由大而小，由小而微，由微而隱，由有形至無形，由可數至無限，但這看來極複雜所組織所表明的只是一個單純的意義，所表現的只是一體活潑的精神；這精神是完全的，整個的，實在的；唯其因爲是完全整個實在而我們人的心力智力所能運用的語言文字，只是不完全非整個的，模擬的，象徵的工具，所以人類幾千年來文化的成績，也只是想猜透這大迷謎似是而非的各種的嘗試。人是好奇的動物；我們的心智，便是好奇心活動的表現。這心智的好奇性便是知識的起源。一部知識史，只是歷盡了九九八十一大難卻始終沒有望見極樂世界求到大藏眞經的一部西遊記。說是快樂吧，明明是劫難相承的苦惱，說是苦惱，苦惱中又

分明有無限的安慰。我們各個人的一生便是人類全史的縮小，雖則不敢說我們都是尋求真理的合格者，但至少我們的胸中，在現在生命的出發時期，總應該培養一點尋求真理的誠心，點起一盞尋真求理的明燈，不至於在生命的道上只是暗中摸索，不至於盲目的走到了生命的盡頭，什麼發現都沒有。

但雖則真消息與真意義是不可以人類智力所能運用的工具——就是語言文字——來完全表現，同時我們又感覺內心尋真求知的衝動，想偵探出這偉大的秘密，想把宇宙與人生的究竟，當作一朵盛開的大紅玫瑰，一把抓在手掌中心，狠勁的緊擠，把花的色，香，靈肉，和我們自己愛美愛色愛香的烈情，絞和在一起，實現一個徹底的痛快；我們初上生命和知識舞臺的人，誰沒有，也許多少深淺不同，浮士德的大野心，他想discover the force that binds the world and guides its course，誰不想在知識界裏，做一個籠捲一切的拿破崙？這種想為王為霸的雄心，都是生命原力內動的徵象，也是所有的大詩人大藝術家最後成功的預兆；我們的問題就在怎樣能替這一腔還在潛伏狀態中的活潑的蓬勃的心力心能，開闢一條或幾條可以盡情發展的方向，使這一盞心靈的神燈，一度點著以後，不但繼續的有燃料的供給，而且能在狂風暴雨的境地裏，益發的光焰神明；使這初出山的流泉，漸漸的匯成活潑的小澗，沿路再併合了四方來薈的支流，雖則初起經過崎嶇的山路，不免辛苦，但一到了平原，便可以放懷的奔流，成口成江，自有無限的前途了。

真偉大的消息都蘊伏在萬事萬物的本體裏，要聽真值得一聽的話，只有請教兩位最偉大的先生。

　　現放在我們面前的兩位大教授，不是別的，就是生活本體與大自然。生命
的現象，就是一個偉大不過的神秘：牆角的草蘭，岩石上的苔蘚，北冰洋冰天
雪地裏的極熊水獺，城河邊咶咶叫夜的水蛙，赤道上火焰似沙漠裏的爬蟲，乃
至於彌漫在大氣中的微菌，大海底最微妙的生物；總之太陽熱照到或能透到的
地域，就有生命現象。我們若然再看深一層，不必有菩薩的慧眼，也不必有神
秘詩人的直覺，但憑科學的常識，便可以知道這整個的宇宙，只是一團活潑的
呼吸，一體普遍的生命，一個奧妙靈動的整體。一塊極粗極醜的石子，看來像
是全無意義毫無生命，但在顯微鏡底下看時，你就在這又粗又醜的石塊裏，發
現一個神奇的宇宙，因爲你那時所見的，只是千變萬化顏色花樣各各不同的種
種結晶體，組成藝術家所不能想像的一種排列；若然再進一層研究，這無量數
的凝晶各個的本體，又是無量數更神奇不可思議的電子所組成：這裏面又是一
個Cosmos，彷彿燦爛的星空，無量數的星球同時在放光輝在自由地呼吸著。

　　但我們絕不可以爲單憑科學的進步就能看破宇宙結構的秘密。這是不可能
的。我們打開了一處知識的門，無非又發現更多還是關得緊緊的，猜中了一個
小迷謎，無非從這猜中裏又引起一個更大更難猜的迷謎，爬上了一個山　，無
非又發現前面還有更高更遠的山　。

　　這無窮盡性便是生命與宇宙的通性。知識的尋求固然不能到底，生命的感
覺也有同樣無限的境界。我們在地面上做人這場把戲裏，雖則是霎那間的幻
象，卻是有的是好玩，只怕我們的精力不夠，不曾學得怎樣玩法，不怕沒有相
當的趣味與報酬。

　　所以重要的在於養成與保持一個活潑無礙的心靈境地，利用天賦的身與心的能力，自覺的盡量發展生活的可能性。活潑無礙的心靈境界：比如一張繃緊的弦琴，掛在松林的中間，感受大氣小大快慢的動盪，發出高低緩急同情的音調。我們不是最愛自由最惡奴從嗎？但我們向生命的前途看時，恐怕不易使我們樂觀，除了我們一點無形無蹤的心靈以外，種種的勢力只是強迫我們做奴做隸的勢力：種種對人的心與責任，社會的習慣，機械的教育，沾染的偏見，都像沙漠的狂風一樣，捲起滿天的砂土，不時可以把我們可憐的旅行人整個兒給埋了。

　　這就是宗教家出世主義的大原因，但出世者所能實現的至多無非是消極的自由，我們所要的卻不止此。我們明知向前是奮鬥，但我們卻不肯做逃兵，我們情願將所有的精液，一齊發洩成奮鬥的汗，與奮鬥的血，只要能得最後的勝利，那時盡量的痛苦便是盡量的快樂。我們果然能從生命的現象與事實裏，體驗到生命的實在與意義；能從自然界的現象與事實裏，領會到造化的實在與意義，那時隨我們付多大的價錢，也是值得的了。

　　要使生命成為自覺的生活，不是機械的生存，是我們的理想。要從我們的日常經驗裏，得到培保心靈擴大人格的滋養，是我們的理想。要使我們的心靈，不但消極的不受外物的拘束與壓迫，並且永遠在繼續的自動，趨向創作，活潑無礙的境界，是我們的理想。使我們的精神生活，取得不可否認的實在，使我們生命的自覺心，像大雪天滾雪球；一般的愈滾愈大，不但在生活裏能同化極偉大極深沉與極隱奧的情感，並且能領悟到大自然一草一木的精神，是我們的理想。使天賦我們靈肉兩部的勢力，盡性的發展，趨向最後的平衡與和

諧，是我們的理想。

　　理想就是我們的信仰，努力的標準，果然我們能運用想像力為我們自己懸擬一個理想的人格，同時運用理智的機能，認定了目標努力去實現那理想，那時我們在奮鬥的過程中，一定可以得到加倍的勇氣，遇見了困難，也不至於失望，因為明知是題中應有的文章，我們的立身行事，也不必遷就社會已成的習慣與法律的範圍，而自能折衷於超出尋常所謂善惡的一種更高的道德標準；我們那時便可以借用李太白當時躲在山裏自得其樂時答覆俗客的妙句：落花流水杳然去，別有天地非人間！

　　我們也明知這不是可以偶然做到的境界；但問題是在我們能否見到這境界，大多數人只是不黑不白的生，不黑不白的死，耗費了不少的食料與飲料，耗費了不少的時間與空間，結果連自己的臭皮囊都收拾不了，還要連累旁人：能見到的人已經不少，見到而能盡力做去的人當然更少，但這極少數人卻是文化的創造者，便能在梁任公先生說的那把宜興茶壺裏留下一些不磨的痕跡。

　　我個人也許見言太偏僻了，但我實在不敢信人為的教育，他動的訓練，能有多大的價值；我最初最後的一句話，只是「自身體驗去」，真學問真知識絕不是在教室中書本裏所能求得的。

　　大自然才是一大本絕妙的奇書，每張上都寫有無窮無盡的意義，我們只要學會了研究這一大本書的方法，多少能夠瞭解他內容的奧義，我們的精神生活就不怕沒有滋養，我們理想的人格就不怕沒有基礎。但這本無字的天書絕不是沒有相當的準備就能一目了然的：我們初識字的時候，打開書本子來，只見白

紙上畫的許多黑影，那裏懂得什麼意義。我們現有的道德教育裏那一條訓條，我的不能在自然界感到更深徹的意味，更親切的解釋？每天太陽從東方的地平上升，漸漸的放光，漸漸的放彩，漸漸的驅散了黑夜，掃蕩了滿天沉悶的雲霧，霎刻間臨照四方，光滿大地；這是何等的景象？夏夜的星空，張著無量數光芒閃爍的神眼，襯出浩渺無極的蒼穹；這是何等的偉大景象？大海的濤聲不住的在呼嘯起落：這是何等偉大奧妙的景象？高山頂上一體的純白，不見一些雜色，只有天氣飛舞著，雲彩變幻著，這又是何等高尚純粹的景象？小而言之，就是地上一顆極賤的草花，他在春風與豔陽中搖曳著，自有一種莊嚴愉快的神情，無怪詩人見了，甚至內感「非涕淚所能宣洩的情緒」。宛茨渥士說的自然「大力回容，有鎮馴矯飭之功」，這是我們的真教育。但自然最大的教訓，尤在「凡物各盡其性」的現象。玫瑰是玫瑰，海棠是海棠，魚是魚，鳥是鳥，野草是野草，流水是流水；各有各的特性，各有各的效用，各有各的意義。仔細的觀察與悉心體會的結果，不由你不感覺萬物造作之神奇，不由你不相信萬物的底裏是有一致的精神流貫其間，宇宙是合理的組織，人生也無非這大系統的一個關節。因此我們也感想到人類也許是最無出息的一類。草有他的嫵媚，一塊石子也有他的特點，獨有人反只是庸生庸死，大多數非但終身不能發揮他們可能的個性，而且遺下或是醜陋或是罪惡一類不潔淨的蹤跡，這難道也是造物主的本意嗎？

　　我前面說過所有的生命只是個性的表現。只要在有生的期間內，將天賦可能的個性盡量的實現，就是造化旨意的完成。我這幾天在留心我們館裏的月季花，看他們結苞，看他們開放，看他們逐漸的盛開，看他們逐漸的憔悴，逐

漸的零落。我初動的感情覺得是可悲，何以美的幻象這樣的易滅，但轉念卻覺得不但不必爲花悲，而且感悟了自然生生不已的妙意。花的責任，就在集中他春來所吸受陽光雨露的精神，開成色香兩絕的好花，精力完了便自落地成泥，圓滿功德，明年再來過。只有不自然的被摧殘了，不能實現他自傲色香的一兩天，那才是可傷的耗費。

不自然的殺滅了發長的機會，才是可惜，才是違反天意。我們青年人應該時時刻刻把這個原則放在心裏。不能在我生命裏實現人之所以爲人，我對不起自己。在爲人的生活裏不能實現我之所以爲我，我對不起生命；這個原則我們也應該時時放在心裏。

我們人類最大的幸福與權力，就是在生活裏有相當的自由活動，我們可以自覺的調劑，整理，修飾，訓練我們生活的態度，我們既然瞭解了生活只是個性的表現，只是一種藝術，就應得利用這一點特權將生活看做藝術品，謹愼小心的做去。運命論我們是不相信的，但就是相面算命先生也還承認心有改相致命的力量。環境論的一部分我們不得不承認，但是心靈支配環境的可能，至少也與環境支配生活的可能相等，除非我們自願讓物質的勢力整個兒撲滅了心靈的發展，那才是生活裏最大的悲慘。

我們的一生不成材不礙事：材是有用的意思；不成器也不礙事，器也是有用的意思。生活卻不可不成品，不成格，品格就是個性的外現，是對於生命本體，不是對於其餘的標準，例如社會家庭──直接擔負的責任；橡樹不是榆樹，翠鳥不是鴿子，各有各的特異的品格。在造化的觀點看來，橡樹不是爲櫃

子衣架而生，鴿子也不是爲我們愛吃五香鴿子而存，這是他們偶然的用或被利用，物之所以爲物的本義是在實現他天賦的品性，實現內部精力所要求的格調。我們生命裏所包涵的活力，也不問你在世上做將做相做資本家做勞動者做國會議員做大學教授，而只要求一種特異品格的表現，獨一的，自成一體的，不可以第二類相比稱的，猶猶之一樹上沒有兩張絕對相同的葉子，我們四百萬萬人裏也沒有兩個相同的鼻子。而要實現我們眞純的個性，絕不是僅僅在外表的行爲上務爲新奇務爲怪僻——這是變性不是個性——眞純的個性是心靈的權力能夠統制與調和身體，理智，情感，精神，種種造成人格的機能以後自然流露的狀態，在內不受外物的障礙，像分光鏡似的靈敏，不論是地下的泥砂，不論是遠在萬萬里外的星辰，只要光路一對準，就能分出他光浪的特性；一次經驗便是一次發明，因爲是新的結合，新的變化。有了這樣的內心生活，發之於外，當然能超於人爲的條例而能興更深奧卻更實在的自然規律相呼應，當然能實現一種特異的品與格，當然能在這大自然的系統裏盡他特異的貢獻，證明他自身的價值。懂了物各盡其性的意義再來觀察宇宙的事物，實在沒有一件東西不是美的，一葉一花是美的不必說，就是毒性的蟲比如蠍子比如螞蟻都是美的。只有人，造化期望最深的人，卻是最辜負的，最使人失望的，因爲一般的人，都是自暴自棄，非但不能盡性，而且到底總是糟塌了原來可以爲美可以爲善的本質。

　　慚愧呀，人！好好一個可以做好文章的題目，卻被你寫做一篇一竅不通的濫調；好好一個畫題，好好一張帆布，好好的顏色，都被你塗成奇醜不堪的爛畫；好好的雕刀與花岡石，卻被你斷成荒謬惡劣的怪像！好好的富有靈性可以

超脫物質與普遍的精神共化永生的生命，卻被你糟塌褻瀆成了一種醜陋庸俗卑鄙齷齪的廢物！

生活是藝術。我們的問題就在怎樣的運用我們現成的材料，實現我們理想的作品；怎樣的可以像米開朗基羅一樣，取到了一大塊礦山裏初開出來的白石，一眼望過去，就看出他想像中的造像，已經整個的嵌穩者，以後只要下打開石子把他不受損傷的取了出來的工夫就是。所以我們再也不要抱怨環境不好不適宜，阻礙我們自由的發展，或是教育不好不適宜，不能獎勵我們自由的發展。發展或是壓滅，自由或是奴從，眞生命或是苟活，成品或是無格──一切都在我們自己，全看我們在青年時期有否生命的覺悟，能否培養與保持心靈的自由，能否自覺的努力，能否把生活當作藝術，一筆不苟的畫去。我所以回返重複的說明眞消息眞意義眞教育絕非人口或書本子可以宣傳的，只有集中了我們的靈感性直接的一面向生命本體，一面向大自然耐心去研究，體驗，審察，省悟，方才可以多少瞭解生活的趣味與價值與他的神聖。

因爲思想與意念，都起於心靈與外象的接觸；創造是活動與變化的結果。眞純的思想是一種想像的實在，有他自身的品格與美，是心靈境界的彩虹，是活著的胎兒。但我們同時有智力的活動。感動於內的往往有表現於外的傾向──大畫家米萊氏說深刻的印象往往自求外現，而且自然的會尋出最強有力的方法來表現──結果無形的意念便化成有形可見的文字或是有──可聞的語言，但文字語言最高的功用就在能象徵我們原來的意念，他的價值也止於憑藉符號的外形暗示他們所代表的當時的意念。而意念自身又無非是我們心靈的照海燈偶然照到實在的海裏的一波一浪或一島一嶼。文字語言本身又是不完善的

工具，再加之我們運用駕馭力的薄弱，所以文字的表現很難得是勉強可以滿足的。我們隨便翻開那一本書，隨便聽人講話，就可以發現各式各樣的文字障，與語言習慣障，所以既然我們自己用語言文字來表現內心的現象已經至多不過勉強的適用，我們如何可以期望滿心只是文字障與語言習慣障的他人，能從呆板的符號裏領悟到我們一時神感的意念。佛教所以有禪宗一派，以不言傳道，是很可尋味的——達摩面壁十年。就在解脫文字障直接明心見道的工夫。現在的所謂教育尤其是離本更遠，即使教育的材料最初是有多少活的成分，但經了幾度的轉換，無意識的傳授，只能變成死的訓條——穆勒約翰說的Dead dogma不是Living idea，我個人所以根本不信任人為的教育能有多大的價值，對於人生少有影響不用說，就是認為灌輸知識的方法，照現有的教育看來，也免不了硬而且蠢的機械性。

但反過來說，既然人生只是表現，而語言文字又是人類進化到現在比較的最適用的工具，我們明知語言文字如同政府與結婚一樣是一件不可免的沒奈何事，或如尼采說的是「人心的牢獄」，我們還是免不了他。我們只能想法使他增加適用性，不能拋棄了不管。我們只能做兩部分的工夫，一方面消極的防止文字障語言習慣障的影響：一方面積極的體驗心靈的活動，極謹慎的極嚴格的在我們能運用的字類裏選出比較的最確切最明瞭最無疑義的代表。

這就是我們應該應用「自覺的努力」的一個方向。你們知道法國有個大文學家弗洛貝爾，他有一個信仰，以為一個特異的意念只有一個特異的字或字句可以表現，所以他一輩子艱苦卓絕的從事文學的日子，只是在尋求唯一適當的字句來代表唯一相當的意念。他往往不吃飯不睡，呆呆的獨自坐著，絞著腦

筋的想，想尋出他當心愜意的表現，有時他煩惱極了甚至想自殺，往往想出了神，幾天寫不成一句句子。試想像他那樣偉大的天才，那樣豐富的學識尚且要下這樣的苦工，方才製成不朽的文學，我們看了他的榜樣不應該感動嗎？

不要說下筆寫，就是平常說話，我們也應有相當的用心──一句話可以洩露你心靈的淺薄，一句話可以證明你自覺的努力，一句話可以表示你思想的糊塗，一句話可以留下永久的印象。這不是說說話要漂亮，要流利，要有修辭的工夫，那都是不重要的：最重要的是對內心意念的忠實，與適當的表現。固然有了清明的思想，方能有清明的語言，但表現的忠實，與不苟且運用文字的決心，也就有糾正鬆懈的思想與警醒心靈的功效。

我們知道說話是表現個性極重要的方法，生活既然是一個整體的藝術，說話當然是這藝術裏的重要部分。極高的工夫往往可以從極小的起點做去，我們實現生命的理想，也未始不可從注意說話做起。

（選自《落葉》文集）

說明

　　〈話〉是徐志摩在燕京大學的講演稿,收入《落葉》文集。他在序裏說:
「……此外那幾篇都不能算是滿意的文章,不是質地太雜,就是筆法太亂或是
太鬆,尤其是〈話〉與〈青年運動〉兩篇,那簡直是太『年輕』了,思想是不
經爬梳的,字句是不經洗煉的,就比是小孩拿木片瓦塊放在一起,卻要人相信
那是一座皇宮──且不說高明的讀者,就我這回自己校看的時候,也不免替那
位大膽厚顏的『作者』捏一大把冷汗。……」

徐志摩與泰戈爾等合影
（攝於1928年,印度）

海灘上種花

　　朋友是一種奢華：且不說酒肉勢利，那是說不上朋友，真朋友是相知，但相知談何容易，你要打開人家的心，你先得打開你自己的；你要在你的心裏容納人家的心，你先得把你的心推放到人家的心裏去：這真心或真性情的相互的流轉，是朋友的秘密，是朋友的快樂。但這是說你內心的力量夠得到，性靈的活動有富餘，可以隨時開放，隨時往外流，像山裏的泉水，流向容得住你的同情的溝槽；有時你得冒險，你得花本錢，你得抵拼在巉崖的亂石間，觸刺的草縫裏耐心的尋路，那時候艱難，苦痛，消耗，在在是可能的，在你這水一般靈動，水一般柔順的尋求同情的心能找到平安欣快以前。

　　我所以說朋友是奢華：「相知」是寶貝，但得拿真性情的血本去換，去拼。因此我不敢輕易說話，因為我自己知道我的來源有限，十分的謹慎尚且不時有破產的恐懼；我不能隨便「花」。前天有幾位小朋友來邀我跟你們講話，他們的懇切折服了我，使我不得不從命，但是小朋友們，說也慚愧，我拿什麼來給你們呢？

　　我最先想來對你們說些孩子話，因爲你們都還是孩子。但是那孩子的我到那裏去了？彷彿昨天我還是個孩子，今天不知怎的就變了樣。什麼是孩子要不爲一點活潑的天眞，但天眞就比是泥土裏的嫩芽，天冷泥土硬就壓住了它的生機——這年頭問誰去要和暖的春風？

　　孩子是沒了。你記得的只是一個不清切的影子，麻糊得緊，我這時候想起就像是一個瞎子追念他自己的容貌，一樣的記不周全；他即使想急了拿一雙手到臉上去印下一個模子來，模子也是個死的。眞的沒了。一天在公園裏見一個小朋友不提多麼活動，一忽兒上山，一忽兒爬樹，一忽兒溜冰，一忽兒乾草裏打滾，要不然就跳著憨笑；我看著羨慕，也想學樣，跟他一起玩，但是不能，我是一個大人，身上穿著長袍，心裏存著體面，怕招人笑，天生的靈活換來矜持的存心——孩子，孩子是沒有的了，有的只是一個年歲與教育蛀空了的軀殼，死僵僵的，不自然的。

　　我又想找回我們天性裏的野人來對你們說話。因爲野人也是接近自然的；我前幾年過印度時得到極刻心的感想，那裏的街道房屋以及土人的體膚容貌，生活的習慣，雖則簡，雖則陋，雖則不誇張，卻處處與大自然——上面碧藍的天，火熱的陽光，地下焦黃的泥土，高矗的椰樹——相調諧，情調，色彩，結構，看來有一種意義的一致，就比是一件完美藝術的作品。也不知怎的，那天看了他們的街，街上的牛車，趕車的老頭露著他的赤光的頭顱與此紫薑色的圓肚，他們的廟，廟裏的聖像與神座前的花，我心裏只是不自在，就彷彿這情景是一個熟悉的聲音的叫喚，叫你去跟著他，你的靈魂也何嘗不活跳跳的想答應一聲「好，我來了，」但是不能，又有礙路的擋著你，不許你回覆這叫喚聲啓

示給你的自由。困著你的是你的教育；我那時的難受就比是一條蛇擺脫不了困住他的一個硬性的外殼──野人也給壓住了，永遠出不來。

所以今天站在你們上面的我不再是融會自然的野人，也不是天機活靈的孩子：我只是一個「文明人」我能說的只是「文明話」。但什麼是文明只是墮落？文明人的心裏只是種種虛榮的念頭，他到處忙不算，到處都得計較成敗。我怎麼能對著你們不感覺慚愧？不瞭解自然不僅是我的心，我的話也是的。並且我即使有話說也沒法表現，即使有思想也不能使你們瞭解，內裏那點子性靈就比是在一座石壁裏牢牢的砌住，一絲光亮都不透，就憑這雙眼望見你們，但有什麼法子可以傳達我的意思給你們，我已經忘卻了原來的語言，還有什麼話可說的？

但我的小朋友們還是逼著我來說謊（沒有話說而勉強說話便是謊）。知識，我不能給；要知識你們得請教教育家去，我這裏是沒有的。智慧，更沒有了：智慧是地獄裏的花果，能進地獄更能出地獄的才採得著智慧，不去地獄的便沒有智慧──我是沒有的。

我正發窘的時候，來了一個救星──就是我手裏這一小幅畫，等我來講道理給你們聽。這張畫是我的拜年片，一個朋友替我製的。你們看這個小孩子在海邊沙灘上獨自的玩，赤腳穿著草鞋，右手提著一枝花，使勁把它往沙裏栽，左手提著一把澆花的水壺，壺裏水點一滴滴的往下掉著。離著小孩不遠看得見海裏翻動著的波瀾。

你們看出了這畫的意思沒有？

在海沙裏種花。在海沙裏種花！那小孩這一番種花的熱心怕是白費的了。砂磧是養不活鮮花的，這幾點淡水是不能幫忙的，也許等不到小孩轉身，這一朵小花已經支不住陽光的逼迫，就得交卸他有限的生命，枯萎了去。況且那海水的浪頭也快打過來了，海浪沖來時不說這朵小小的花，就是大根的樹也怕站不住——所以這花落在海邊上是絕望的了，小孩這番力量準是白花的了。

你們一定很能明白這個意思。我的朋友是很聰明的，他拿這畫意來比我們一群呆子，樂意在白天裏做夢的呆子，滿心想在海沙裏種花的傻子。畫裏的小孩拿著有限的幾滴淡水想維持花的生命，我們一群夢人也想在現在比沙漠還要乾枯比沙灘更沒有生命的社會裏，憑著最有限的力量，想下幾顆文藝與思想的種子，這不是一樣的絕望，一樣的傻？想在海沙裏種花，想在海沙裏種花，多可笑呀！但我的聰明的朋友說，這幅小小畫裏的意思還不止此；諷刺不是她的目的。她要我們更深一層看。在我們看來海沙裏種花是傻氣，但在那小孩自己卻不覺得。他的思想是單純的，他的信仰也是單純的。他知道的是什麼？他知道花是可愛的，可愛的東西應得幫助他發長；他平常看見花草都是從地土裏長出來的，他看來海沙也只是地，為什麼海沙裏不能長花他沒有想到，也不必想到，他就知道拿花來栽，拿水去澆，只要那花在地上站直了他就歡喜，他就樂，他就會跳他的跳，唱他的唱，來讚美這美麗的生命，以後怎麼樣，海沙的性質，花的運命，他全管不著！我們知道小孩們怎樣的崇拜自然，他的身體雖則小，他的靈魂卻是大著，他的衣服也許髒，他的心可是潔淨的。這裏還有一幅畫，這是自然的崇拜，你們看這孩子在月光下跪著拜一朵低頭的百合花，這時候他的心與月光一般的清潔，與花一般的美麗，與夜一般的安靜。我們可以

知道到海邊上來種花那孩子的思想與這月下拜花的孩子的思想會得跪下的——單純，清潔，我們可以想像那一個孩子把花栽好了也是一樣來對著花膜拜祈禱——他能把花暫時栽了起來便是他的成功，此外以後怎麼樣不是他的事情了。

你們看這個象徵不僅美，並且有力量；因為它告訴我們單純的信心是創作的泉源——這單純的爛漫的天真是最永久最有力量的東西，陽光燒不焦他，狂風吹不倒他，海水沖不了他，黑暗掩不了他——地面上的花朵有被摧殘有消滅的時候，但小孩愛花種花這一點：「真」卻有的是永久的生命。

　　我們來放遠一點看。我們現有的文化只是人類在歷史上努力與犧牲的成績。為什麼人們肯努力肯犧牲？因為他們有天生的信心；他們的靈魂認識什麼是真什麼是善什麼是美，雖則他們的肉體與智識有時候會誘惑他們反著方向走路；但只要他們認明一件事情是有永久價值的時候，他們就自然的會得興奮，不期然的自己犧牲，要在這忽忽變動的聲色的世界裏，贖出幾個永久不變的原則的憑證來。耶穌為什麼不怕上十字架？密爾頓何以瞎了眼還要做詩？貝多芬何以聾了還要製音樂？米開朗基羅為什麼肯積受幾個月的潮濕不顧自己的皮肉與靴子連成一片的用心思？為的只是要解決一個小小的美術問題。為什麼永遠有人到冰洋盡頭雪山頂上去探險？為什麼科學家肯在顯微鏡底下或是數目字中間研究一般人眼看不到心想不通的道理消磨他一生的光陰？

　　為的是這些人道的英雄都有他們不可搖動的信心；像我們在海沙裏種花的孩子一樣，他們的思想是單純的——宗教家為善的原則犧牲，科學家為真的原則犧牲，藝術家為美的原則犧牲——這一切犧牲的結果便是我們現有的有限的文化。

　　你們想想在這地面上做事難道還不是一樣的傻氣——這地面還不與海沙一樣不容你生根，在這裏的事業還不是與鮮花一樣的嬌嫩？——潮水過來可以沖掉，狂風吹來可以折壞，陽光曬來可以燻焦我們小孩子手裏拿著往沙裏栽的鮮花，同樣的，我們文化的全體還不一樣有隨時可以沖掉折壞燻焦的可能嗎？巴比倫的文明現在那裏？澎湃城曾經在地下埋過千百年，克利脫的文明直到最近五六十年間才完全發現。並且有時一件事實體的存在並不能證明他生命的繼續。這區區地球的本體就有一千萬個毀滅的可能。人們怕死不錯，我們怕死

人，但最可怕的不是死的死人，是活的死人，單有軀殼生命沒有靈性生活是莫大的悲慘；文化也有這種情形，死的文化倒也罷了，最可憐的是勉強喘著氣的半死的文化。你們如其問我要例子，我就不遲疑的回答你說，朋友們，貴國的文化便是一個喘著氣的活死人！時候已經很久的了，自從我們最後的幾個祖宗為了不變的原則犧牲他們的呼吸與血液，為了不死的生命犧牲他們有限的存在，為了單純的信心遭受當時人的訕笑與侮辱。時候已經很久的了，自從我們最後聽見普遍的聲音像潮水似的充滿著地面。時候已經很久的了，自從我們最後看見強烈的光明像彗星似的掃掠過地面。時候已經很久的了，自從我們最後為某種主義流過火熱的鮮血。時候已經很久的了，自從我們的骨髓裏有膽量，我們的說話裏有份量。這是一個極傷心的反省！我真不知道這時代犯了什麼不可赦的大罪，上帝竟狠心的賞給我們這樣惡毒的刑罰？你看看去這年頭到那裏去找一個完全的男子或是一個完全的女子——你們去看去，這年頭那一個男子不是陽痿，那一個女子不是鼓脹！要形容我們現在受罪的時期，我們得發明一個比醜更醜比髒更髒比下流更下流比苟且更苟且比懦怯更懦怯的一類生字去！朋友們，真的我心裏常常害怕，害怕下回東風帶來的不是我們盼望中的春天，不是鮮花青草蝴蝶飛鳥，我怕他帶來一個比多天更枯槁更淒慘更寂寞的死天——因為醜陋的臉子不配穿漂亮的衣服，我們這樣醜陋的變態的人心與社會憑什麼權利可以問青天陽光，問地面要青草，問飛鳥要音樂，問花朵要顏色？你問我明天天會不會放亮？我回答說我不知道，竟許不！

　　歸根是我們失去了我們靈性努力的重心，那就是一個單純的信仰，一點爛漫的童真！不要說到海灘去種花——我們都是聰明人誰願意做傻瓜去——就是

在你自己院子裏種花你都懶怕動手哪！最可怕的懷疑的鬼與厭世的黑影已經佔住了我們的靈魂！

　　所以朋友們，你們都是青年，都是春雷聲響不曾停止時破綻出來的鮮花，你們再不可墮落了——雖則陷穽的大口滿張在你的跟前，你不要怕，你把你的爛漫的天眞倒下去，塡平了它再往前走——你們要保持那一點的信心，這裏面連著來的就是精力與勇敢與靈感——你們要不怕做小傻瓜，盡量在這人道的海灘邊種你的鮮花去——花也許會消滅，但這種花的精神是不爛的！

（選自《落葉》文集）

悼沈叔薇

（沈叔薇是我的一個表兄，從小同學，高小中學（杭州一中）都是同班畢業的，他是今年九月死的）

叔薇，你竟然死了，我常常的想著你，你是我一生最密切的一個人，你的死是我的一個不可補償的損失。我每次想到生與死的究竟時，我不定覺得生是可欲，死是可悲，我自己的經驗與默察只使我相信生的底質是苦不是樂，是悲哀不是幸福，是淚不是笑，是拘束不是自由：因此從生入死，在我有時看來，只是解化了實體的存在，脫離了現象的世界，你原來能辨別苦樂，忍受磨折的性靈，在這最後的呼吸離竅的俄頃，又投入了一種異樣的冒險。我們不能輕易的斷定那一邊沒有陽光與人情的溫慰，亦不能設想苦痛的滅絕。但生死間終究有一個不可掩諱的分別，不論你怎樣的看法。出世是一件大事，死亡亦是一件大事。一個嬰兒出母胎時他便與這生的世界開始了關係，這關係卻不能隨著他去後的軀殼埋掩，這一生與一死，不論相間的距離怎樣的短，不論他生時的世界怎樣的仄——這一生死便是一個不可銷毀的事實：比如海水每多一次潮漲海

灘便多受一次氾濫，我們全體的生命的灘沙裏，我想，也存記著最微小的波動與影響……

而況我們人又是有感情的動物。在你活著的時候，我可以攜著你的手，談我們的談，笑我們的笑，一同在野外仰望天上的繁星，或是共感秋風與落葉的悲涼……叔薇，你這幾年雖則與我不易相見，雖則彼此處世的態度更不如童年時的一致，但我知道，我相信在你的心裏還留著一部分給我的情意，因為你也在我的胸中永佔著相當的關切。我忘不了你，你也忘不了我。每次我回家鄉時，我往往在不曾解卸行裝前已經亟亟的尋求，欣欣的重溫你的伴侶。但如今在你我間的距離，不再是可以度量的里程，卻是一切距離中最遼遠的一種距離——生與死的距離。我下次重歸鄉土，再沒有機會與你攜手談笑，再不能與你相與恣縱早年的狂態，我再到你們家去，至多只能撫摩你的寂寞的靈幃，仰望你的慘淡的遺容，或是手拿一把鮮花到你的墳前憑弔！

叔薇，我今晚在北京的寓裏，在一個冷靜的秋夜，傾聽著風催落葉的秋聲，咀嚼著為你興起的哀思，這幾行文字，雖則是隨意寫下，不成章節，但在這抒寫自來情感的俄頃，我彷彿又一度接近了你生前溫馴的，諧趣的人格，彷彿又見著了你瘦臉上的枯澀的微笑——比在生前更諧合的更密切的接近。

我沒有多少的話對你說，叔薇，你得寬恕我；當你在世時我們亦很少相互傾吐的機會。你去世的那一天我來看你，那時你的頭上，你的眉目間，已經刻畫著死的晦色，我叫了你一聲叔薇，你也從枕上側面來回叫我一聲志摩，那便是我們在永別前最後的緣份！我永遠忘不了那時病榻前的情景！

　　我前面說生命不定是可喜，死亦不定可畏：叔薇，你的一生尤其不曾嘗味過生命裏可能的樂趣，雖則你是天生的達觀，從不曾慕羨虛榮的人間；你如其繼續的活著，支撐著你的多病的筋骨，委蛇你無多沾戀的家庭，我敢說這樣的生轉不如撒手去了的乾淨！況且你生前至愛的骨肉，亦久已不在人間，你的生身的爹娘，你的過繼的爹娘，（我的姑母）你的姊姊——可憐娟姊，我始終不曾一度憑弔——還有你的愛妻，他們都在墳墓的那一邊滿開著他們天倫的懷抱，守候著他們最愛的「老五」，共享永久的安閒……

十一月一日早三時你的表弟志摩

本文寫於一九二四年

徐志摩在杭州一中
就讀時的照片

說明

　　沈叔薇是徐志摩的表哥，他們從小同學，一九一○年，又同入杭州府中學（後改名杭州一中）求學，當時同班同學尚有毛子水、毛以亨、董任堅（時）、郁達夫、姜立夫、鄭午昌（昶）等人，他們的國文老師是張獻之（相）、劉子庚（毓盤）。郁達夫於〈志摩在回憶裏〉（刊新月月刊四卷一期）一文，曾追記杭州府中求學的情景，他對班上「兩位奇人」印象特別深刻，一位就是「頭大尾巴小，戴著金邊近視眼的頑皮小孩」徐志摩；另一位是日夜和徐志摩在一起，最愛做淘氣把戲，又爲同學所愛戴的沈叔薇，他「是一個身材長得相當的高大，面上也已經滿示著成年的男子的表情，由我那時的心裏猜來，彷彿是年紀總該在三十歲以上的大人，——其實呢，他也不過和我們上下年紀而已。」

　　沈叔薇是徐志摩一生最密切的一個人，他倆是自小的同學，又是親戚，他的死是志摩的「一個不可補償的損失」。

致新月社朋友

　　新月的朋友，這時候你們在那裏？太陽還不曾下山，我料想你們各有各的職務，在學堂的，上衙門的，有在公園散步的，也有弄筆墨的調顏色的，我親愛的朋友們，我在這裏想念著你們！

　　我現在的地方是你們大多數不曾到過的。你們知道西伯利亞有一個貝加爾湖，這半天，我們的車就繞著那湖的沿岸走。我現在靠視窗震震的寫字，左首只是巉岩與絕壁，右面就是那大湖，什麼湖簡直是一個雪海，上帝知道這底下冰結的多深，對岸是重巒迭嶂的山嶺，無數帶雪帽的高峰在晚霞中自傲著他們的高潔。這裏的天光也好像是格外的澄清，方才下午的天眞是一青到底，一層雲氣都沒有，這時候沿湖蒸起了薄靄，也有三兩條古銅色的凍雲在對岸的山峰間橫互著。方才我寫信給一個朋友說這雪地裏的靜是一種特有的意境，最使人發生遐想。我面對著這偉大的自然，不由我不內動了感興；我的身體雖只是這冰天雪地裏的一個微蟻，但我內心頓時擴大了的思想與情感卻彷彿要衝破這渺小的軀體，向沒遮攔的天空飛去。朋友們，你們有我的

想念；我早已想寫信給你們，要你們知道我是隨時記著你們的，我不曾早著筆也有我的打算；這一路忙著轉車，不曾有一半天的安逸；長白山邊，松花江畔，都叫利慾的人間薰改了氣味，那時我便提筆亦只有厭惡與憤懣；今天難得有這貝加爾湖的晴爽，難得有我自己心懷的舒暢，所以我抖擻精神，決意來開始這番漫遊的通信。

今天我不僅想念我的朋友，我也想念我的新月。

我快離京的時候有幾位朋友，聽說我要到歐洲去，就很替新月社擔憂；他們說你這一去新月社一定受影響，即使不至於關門恐怕難免狼狽。這話我聽了很不願意，因為在這話裏可以看出一般人對於新月社究竟是什麼一回事並沒有應有的了解。但這也不能深怪，因為我們志願雖則有，到現在為止卻並不曾有相當的事蹟來證實我們的志願，所以外界如其不甚了解乃至誤解新月社的旨趣時，我們除了自己還怨誰去？我是發起這志願最早的一個人，憑這個資格我想來說幾句關於新月的話。

組織是有形的，理想是看不見的。新月初起時只是少數人共同的一個想望，那時的新月社也只是個口頭的名稱，與現在松樹胡同七號那個新月社俱樂部可以說並沒有怎樣密切的血統關係。我們當初想望的是什麼呢？當然只是書呆子們的夢想——我們想做戲，我們想集合幾個人的力量，自編戲自演，要得的請人來看，要不得的反正自己好玩。說也可慘，去年四月裏演的契玦臘要算是我們這一年來唯一的成績，而且還得多謝泰戈爾老先生的生日逼出來的！去年年底也曾忙了兩三個星期想排演西林先生的幾個小戲，也不知怎的始終沒

有排成。隨時產生的主意盡
有，想做這樣，想做那樣，
但結果還是一事無成。

北京西單石虎胡同7號新月社院內
林徽音與梁思成合影

　　同時新月社的俱樂部，
多謝黃子美先生的能幹與勞
力，居然有了著落。房子不
錯，佈置不壞，廚子合式，
什麼都好，就是一件事爲難——經費。開辦費是徐申如先生（我的父親）與黃
子美先生墊在那裏的，據我所知，分文都沒有歸清。經常費當然單靠社員的月
費，照現在社員的名單計算，假如社員一個個都能按月交費，收支勉強可以相
抵。但實際上社費不易收齊，支出卻不能減少，單就一二兩月看，已經不見有
百數以外的虧空。有虧空時間誰借錢彌補去？當然是問管事的。——但這情形
是絕不可以爲常的。黃先生替我們大家當差，做總管事，社裏大小的事情那一
樣能免得了煩他，他不問我們要酬勞已是我們的便宜，再要他每月自掏腰包貼
錢，實在是太說不過去了。所以怪不得他最初聽說我要到歐洲去，他眞的眼睛
都瞪紅了。他說你這不是成心拆臺，我非給你拼命不可！固然黃先生把我與新
月社的關係看得太過份些，但在他的確有他的苦衷，這裏也不必細說，反正我
住在裏面，碰著緩急時他總還可以抓著一個，如果我要是一溜煙走了，跟著大
爺們愛不交費就不交費，愛不上門就不上門。這一來黃爺豈不吃飽了黃蓮，含
著一口的苦水叫他怎麼辦？原先他貼錢賠工夫費心思原想搏大家一個高興，如
今要是大家一翻臉說辦什麼俱樂部這不是你自個兒活該，那可不是隨便開的玩

笑？黃爺一灰心，不用提第一個就咒徐志摩，他眞會拿手槍來找我都難說呢！所以我就爲預防我個人的安全起見也得奉求諸位朋友們協力幫忙，維持這俱樂部的生命。

這當然是笑話。認眞說，假如大多數的社員的進社都是爲敷衍交情來的，實際上對於新月社的旨趣及他的前途並沒有多大的同情，那事情倒好辦，新月社有的是現成的設備，也不能算惡劣，我們盡可以趁早來拍賣，好在西交民巷就在間壁，不怕沒有主顧，有餘利可賺都說不定呢！搭臺難坍臺還不容易，要好難，下流還不容易。銀行家要不出相當的價錢，政客先生們那裏也可以想法，反正只要開辦費有了著落，大家散夥就完事。

但那是頂凄慘的末路，不必要的一個設想；我們盡可以向著光亮處尋路。我們現在不必問社員們究竟要不要這俱樂部，俱樂部已經在那兒，只要大家盡一分子的力量，事情就好辦。問題是在我們這一群人，在這新月的名義下結成一體，寬緊不論。究竟想做些什麼？我們幾個創始人得承認在這兩個月內我們並沒有露我們的稜角。在現今的社會裏，做事不是平庸便是下流，做人不是懦夫便是鄉愿。這露稜角（在有稜角可露的）幾乎是我們對人對己兩負的一種義務。有一個要得的俱樂部，有舒服的沙發躺，有可口的飯菜吃，有相當的書報看，也就不壞；但這躺沙發絕不是我們結社的宗旨，吃好菜也不是我們的目的。不錯，我們曾經開過會來，新年有年會，元宵有燈會，還有什麼古琴會書畫會讀書會，但這許多會也只能算是時令的點綴，社友偶爾的興致，絕不是眞正新月的清光，絕不是我們想像中的稜角。假如我們的設備只是書畫琴棋外加茶酒，假如我們舉措的目標，是有產有業階級的先生太太們的娛樂消

遭，那我們新月社豈不變了一個古式的新世界或是新式的舊世界了嗎？這Petty Bourgeois的味兒我第一個就受不了！

　　同時神經敏銳的先生們對我們新月社已經發生了不少奇妙的揣詳。因為我們社友裏有在銀行裏做事的就有人說我們是資本家的機關。因為我們社友有一兩位出名的政客就有人說我們是某黨某系的機關。因為我們社友裏有不少北大的同事就有人說我們是北大學閥的機關。因為我們社友裏有男有女就有人說我們是過激派。這類的閒話多著哩；但這類的腦筋正彷彿那位躺在床上喊救命的先生，他睡夢中見一隻車輪大的怪物張著血盆大的口要來吃他，其實只是他夫人那裏的一個跳蚤爬上了他的腹部！

　　跳蚤我們是不用怕的，但露不出稜角來是可恥的。這時候，我一個人在西伯利亞大雪地裏空吹也沒有用，將來要有事情做，也得大家協力幫忙才行。幾個愛做夢的人，一點子創作的能力，一點子不服輸的傻氣，合在一起，什麼朝代推不翻，什麼事業做不成？當初羅剎蒂一家幾個兄妹合起莫利思朋瓊司幾個朋友在藝術界裏就打開了一條新路，蕭伯納衛伯夫婦合在一起在政治思想界裏也就開闢了一條新道。新月新月，難道我們這新月便是用紙版剪的不成？朋友們等著，兄弟上阿爾帕斯的時候再與你們談天。

三月十四日西伯利亞
刊晨副，民十四、四、二

説明

〈致新月社朋友〉一文，算是徐志摩《歐遊漫錄》的第十部分，也是有關新月社的重要文獻之一。梁錫華有一篇文章：〈且道陰晴圓缺——新月的問題〉（刊聯副一九八〇、五、一）對新月社的沿革、流變及其發展，做了詳實的敘述，茲節錄如次：

……徐志摩民十一年十月從英國劍橋大學回到北平，意欲在短期間與所謂「中國第一才女」的林徽音共結連理，然後二人雙雙回英繼續學業，但天不造美，好夢難圓，他在百無聊賴的心境下，爲了交友和消愁解悶，乃組織聚餐會。此會開創日期已不可知（大致在民十二年初），但徐氏在〈劇刊始業〉一文有句話，關係聚餐會及新月社：「最初是『聚餐會』，從聚餐會產生新月社，又從新月社產生『七號』的俱樂部。」顯而易見，聚餐會是新月社的前身，而新月一名取自泰戈爾的新月集。至於新月社和松樹胡同七號的俱樂部，徐氏在民十四年歐遊寫的一封信最能道其詳細：「新月起初時只是少數人共同的一個願望，那時的新月社也只是個口頭的名稱，與現在松樹胡同七號那個新月社俱樂部可以說並沒有怎樣的血統關係。」

嚴格說來，外界所認識的新月社只是「松樹胡同七號」的新月社俱樂部，不是徐志摩理想的新月社。換言之，那個有組織、有房子、有設備的新月社（即七號的俱樂部）並沒有實現徐志摩的理想。從他自己的話作結論，我們可以說他的新月社一經產下麟兒——就是那個頂著新月社招牌座落北平松樹胡同七號的俱樂部，沒有多久就撒手塵寰了。

　　⋯⋯新月社和當時其他會社頗有不同。它不是政治性的，也不是純文藝性。它是帶文化傾向的社交團體。出入其中的是北平的上流人士。⋯⋯社員有作家、大學教授，也有政治界、實業界和金融界人物，外加幾個社員的太太或女友。其中的知名之士計有胡適、陳源（西瀅）、林長民、林語堂、王賡、徐新六、張歆海、陳博生、黃子美、余上沅、丁西林、凌叔華、林徽音、陸小曼等。徐志摩自己則可算是創辦人，他身爲「無業遊民」，自然在其中主其事。

　　⋯⋯新月社的經費主要來自一班政治界和金融界人物。雖然他們並非盡屬庸陋市儈，但也不是文藝的熱心份子。他們到俱樂部是要打打彈子、聽聽戲曲和吃點精美小菜。徐志摩在其中難隨緣參與，但心中卻不以爲然。他在民十四年三月有信給陸小曼說：「假如我新月社的生活繼續下去，要不了兩年，徐志摩不墮落也墮落了。我的筆尖再也沒有光芒，我的心再沒有新鮮的跳動，那我就完了──『泯然眾人矣』！」由於他無法扭轉大局，和新月社拆夥也就絕不偶然。爲此他說過一句很有意思的話：「⋯⋯從新月社產生『七號』的俱樂部，結果大約是『俱不樂部』！」（〈劇刊始業〉）

　　徐志摩是新月社的靈魂。民十四歐遊後當他對社務漸減之日，也就是新月社步入死寂之時。不過，該俱樂部門口的牌子，是一直到民十六年才正式除下的。

拜倫

蕩蕩萬斛船　　影若揚白虹

自非風動天　　莫置大水中

——杜甫

　　今天早上，我的書桌上散放著一疊書，我伸手提起一枝毛筆蘸飽了墨水正想下筆寫的時候，一個朋友走進屋子來，打斷了我的思路。「你想做什麼」？他說。「還債」，我說，「一輩子只是還不清的債，開銷了這一個，那一個又來，像長安街上要飯的一樣，你一開頭就糟。這一次是爲他」，我手點著一本書裏Westall畫的拜倫像（原本現在倫敦肖像畫院）。「爲誰，拜倫」！那位朋友的口音裏夾雜了一些鄙夷的鼻音。「不僅做文章，還想替他開會哪」，我跟著說。「哼，眞有工夫，又是戴東原那一套」——那位先生髮議論了——「忙著替死鬼開會演說追悼，哼！我們自己的祖祖宗宗的生忌死忌，春祭秋祭，先

拜倫

就忙不開，還來管姓呆姓攞的出世去世；中國鬼也就夠受，還來張羅洋鬼！那國什麼黨的爸爸死了，北京也聽見悲聲，上海廣東也聽見哀聲；書呆子的退伍總統死了，又來一個同聲一哭。二百年前的戴東原還不是一個一頭黃毛一身奶臭一把鼻涕一把尿的娃娃，與我們什麼相干，又用得著我們的正顏厲色開大會做論文！現在真是愈出愈奇了，什麼，連拜倫也得利益均沾，又不是瘋了，你們無事忙的文學先生們！

誰是拜倫？一個濫筆頭的詩人，一個宗教家說的罪人，一個花花公子，一個貴族。就使追悼會紀念會是現代的時髦，你也得想想受追悼的配不配，也得想想跟你們所謂時代精神合式不合式，拜倫是貴族，你們貴國是一等的民主共和國，那裏有貴族的位置？拜倫又沒有發明什麼蘇維埃，又沒有做過世界和平的大夢，更沒有用科學方法整理過國故，他只是一個拐腿的紈絝詩人，一百年前也許出過他的鋒頭，現在埋在英國紐斯推德（Newstead）的貴首頭都早爛透了，為他也來開紀念會，哼，他配！講到拜倫的詩你們也許與蘇和尚的脾味合得上，看得出好處，這是你們的福氣——要我看他的詩也不見得比他的骨頭活得了多少。並且小心，拜倫倒是條好漢，他就恨盲目的崇拜，回頭你們東抄西

剿的忙著做文章想是討好他，小心他的鬼魂到你夢裏來大聲的罵你一頓！」

那位先生大發牢騷的時候，我已經抽了半枝的菸，眼看著繚繞的氤氳，耐心的挨他的罵，方才想好讚美拜倫的文章也早已變成了煙絲飛散：我呆呆的靠在椅背上出神了：——

拜倫是眞死了不是？全朽了不是？眞沒有價值，眞不該替他揄揚傳佈不是？

眼前扯起了一重重的霧幔，灰色的，紫色的，最後呈現了一個驚人的造像，最純粹，光淨的白石雕成的一個人頭，供在一架五尺高的檀木几上，放射出異樣的光輝，像是阿博洛，給人類光明的大神，凡人從沒有這樣莊嚴的「天庭」，這樣不可侵犯的眉宇，這樣的頭顱，但是不，不是阿博洛，他沒有那樣驕傲的鋒芒的大眼，像是阿爾帕斯山南的藍天，像是威尼市的落日，無限的高遠，無比的壯麗，人間的萬花鏡的展覽反映在他的圓睛中，只是一層鄙夷的薄翳；阿博洛也沒有那樣美麗的髮鬈，像紫葡萄似的一穗穗貼在花崗石的牆邊；他也沒有那樣不可信的口唇，小愛神背上的小弓也比不上他的精緻，口角邊微露著厭世的表情，像是蛇身上的文彩，你明知是惡毒的，但你不能否認他的豔麗；給我們絃琴與長笛的大神也沒有那樣圓整的鼻孔，使我們想像他的生命的劇烈與偉大，像是大火山的決口……

不，他不是神，他是凡人，比神更可怕更可愛的凡人，他生前在紅塵的狂濤中沐浴，洗滌他的遍體的斑點，最後他踏腳在浪花的頂尖，在陽光中呈露他的無瑕的肌膚，他的驕傲，他的力量，他的壯麗，是天上瑳奕司與玖必德的憂

愁。

他是一個美麗的惡魔，一個光榮的叛兒。

一片水晶似的柔波，像一面晶瑩的明鏡，照出白頭的「少女」，閃亮的「黃金蔻」，「快樂的阿翁」。此地更沒有海潮的嘯響，只有草蟲的謳歌，醉人的樹色與花香，與溫柔的水聲，小妹子的私語似的，在湖邊吞咽。山上有急湍，有冰河，有幔天的松林，有奇偉的石景。瀑布像是瘋癲的戀人，在荊棘叢中跳躍，從巉岩上滾墜，在磊石間震碎，激起無量數的珠子，圓的，長的，乳白的，透明的，陽光斜落在急流的中腰，幻成五彩的虹紋。這急湍的頂上是一座突出的危崖，像一個猛獸的頭顱，兩旁幽邃的松林，像是一頸的長鬣，一陣陣的瀑雷，像是他的吼聲。在這絕壁的邊沿站著一個丈夫，一個不凡的男子，怪石一般的崢嶸，朝旭一般的美麗，勁瀑似的桀傲，松林似的憂鬱。他站著，交抱著手臂，翻起一雙大眼，凝視著無極的青天，三個阿爾帕斯的鷙鷹在他的頭頂不息的盤旋；水聲，松濤的嗚咽，牧羊人的笛聲，前峰的崩雪聲——他凝神的聽著。

只要一滑足，只要一縱身，他想，這軀殼便崩雪似的墜入深潭，粉碎在美麗的水花中，這些大自然的諧音便是讚美他寂滅的喪鐘。他是一個驕子：人間踏爛的蹊徑不是為他準備的，也不是人間的鐐鏈可以鎖住他的鷙鳥的翅羽。他曾經丈量過巴南蘇斯的群峰，曾經搏鬥過海理士彭德海峽的凶濤，曾經在馬拉松放歌，曾經在愛琴海邊狂嘯，曾經踐踏過滑鐵盧的泥土，這裏面埋著一個敗滅的帝國。他曾經實現過西撒凱旋時的光榮，丹桂籠住他的髮鬢，玫瑰承住

他的腳蹤；但他也免不了他的滑鐵盧；運命是不可測的恐怖，征服的背後隱著侮辱的獰笑，御座的周遭顯現了狂狷的幻景；現在他的遍體的斑痕，都是誹毀的箭鏃，不更是繁花的裝綴，雖則在他的無瑕的體膚上一樣的不曾停留些微污損。……太陽也有他的淹沒的時候，但是誰能忘記他臨照時的光焰？

「What is life, what is death, and what are we.」

「That when the ship sinks, we no longer may be.」

虬哪Juno發怒了。天變了顏色，湖面也變了顏色。四圍的山峰都披上了黑霧的袍服，吐出迅捷的火舌，搖動著，彷彿是相互的示威，雷聲像猛獸似的在山幻裏咆哮，跳蕩，石卵似的雨塊，隨著風勢打擊著一湖的磷光，這時候（一八一六年，六月，十五日）彷彿是愛儷兒（Ariel）的精靈聳身在絞繞的雲中，默嗪著咒語，眼看著

Jove's lightnings, the precursors

O, the dreadful thunder-claps……

The fire, and cracks

O, sulphurous roaring, the most mighty Neptune

Seem'd to besiege, and make his bold waves tremble,

Yea his dread tridents shake.　　　(Tempest)

在這大風濤中，在湖的東岸，龍河（Rhone）合流的附近，在小嶼與白沫間，飄浮著一隻疲乏的小舟，扯爛的布帆，破碎的尾舵，衝當著巨浪的打擊，舟子只是著忙的禱告，乘客也失去了鎮定，都已脫卸了外衣，準備與濤瀾搏

鬥。這正是盧騷的故鄉，這小舟的歷險處又恰巧是玖荔亞與聖潘羅（Julia and St. Preux）遇難的名蹟。舟中人有一個美貌的少年是不會泅水的，但他卻從不介意他自己的骸骨的安全，他那時滿心的憂慮，只怕是船翻時連累他的友人為他冒險，因為他的友人是最不怕險惡的，厄難只是他的雄心的激刺，他曾經狎侮愛琴海與地中海的怒濤，何況這有限的梨夢湖中的掀動，他交叉著手，靜看著薩福埃（Savoy）的雪峰，在雲隙裏隱現。這是歷史上一個稀有的奇逢，在近代革命精神的始祖神感的勝處，在天地震怒的俄頃，載在同一的舟中，一對共患難的，偉大的詩魂，一對美麗的惡魔，一對光榮的叛兒！

　　他站在梅鎖朗奇（Mesolonghi）的灘邊，（一八二四年，一月，四至二十二日）。海水在夕陽光裏起伏，周遭靜瑟瑟的莫有人跡，只有連綿的沙磧，幾處卑陋的草屋，古廟宇殘圯的遺跡，三兩株灰蒼色的柱廊，天空飛舞著幾隻闊翅的海鷗，一片荒涼的暮景。他站在灘邊，默想古希臘的榮華，雅典的文章，斯巴達的雄武，晚霞的顏色二千年來不曾消滅，但自由的鬼魂究不曾在海沙上留存些微痕跡……他獨自的站著，默想他自己的身世，三十六年的光陰已在時間的灰爐中埋著，愛與憎，得志與屈辱；盛名與怨詛，志願與罪惡，故鄉與知友，威尼市的流水，羅馬古劇場的夜色，阿爾帕斯的白雪，大自然的美景與恚怒，反叛的磨折與尊榮，自由的實現與夢境的消殘……他看著海沙上映著的曼長的身形，涼風拂動著他的衣裾——寂寞的天地間的一個寂寞的伴侶——他的靈魂中不由的激起了一陣感慨的狂潮，他把手掌埋沒了頭面。此時日輪已經翳隱，天上星先後的顯現，在這美麗的瞑色中，流動著詩人的吟聲，像是松風，像是海濤，像是藍奧孔苦痛的呼聲，像是海倫娜島上絕望的呼

嘆：——

This time this heart should be unmoved,

 Since others it hath ceased to move;

Yet, though I cannot be beloved,

 Still let me love !

My days are in the yellow leaf;

 The flowers and fruits of love are gone;

The worm, the canker, and the grief;

 Are mine alone !

The fire that on my bosom preys

 Is lone as some volcanic isle;

No torch is kindled at its blaze ——

 A funeral pile !

The hope, the fear, the jealous care,

 The exalted portion of the pain

And power of love, I cannot share,

 But wear the chain.

But 'tis not thus —— and 'tis not here ——

 Such thoughts should shake my soul, nor now.

Where glory decks the hero's bier

    Or binds his brow.

The sword, the banner, and thd field,

    Glory and Grace, around me see !

The Spartan, born upon his shield,

    Was not more free.

Awake ! (not Greece —— she is awake !)

    Awake, my spirit ! Think through whom

The life-blood tracks its parent lake,

    And then strike home !

Tread those reviving passions down.

    Unworthy manhood ! —— unto thee

Indifferent should the smile or frown

    Of beauty be.

If thou regret'st thy youth, why live ?

    The land of honorable death

Is here: —— up to the field, and give

    Away thy breath !

Seek out — less sought than found ——

A soldier's grave for thee the best;

Then look around, and choose thy ground,

And take thy rest.

年歲已經殭化我的柔心，

　　我再不能感召他人的同情

但我雖則不敢想望戀與憫，

　　我不願無情！

往日已隨黃葉枯萎，飄零；

　　戀情的花與果更不留蹤影，

只剩有腐土與蟲與愴心，

　　長伴前途的光陰！

燒不盡的烈焰在我的胸前，

　　孤獨的，像一個噴火的荒島；

更有誰憑弔，更有誰憐──

　　一堆殘骨的焚燒！

希冀，恐懼，靈魂的憂焦，

　　戀愛的靈感與苦痛與蜜甜，

我再不能嘗味，再不能自傲──

　　我投入了監牢！

但此地是古英雄的鄉國，

　　白雲中有不朽的靈光，

我不當怨艾，惆悵，爲什麼

　　這無端悽惶？

希臘與榮光，軍旗與劍器，

　　古戰場的塵埃，在我的周遭，

古勇士也應慕羨我的際遇，

　　此地，今朝！

甦醒！（不是希臘──她早已驚起！）

　　甦醒，我的靈魂！問誰是你的

血液的泉源，休辜負這時機，

　　鼓舞你的勇氣！

丈夫！休教已往的沾戀

　　夢魘似的壓迫你的心胸

美婦人的笑與犟的婉戀，

　　更不當容寵！

再休眷念你的消失的青年，

　　此地是健兒殉身的鄉土，

聽否戰場的軍鼓，向前，

　　毀滅你的體膚！

只求一個戰士的墓窟，

　　收束你的生命，你的光陰；

去選擇你的歸宿的地域，

　　自此安寧。

他念完了詩句，只覺得遍體的狂熱，壅住了呼吸，他就把外衣脫下，走入水中，向著浪頭的白沫裏聳身一竄，像一隻海豹似的，鼓動著鰭腳，在鐵青色的水波裏泳了出去。……

「衝鋒，衝鋒，跟我來！」

衝鋒，衝鋒，跟我來！這不是早一百年拜倫在希臘梅鎖龍奇臨死前昏迷時說的話，那時他的熱血已經讓冷血的醫生給放完了，但是他的爭自由的旗幟卻還是緊緊的擎在他的手裏。……

再遲八年，一位八十二歲的老翁也在他的解脫前，喊一聲「Mere Licht！」

「不夠光亮！」　「衝鋒，衝鋒，跟我來！」

火熱的煙灰掉在我的手背上，驚醒了我的出神，我正想開口答覆那位朋友的譏諷，誰知道睜眼看時，他早溜了！

（十四年四月二日）

說明

　　本文發表於《小說月報》第十五卷第四號，這一期是為了紀念英國詩人拜倫百年誕辰，特別推出的「拜倫紀念號」。西諦在「卷頭語」中寫道：「我們愛天才的作家，尤其愛偉大的反抗者。所以我們之讚頌拜倫，不僅讚頌他的超卓的天才而已。他的反抗的熱情的行為，其足以使我們感動，實較他的詩歌為尤甚。他實是一個近代極偉大的反抗者！反抗壓迫自由的惡魔，反抗一切虛偽的假道德的社會。詩人的不朽，都在他們的作品，而拜倫則獨破此例。」西諦之見，最足以說明二十年代文人崇慕拜倫的源由，他們不惟崇慕他偉大的詩歌，並且崇慕他偉大豪爽的事蹟。

我 的 彼 得

　　新近有一天晚上，我在一個地方聽音樂，一個不相識的小孩，約莫八九歲光景，過來坐在我的身邊，他說的話我不懂，我也不易使他懂我的話，那可並不妨事，因為在幾分鐘內我們已經是很好的朋友，他拉著我的手，我拉著他的手，一同聽臺上的音樂。他年紀雖則小，他音樂的興趣已經很深：他比著手勢告我他也有一張提琴，他會拉，並且說那幾個是他已經學會的調子。他那資質的敏慧，性情的柔和，體態的秀美，不能使人不愛；而況我本來是歡喜小孩們的。

　　但那晚雖則結識了一個可愛的小友，我心裏卻並不快爽；因為不僅見著他使我想起你，我的小彼得，並且在他活潑的神情裏我想見了你，彼得，假如你長大的話，與他同年齡的影子。你在時，與他一樣，也是愛音樂的；雖則你回去的時候剛滿三歲，你愛好音樂的故事，從你襁褓時起，我屢次聽你媽與你的「大大」講，不但是十分的有趣可愛，竟可說是你有天賦的憑證，在你最初開口學話的日子，你媽已經寫信給我，說你聽著了音樂便異常的快活，說你在坐

車裏常常伸出你的小手在車欄上跟著音樂按拍；你稍大些會得淘氣的時候，你媽說，只要把話匣開上，你便在旁邊乖乖的坐著靜聽，再也不出聲不鬧：——並且你有的是可驚的口味，是貝多芬是槐格納你就愛，要是中國的戲片，你便蓋沒了你的小耳，決意不讓無意味的鑼鼓，打擾你的清聽！你的大大（她多疼你！）講給我聽你得小提琴的故事：怎樣那晚上買琴來的時候你已經在你的小床上睡好，怎樣她們為怕你起來鬧趕快滅了燈亮把琴放在你的床邊，怎樣你這小機靈早已看見，卻偏不作聲，等你媽與大大都上了床，你才偷偷的爬起來，摸著了你的寶貝，再也忍不住的你技癢，站在漆黑的床邊，就開始你「截桑柴」的本領，後來怎樣她們干涉了你，你便乖乖的把琴抱進你的床去，一起安眠。她們又講你怎樣喜歡拿著一根短棍站在桌上模仿音樂會的導師，你那認真的神情常常叫在座人大笑。此外還有不少趣話，大大記得最清楚，她都講給我聽過；但這幾件故事已夠見證你小小的靈性裏早長著音樂的慧根。實際我與你媽早經同意想叫你長大時留在德國學習音樂；——誰知道在你的早殤裏我們失去了一個可能的莫札特（Mozart）：在中國音樂最饑荒的日子，難得見這一點希冀的青芽，又教運命無情的腳根踏倒，想起怎不可傷？

　　彼得，可愛的小彼得，我「算是」你的父親，但想起我做父親的往跡，我心頭便湧起了不少的感想；我的話你是永遠聽不著了，但我想藉這悼念你的機會，稍稍疏泄我的積愫，在這不自然的世界上，與我境遇相似或更不如的當不在少數；因此我想說的話或許還有人聽，竟許有人同情。就是你媽，彼得，她也何嘗有一天接近過快樂與幸福，但她在她同樣不幸的境遇中證明她的智斷，她的忍耐，尤其是她的勇敢與膽量；所以至少她，我敢相信，可以懂得我話裏

意味的深淺，也只有她，我敢說，最有資格指證或相詮釋，在她有機會時，我的情感的真際。

但我的情愫！是怨，是恨，是懺悔，是悵惘？對著這不完全，不如意的人生，誰沒有怨，誰沒有恨，誰沒有悵惘？除了天生顢頇的，誰不曾在他生命的經途中──葛德說的──和著悲哀吞他的飯，誰不曾擁著半夜的孤衾飲泣？我們應得感謝上蒼的是他不可度量的心裁，不但在生物的境界中他創造了不可計數的種類，就這悲哀的人生也是因人差異，各各不同，──同是一個碎心，卻沒有同樣的碎痕，同是一滴眼淚，卻難尋同樣的淚晶。

彼得我愛，我說過我是你的父親。但我最後見你的時候你才不滿四月，這次我再來歐洲你已經早一個星期回去，我見著的只你的遺像，那太可愛，與你一撮的遺灰，那太可慘。你生前日常把弄的玩具──小車，小馬，小鵝，小琴，小書──，你媽曾經件件的指給我看，你在時穿著的衣褂鞋帽你媽與你大大也曾含著眼淚從箱裏理出來給我撫摩，同時她們講你生前的故事，直到你的影像活現在我的眼前，你的腳蹤彷彿在樓板上踹響。你是不認識你父親的，彼得，雖則我聽說他的名字常在你的口邊，他的肖像也常受你小口的親吻，多謝你媽與你大大的慈愛與真摯，她們不僅永遠把你放在她們心坎的底裏，她們也使我，沒福見著你的父親，知道你，認識你，愛你，也把你的影像，活潑，美慧，可愛，永遠鏤上了我的心版。那天在柏林的會館裏，我手捧著那收存你遺灰的錫瓶，你媽與你七舅站在旁邊止不住滴淚，你的大大哽咽著，把一個小花圈掛上你的門前──那時間我，你的父親，覺著心裏有一個尖銳的刺痛，這才初次明白曾經有一點血肉從我自己的生命裏分出，這才覺著父性的愛像泉眼似

的在性靈裏汨汨的流出：只可惜是遲了，這慈愛的甘液不能救活已經萎折了的鮮花，只能在他紀念日的周遭永遠無聲的流轉。

彼得，我說我要藉這機會稍稍爬梳我年來的鬱積；但那也不見得容易；要說的話彷彿就在口邊，但你要它們的時候，它們又不在口邊：像是長在大塊岩石底下的嫩草，你得有力量翻起那岩石才能把它不傷損的連根起出——誰知道那根長的多深！是恨，是怨，是懺悔，是悵惘？許是恨，許是怨，許是懺悔，許是悵惘。荊棘刺入了行路人的脛踝，他才知道這路的難走；但爲什麼有荊棘？是它們自己長著，還是有人成心種著的？也許是你自己種下的？至少你不能完全抱怨荊棘，一則因爲這道是你自願才來走的，再則因爲那刺傷是你自己的腳踏上了荊棘的結果，不是荊棘自動來刺你——但又誰知道？因此我有時想，彼得，像你倒眞是聰明：你來時是一團活潑，光亮的天眞，你去時也還是一個光亮，活潑的靈魂；你來人間眞像是短期的作客，你知道的是慈母的愛，陽光的和暖與花草的美麗，你離開了媽的懷抱，你回到了天父的懷抱，我想他聽你欣欣的回報這番作客——只嚐甜漿，不吞苦水——的經驗，他上年紀的臉上一定滿佈著笑容——你的小腳踝上不曾碰著過無情的荊刺，你穿來的白衣不曾沾著一斑的泥污。

但我們，比你住久的，彼得，卻不是來作客：我們是遭放逐，無形的解差永遠在後背催逼著我們趕道：爲什麼受罪，前途是那裏，我們始終不曾明白，我們明白的只是底下流血的脛踝，只是這無思的長路，這時候想回頭已經太遲，想中止也不可能，我們眞的羨慕，彼得，像你那譪期的簡淨。

　　在這道上遭受的，彼得，還不止是難，不止是苦，最難堪的是逐步相追的嘲諷，身影似的不可解脫。我既是你的父親，彼得，比方說，為什麼我不能在你的生前，日子雖短，給你應得的慈愛，為什麼要到這時候，你已經去了不再回來，我才覺著骨肉的關連？並且假如我這番不到歐洲，假如我在萬里外接到你的死耗，我怕我只能看做水面上的雲影，來時自來，去時自去：正如你生前我不知欣喜，你在時我不知愛惜，你去時也不能過分動我的情感。我自分不是無情，不是寡恩，為什麼我對自身的血肉，反是這般不近情的冷漠？彼得，我問為什麼，這問的後身便是無限的隱痛；我不能怨，我不能恨，更無從悔，我只是悵惘，我只能問！明知是自苦的挪揄，但我只能忍受。而況挪揄還不止此，我自身的父母，何嘗不赤心的愛我；但他們的愛卻正是造成我痛苦的原因：我自己也何嘗不篤愛我的親親，但我不僅不能盡我的責任，不僅不曾給他們想望的快樂，我，他們的獨子，也不免加添他們的煩愁，造作他們的痛苦，這又是為什麼？在這裏，我也是一般的不能恨，不能怨，更無從悔，我只是悵惘——我只能問。昨天我是個孩子，今天已是壯年；昨天腮邊還帶著圓潤的笑渦，今天頭上已見星星的白髮；光陰帶走的往跡，再也不容追贖，留下在我們心頭的只是些挪揄的鬼影；我們在這道上偶爾停步回想的時候，只能投一個虛圈的「假使當初」，解嘲已往的一切。但已往的教訓，即使有，也不能給我們利益，因為前途還是不減啟程時的渺茫，我們還是不能選擇取由的途徑——到那天我們無形的解差喝住的時候，我們唯一的權利，我猜想，也只

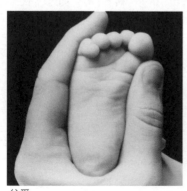

父愛

是再丟一個虛圈更大的「假使」，圓滿這全程的寂寞，那就是止境了。

説明

〈我的彼得〉一文，選自《自剖文集》。彼得，是徐志摩的次子，本名德生，一九二二年二月二十四日生於柏林。是年三月，徐志摩與夫人張幼儀離婚。一九二五年，他和陸小曼戀愛的事，在北京鬧得風風雨雨，不得已決定到歐洲旅行，避避鋒頭。三月十日啓程出國，十九日，彼得患腹膜炎死於柏林，他於二十六日趕到柏林，已來不及見最後一面了。

除了〈我的彼得〉一文外，徐志摩於三月二十六日在柏林寄給小曼的信中也說：「小曼：柏林第一晚，一時半，方才送C女士回去，可憐不幸的母親，三歲的小孩子只剩了一撮冷灰，一週前死的。她今天掛著兩行眼淚等我，好不凄慘；只要早一週到，還可見著可愛的小臉兒，一面也不得見，這是從那裏說起？……」（C女士指張幼儀）〈小曼日記〉四月二十日也有一段記載——「昨天在酒筵前聽到說你的小兒子死了。聽了嚇一跳，不幸的事爲甚麼老接連著纏繞到我們身上來？爲甚麼別人的消息倒比我快，你因何信中一字不提？不知你們見著最後的一面沒有？……」

徐志摩在六月三日寫成〈我的彼得〉一文，刊《現代評論》二卷三十六期。他的朋友劉叔和說：這篇悼兒文做得不壞，連素來看不起志摩筆墨的，這回也相當的贊許。一九二七年冬，張幼儀曾將德生（彼得）的骨灰歸葬於硤石西山白水泉下。

翡冷翠山居閒話

　　在這裏出門散步去，上山或是下山，在一個晴好的五月的向晚，正像是去赴一個美的宴會，比如去一果子園，那邊每株樹上都是滿掛著詩情最秀逸的果實，假如你單是站著看還不滿意時，只要你一伸手就可以探取，可以恣嚐鮮味，足夠你性靈的迷醉。陽光正好暖和，絕不過暖，風息是溫馴的，而且往往因為他是從繁花的山林裏吹度過來他帶來一股幽遠的淡香，連著一息滋潤的水氣，摩挲著你的顏面，輕繞著你的肩腰，就這單純的呼吸已是無窮的愉快；空氣總是明淨的，近谷內不生煙，遠山上不起靄，那美秀風景的全部正像畫片似的展露在你的眼前，供你閒暇的鑒賞。

　　作客山中的妙處，尤在你永不需躊躇你的服色與體態；你不妨搖曳著一頭的蓬草，不妨縱容你滿腮的苔蘚；你愛穿什麼就穿什麼；扮一個牧童，扮一個漁翁，裝一個農夫，裝一個走江湖的桀卜閃，裝一個獵戶；你再不必提心整理你的領結，你盡可以不用領結，給你的頸根與胸膛一半日的自由，你可以拿一條這邊豔色的長巾包在你的頭上，學一個太平軍的頭目，或是拜倫

那埃及裝的姿態；但最要緊的是穿上你最舊的舊鞋，別管他模樣不佳，他們是頂可愛的好友，他們承著你的體重卻不叫你記起你還有一雙腳在你的底下。

這樣的玩頂好是不要約伴，我竟想嚴格的取締，只許你獨身，因為有了伴多少總得叫你分心，尤其是年輕的女伴，那是最危險最專制不過的旅伴，你應得躲避她像你躲避青草裏一條美麗的花蛇！平常我們從自己家裏走到朋友的家裏，或是我們執事的地方，那無非是在同一個大牢裏從一間獄室移到另一間獄室去，拘束永遠跟著我們，自由永遠尋不到我們；但在這春夏間美秀的山中或鄉間你要是有機會獨身閒逛時，那才是你福星高照的時候，那才是你實際領受，親口嚐味，自由與自在的時候，那才是你肉體與靈魂行動一致的時候。朋友們，我們多長一歲年紀往往只是加重我們頭上的枷，加緊我們腳脛上的鏈，我們見小孩子在草裏在沙堆裏在淺水裏打滾作樂，或是看見小貓追他自己的尾巴，何嘗沒有羨慕的時候，但我們的枷，我們的鏈永遠是制定我們行動的上司！所以只有你單身奔赴大自然的懷抱時，像一個裸體的小孩撲入他母親的懷抱時，你才知道靈魂的愉快是怎樣的，單是活著的快樂是怎樣的，單就呼吸單就走道單就張眼看聳耳聽的幸福是怎樣的。因此你得嚴格的為己，極端的自私，只許你，體魄與性靈，與自然同在一個脈搏裏跳動，同在一個音波裏起伏，同在一個神奇的宇宙裏自得。我們渾樸的天真是像含羞草似的嬌柔，一經同伴的抵觸，他就捲了起來，但在澄靜的日光下，和風中，他的姿態是自然的，他的生活是無阻礙的。

你一個人漫遊的時候，你就會在青草裏坐地仰臥，甚至有時打滾，因為草的和暖的顏色自然的喚起你童稚的活潑；在靜僻的道上你就會不自主的狂舞，

看著你自己的身影幻出種種詭異的變相，因爲道旁樹木的陰影在他們于徐的婆娑裏暗示你舞蹈的快樂；你也會得信口的歌唱，偶爾記起斷片的音調，與你自己隨口的小曲，因爲樹林中的鶯燕告訴你春光是應得讚美的，更不必說你的胸襟自然會跟著漫長的山徑開拓，你的心地會看著澄藍的天空靜定，你的思想和著山壑間的水聲，山罅裏的泉響，有時一澄到底的清澈，有時激起成章的波動，流，流，流入涼爽的橄欖林中，流入嫵媚的阿諾河去……

並且你不但不需應伴，每逢這樣的遊行，你也不必帶書。書是理想的伴侶，但你應得帶書，是在火車上，在你住處的客室裏，不是在你獨身漫步的時候。什麼偉大的深沉的鼓舞的清明的優美的思想的根源不是可以在風籟中，雲彩裏，山勢與地形的起伏裏，花草的顏色與香息裏尋得？自然是最偉大的一部書，葛德說，在他每一頁的字句裏我們讀得最深奧的消息。並且這書上的文字是人人懂得的；阿爾帕斯與五老峰，雪西里與普陀山，萊因河與揚子江，梨夢湖與西子湖，建蘭與瓊花，杭州西溪的蘆雪與威尼市夕照的紅潮，百靈與夜鶯，更不提一般黃的黃麥，一般紫的紫藤，一般青的青草同在大地上生長，同在和風中波動──他們應用的符號是永遠一致的意義是永遠明顯的，只要你自己性靈上不長瘡癩，眼不盲，耳不塞，這無形跡的最高等教育便永遠是你的名分，這不取費的最珍貴的補劑便永遠供你的受用；只要你認識了這一部書，你在這世界上寂寞時便不寂寞，窮困時不窮困，苦惱時有安慰，挫折時有鼓勵，軟弱時有督責，迷失時有南針。

（十四年七月）

說明

　　翡冷翠（Firenze，義大利原文）是義大利的一個城市，又譯爲佛羅倫斯（英文作Florence）。徐志摩於一九二五年歐遊時期，曾在此地逗留了六個星期，獲得了心靈上的滋潤和愉悅。在這年四月三十日給泰戈爾的英文信中，他說到了在義大利的生活情況：「我現在寄寓翡冷翠，在群山環抱中一座優雅的別墅租了個地方。居停主人蒙皓珊女士很有文化修養，而且平易近人，對你也非常仰慕。這裏的園子有美木繁花，鳥聲不絕，其中最動人的是夜鶯的歌唱。若不是狄更生先生和其他英國朋友一催再催要我至少回劍橋小住數天，我可以在這個靜謐、清美的安樂窩終老的。……」

　　徐志摩出國前答應爲《現代評論》雜誌沿途寫遊記，他到了佛羅倫斯之後，怡人的景色使他文思泉湧，方才認眞動筆，他曾回憶那時創作的心境：「記得我在義大利寫遊記的時候，情緒是何等的活潑，興趣何等的醇厚，一路來眼見耳聽心感的種種，那一樣不活栩栩的叢集在我的筆端，爭求充分的表現！」他在佛羅倫斯寫下了不少散文，及一些詩篇，他的第二部詩集，以〈翡冷翠的一夜〉這首詩的題目當該詩集總名，這表明了徐志摩對此詩，對佛羅倫斯的偏愛。這本詩集的封面，更以翡冷翠的維基烏大橋的節景爲背景，可見，佛羅倫斯在徐志摩心目中的地位了。

《翡冷翠的一夜》封面

義大利的天時小引

我們常聽說義大利的天就比別處的不同：「藍天的義大利」，「豔陽的義大利」，「光亮的義大利」。我不曾來的時候，我常常想像義大利的天陰霾，晦塞，霧盲，昏沉那類的字在這裏當然是不適用不必說，就是下雨也一定像夏天陣雨似的別有風趣，只是在雨前雨後增添天上的嫵媚；我想沒有雲的日子一定多，頭頂只見一個碧藍的圓穹，地下只是豔麗的陽光，大致比我們冬季的北京再加幾倍光亮的模樣。有雲的時候，也一定是最可愛的雲彩，鵝毛似的白淨，一條條在藍天裏掛著，要不然就是彩色最鮮豔的晚霞，玫瑰、琥珀、瑪瑙、珊瑚、翡翠、珍珠什麼都有；看著了那樣的天（我想）心裏有愁的人一定會忘所愁，本來快活的一定是加倍的快活……

那是想像中的義大利的天與天時，但想望總不免過分；在這世界上最美滿的事情離著理想的境界總還有幾步路。義大利的天，雖則比別處的好，終究還不是「洞天」。你們後來的記好了，不要期望過奢；我自己幸虧多住了幾天，否則不但不滿意，差一些還會十分的失望。

　　初入境的印象我敢說一定是很強的。我記得那天鑽出了阿爾帕斯的山腳，連環的雪峰向後直退。郎巴德的平壤像一條地毯似的直鋪到前望的天邊；那時頭上的天與陽光的確不同，急切說不清怎樣的不同，就只天藍比往常的藍、白雲比尋常的白，陽光比平常的亮，你身邊站著的旅伴說「啊這是義大利」，你也脫口的回答「啊這是義大利」，你的心跳就自然的會增快，你的眼力自然的會加強。田裏的草，路旁的樹，湖裏的水都彷彿微笑著輕輕的回應你，阿這是義大利！

　　但我初到的兩個星期，從米蘭到威尼市，經翡冷翠去羅馬，義大利的天時，你說怎樣，簡直是荒謬！威尼市不曾見著它有名夕照的影子，翡冷翠只是不清明，羅馬最不顧廉恥，簡直連綿的淫雨了四天，四月有正月的冷，什麼遊興都給毀了，臨時逃向翡冷翠那天我眞忍不住咒了。

　　　　　　　　　　　　　刊晨副，一九二五、八、十九

羅曼羅蘭

　　羅曼羅蘭（Romain Rolland），這個美麗的音樂的名字，究竟代表些什麼？他為什麼值得國際的敬仰，他的生日為什麼值得國際的慶祝？他的名字，在我們多少知道他的幾個人的心裏，喚起些個什麼？他是否值得我們已經認識他思想與景仰他人格的更親切的認識他，更親切的景仰他；從不曾接近他的趕快從他的作品裏去接近他？

　　一個偉大的作者如羅曼羅蘭或托爾斯泰，正像是一條大河，它那波瀾，它那曲折，它那氣象，隨處不同，我們不能劃出它的一灣一角來代表它那全流。我們有幸福在書本上結識他們的正比是尼羅河或揚子江沿岸的泥塊，各按我們的受量分沾他們的潤澤的恩惠罷了。說起這兩位作者——托爾斯泰與羅曼羅蘭，他們靈感的泉源是同一的，他們的使命是同一的，他們在精神上有相互的默契（詳後），彷彿上天從不教他的靈光在世上完全滅跡，所以在這普遍的混沌與黑暗的世界內往往有這類稟承靈智的大天才在我們中間指點迷途，啓示光明。但他們也自有他們不同的地方；如其我們還是引申上面這個比喻，托爾斯

泰，羅曼羅蘭的前人，就更像是尼羅河的流域，它那兩岸是浩瀚的沙磧，古埃及的墓宮，三角金字塔的映影，高矗的棕櫚類的林木，間或有帳幕的遊行隊，天頂永遠有異樣的明星；羅曼羅蘭，托爾斯泰的後人，像是揚子江的流域，更近人間，更近人情的大河，它那兩岸是青綠的桑麻，是連櫛的房屋，在波鱗裏泅著的是魚是蝦，不是長牙齒的鱷魚，岸邊聽得見的也不是神秘的駝鈴，是隨熟的雞犬聲。這也許是斯拉夫與拉丁民族各有的異稟，在這兩位大師的身上得到更集中的表現，但他們潤澤這苦旱的人間的使命是一致的。

　　十五年前一個下午，在巴黎的大街上，有一個穿馬路的叫汽車給碰了，差一點沒有死。他就是羅曼羅蘭。那天他要是死了，巴黎也不會怎樣的注意，至多報紙上本地新聞欄裏登一條小字：「汽車肇禍，撞死了一個走路的，叫羅曼羅蘭，年四十五歲。在大學裏當過音樂史教授，曾經辦過一種不出名的雜誌叫 Cahiers de la Quinzaine 的」。

　　但羅蘭不死，他不能死；他還得完成他分定的使命。在歐戰爆裂的那一年，羅蘭的天才，五十年來在無名的黑暗裏埋著的，忽然取得了普遍的認識。從此他不僅是全歐心智與精神的領袖，他也是全世界一個靈感的泉源。他的聲音彷彿是最高峰上的崩雪，迴響在遠近的萬壑間。五年的大戰毀了無數的生命與文化的成績，但毀不了的是人類幾個基本的信念與理想，在這無形的精神價值的戰場上羅蘭永遠是一個不仆的英雄。對著在惡鬥的漩渦裏掙扎著的全歐羅蘭喊一聲彼此是弟兄放手！對著蜘網似密佈，疫癘似蔓延的怨恨，仇毒，虛妄，瘋顛，羅蘭集中他孤獨的理智與情感的力量作戰。對著普遍破壞的現象，羅蘭伸出他單獨的臂膀開始組織人道的勢力。對著叫褊淺的國家主義與

惡毒的報復本能迷惑住的智識階級，他大聲的喚醒他們應負的責任，要他們恢復思想的獨立，救濟盲目的群眾。「在戰場的空中」——「Above the Battle Field」——不是在戰場上，在各民族共同的天空，不是在一國的領土內，我們聽得羅蘭的大聲，也就是人道的呼聲，像一陣光明的驟雨，激鬥著地面上互殺的烈焰。羅蘭作戰是有結果的，他聯合了國際間自由的心靈，替未來的和平築一層有力的基礎。這是他自己的話：——

「我們從戰爭得到一個付重價的利益，它替我們聯合了各民族中不甘受流行的種族怨毒支配的心靈。這次的教訓益發激勵他們的精力，強固他們的意志。誰說人類友愛是一個絕望的理想？我再不懷疑未來的全歐一致的結合。我們不久可以實現那精神的統一。這戰爭只是它的熱血的洗禮。」

羅曼羅蘭與高爾基合影

這是羅蘭，勇敢的人道的戰士！當他全國的刀鋒一致向著德人的時候，他敢說不，真正的敵人是你們自己心懷裏的仇毒。當全歐破碎成不可收拾的斷片時，他想

像到人類更完美的精神的統一。友愛與同情，他相信，永遠是打倒仇恨與怨毒的利器；他永遠不懷疑他的理想是最後的勝利者。在他的前面有托爾斯泰與道施滔奄夫斯基（雖則思想的形式不同）他的同時有泰戈爾與甘地（他們的思想的形式也不同），他們的立場是在高山的頂上，他們的視域在時間上是歷史的全部，在空間裏是人類的全體，他們的聲音是天空裏的雷震，他們的贈與是精神的慰安。我們都是牢獄裏的囚犯，鐐銬壓住的，鐵欄錮住的，難得有一絲雪亮暖和的陽光照上我們黝黑的臉面，難得有喜雀過路的歡聲清醒我們昏沉的頭腦。「重濁」，羅蘭開始他的貝多芬傳：

「重濁是我們周圍的空氣。這世界是叫一種凝厚的污濁的穢息給悶住了——一種卑瑣的物質壓在我們的心裏，壓在我們的頭上，叫所有民族與個人失卻了自由工作的機會。我們全讓掐住了轉不過氣來。來，讓我們打開窗子好叫天空自由的空氣進來，好叫我們呼吸古英雄們的呼吸。」

打破我執的偏見來認識精神的統一；打破國界的偏見來認識人道的統一。這是羅蘭與他同理想者的教訓。解說怨毒的束縛來實現思想的自由；反抗時代的壓迫來恢復性靈的尊嚴。這是羅蘭與他同理想者的教訓。人生原是與苦俱來的；我們來做人的名分不是咒詛人生因為它給我們苦痛，我們正應在苦痛中學習，修養，覺悟，在苦痛中發現我們內蘊的寶藏，在苦痛中領會人生的眞際。英雄，羅蘭最崇拜如米開朗基羅與貝多芬一類人道的英雄，不是別的，只是偉大的耐苦者。那些不朽的藝術家，誰不曾在苦痛中實現生命，實現藝術，實現宗教，實現一切的奧義？自己是個深感苦痛者，他推致他的同情給世上所有的受苦者；在他這受苦，這耐苦，是一種偉大，比事業的偉大更深沉的偉大。

他要尋求的是地面上感悲哀感孤獨的靈魂。「人生是艱難的。誰不甘願承受庸俗，他這輩子就是不斷的奮鬥。並且這往往是苦痛的奮鬥，沒有光彩，沒有幸福，獨自在孤單與沉默中掙扎。窮困壓著你，家累累著你，無意味的沉悶的工作消耗你的精力，沒有歡欣，沒有希冀，沒有同伴，你在這黑暗的道上甚至連一個在不幸中伸手給你的骨肉的機會都沒有。」這受苦的概念便是羅蘭人生哲學的起點，在這上面他求築起一座強固的人道的寓所。因此在他有名的傳記裏他用力傳述先賢的苦難生涯，使我們憬悟至少在我們的苦痛裏，我們不是孤獨的，在我們切己的苦痛裏隱藏著人道的消息與線索。「不快活的朋友們，不要過分的自傷，因爲最偉大的人們也曾分嚐過你們的苦味。我們正應得跟著他們的努奮自勉。假如我們覺得軟弱，讓我們靠著他們喘息。他們有安慰給我們。從他們的精神裏放射著精力與仁慈。即使我們不研究他們的作品，即使我們聽不到他們的聲音，單從他們面上的光彩，單從他們曾經生活過的事實裏，我們應得感悟到生命最偉大，最生產——甚至最快樂——的時候是在受苦痛的時候。」

我們不知道羅曼羅蘭先生想像中的新中國是怎樣的；我們不知道爲什麼他特別示意要聽他的思想在新中國的迴響。但如其它能知道新中國像我們自己知道它一樣，他一定感覺與我們更密切的同情，更貼近的關係，也一定更急急的伸手給我們握著——因爲你們知道，我也知道，什麼是新中國只是新發現的深沉的悲哀與苦痛深深的盤伏在人生的底裏！這也許是我個人新中國的解釋；但如其有人拿一些時行的口號，什麼打倒帝國主義等等，或是分裂與猜忌的現象，去報告羅蘭先生說這是新中國，我再也不能預料他的感想了。

　　我已經沒有時候與地位敘述羅蘭的生平與著述；我只能匆匆的略說梗概。
他是一個音樂的天才，在幼年音樂便是他的生命。他媽教他琴，在諧音的波動
中他的童心便發現了不可言喻的快樂。莫札特與貝多芬是他最早發現的英雄。
所以在法國經受普魯士戰爭愛國主義最高激的時候，這位年輕的聖人正在「敵
人」的作品中嚐味最高的藝術。他的自傳裏寫著：「我們家裏有好多舊的德國
音樂書。德國？我懂得那個字的意義？在我們這一帶我相信德國人從沒有人見
過的。我翻著那一堆舊書，爬在琴上拼出一個個的音符。這些流動的樂音，諧
調的細流，灌溉著我的童心，像雨水漫入泥土似的淹了進去。莫札特與貝多芬
的快樂與苦痛，想望的幻夢，漸漸的變成了我的肉的肉，我的骨的骨。我是它
們，它們是我。要沒有它們我怎過得了我的日子？我小時生病危殆的時候，莫
札特的一個調子就像愛人似的貼近我的枕衾看著我。長大的時候，每回逢著懷
疑與懊喪，貝多芬的音樂又在我的心裏撥旺了永久生命的火星。每回我精神疲
倦了，或是心上有不如意事，我就找我的琴去，在音樂中洗淨我的煩愁。」

　　要認識羅蘭的不僅應得讀他神光煥發的傳記，還得讀他十卷的Jean
Christophe，在這書裏描寫他的音樂的經驗。

　　他在學堂裏結識了莎士比亞，發見了詩與戲劇的神奇。他的哲學的靈感，
與葛德一樣，是泛神主義的斯賓諾塞。他早年的朋友是近代法國三大詩人：克
洛岱爾（Paul Claudel　法國駐日大使），Ande Suares，與Charles Peguy（後來
與他同辦Cahiers de la Quinzaine）。那時槐格納是壓倒一時的天才，也是羅蘭
與他少年朋友們的英雄。但在他個人更重要的一個影響是托爾斯泰。他早就讀
他的著作，十分的愛慕他，後來他念了他的藝術論，那只俄國的老象──用一

個偷來的比喻——走進了藝術的花園裏去，左一腳踩倒了一盆花，那是莎士比亞，右一腳又踩倒了一盆花，那是貝多芬，這時候少年的羅曼羅蘭走到了他的思想的歧路了。莎氏，貝氏，托氏，同是他的英雄，但托氏憤憤的申斥莎貝一流的作者，說他們的藝術都是要不得的，不相干的，不是真的人道的藝術——他早年的自己也是要不得不相干的。在羅蘭一個熱烈的尋求真理者，這來就好似青天裏一個霹靂；他再也忍不住他的疑慮。他寫了一封信給托爾斯泰，陳述他的衝突的心理。他那年二十二歲。過了幾個星期羅蘭差不多把那信忘都忘了，一天忽然接到一封郵件：三十八滿頁寫的一封長信，偉大的托爾斯泰的親筆給這不知名的法國少年的！「親愛的兄弟。」那六旬老人稱呼他，「我接到你的第一封信，我深深的受感在心。我念你的信，淚水在我的眼裏。」下面說他藝術的見解：我們投入人生的動機不應是為藝術的愛，而應是為人類的愛。只有經受這樣靈感的人才可以希望在他的一生實現一些值得一做的事業。這還是他的老話，但少年的羅蘭受深徹感動的地方是在這一時代的聖人竟然這樣懇切的同情他，安慰他，指示他，一個無名的異邦人。他那時的感奮我們可以約略想像。因此羅蘭這幾十年來每逢少年人有信給他，他沒有不親筆作覆，用一樣慈愛誠摯的心對待他的後輩。這來受他的靈感的少年人更不知多少了。這是一件含獎勵性的事實。我們從可以知道凡是一件不勉強的善事就比如春天的薰風，它一路來散佈著生命的種子，喚醒活潑的世界。

但羅蘭那時離著成名的日子還遠，雖則他從幼年起只是不懈的努力。他還得經嚐身世的失望（他的結婚是不幸的，近三十年來他幾乎是完全隱士的生涯，他現在瑞士的魯山，聽說與他妹子同居），種種精神的苦痛，才能實受他

的勞力的報酬——他的天才的認識與接受。他寫了十二部長篇劇本，三部最著名的傳記（米開朗基羅，貝多芬，托爾斯泰），十大篇Jean Christophe，算是這時代裏最重要的作品的一部，還有他與他的朋友辦了十五年灰色的雜誌，但他的名字還是在晦塞的灰堆裏掩著——直到他將近五十歲那年，這世界方才開始驚訝他的異彩。貝多芬有幾句話，我想可以一樣適用到一生勞悴不怠的羅蘭身上：——

「我沒有朋友，我必得單獨生活；但是我知道在我心靈的底裏上帝是近著我，比別人更近。我走近他我心裏不害怕，我一向認識他的。我從不著急我自己的音樂，那不是壞運所能顛仆的，誰要能懂得它，它就有力量使他解除磨折旁人的苦惱。」

（十四年十月）

迎上前去

這回我不撒謊，不打隱謎，不唱反調，不來烘托；我要說幾句至少我自己信得過的話，我要痛快的招認我自己的虛實，我願意把我的花押畫在這張供狀的末尾。

我要求你們大量的容許准我，在我第一天接手《晨報副刊》的時候，介紹我自己，解釋我自己，鼓勵我自己。

我相信真的理想主義者是受得住眼看他往常保持著的理想萎成灰，碎成斷片，爛成泥，在這灰這斷片這泥的底裏他再來發現他更偉大更光明的理想。我就是這樣的一個。

只有信生病是榮耀的人們才來不知恥的高聲嚷痛；這時候他聽著有腳步聲，他以為有幫助他的人向著他來，誰知是他自己的靈性離了他去——真有志氣的病人，在不能自己豁脫苦痛的時候，寧可死休，不來忍受醫藥與慈善的侮辱。我又是這樣的一個。

　　我們在這生命裏到處碰頭失望，連續遭逢「幻滅」，頭頂只見烏雲，地下滿是黑影；同時我們的年歲，病痛，工作，習慣，惡狠狠的壓上我們的肩背，一天重似一天，在無形中嘲諷的呼喝著，「倒，倒，你這不量力的蠢才！」因此你看這滿路的倒屍，有全死的，有半死的，有爬著掙扎的，有默無聲息的⋯⋯嘿！生命這十字架，有幾個人扛得起來？

　　但生命還不是頂重的擔負，比生命更重實更壓得死人的是思想那十字架。人類心靈的歷史裏能有幾個天成的孟賁烏育？在思想可怕的戰場上我們就只有數得清有限的幾具光榮的屍體。

　　我不敢非分的自誇；我不夠狂，不夠妄。我認識我自己力量的止境，但我卻不能制止我看了這時候國內思想界萎癟現象的憤懣與羞惡。我要一把抓住這時代的腦袋，問他要一點真思想的精神給我看看──不是借來的稅來的冒來的描來的東西，不是紙糊的老虎，搖頭的傀儡，蜘蛛網幕面的偶像；我要的是筋骨裏迸出來，血液裏激出來，性靈裏跳出來，生命裏震盪出來的真純的思想。我不來問他要，是我的懦怯：他拿不出來給我看，是他的恥辱。朋友，我要你選定一邊，假如你不能站在我的對面，拿出我要的東西來給我看，你就得站在我這一邊，幫著我對這時代挑戰。

　　我預料有人笑　我的大話。是的，大話。我正嫌這年頭的話太小了，我們得造一個比小更小的字來形容這年頭聽著的說話，寫下印成的文字；我們得請一個想像力細緻如史魏夫脫（Dean Swift）的來描寫那些說小話的小口，說尖話的尖嘴。一大群的食蟻獸！他們最大的快樂是忙著他們的尖喙在泥土裏墾尋

細微的螞蟻。螞蟻是吃不完的，同時這可笑的尖嘴卻益發不住的向尖的方向進化，小心再隔幾代連螞蟻這食料都顯太大了！

　　我不來談學問，我不配，我書本的知識是眞的十二分的有限。年輕的時候我念過幾本極普通的中國書，這幾年不但沒有知新，溫故都說不上，我實在是固陋，但我卻抱定孔子的一句話！「知之爲知之，不知爲不知，是知也」，絕不來強不知爲知；我並不看不起國學與研究國學的學者，我十二分的尊敬他們，只是這部分的工作我只能豔羨的看他們去做，我自己恐怕不但今天，竟許這輩子都沒希望參加的了。外國書呢？看過的書雖則有幾本，但是眞說得上「我看過的」能有多少，說多一點，三兩篇戲，十來首詩，五六篇文章，不過這樣罷了。

　　科學我是不懂的，我不曾受過正式的訓練，最簡單的物理化學，都說不明白，我要是不預備就去考中學校，十分裏有九分是落第，你信不信！天上我只認識幾顆大星，地上幾棵大樹；這也不是先生教我的；從先生那裏學來的，十幾年學校教育給我的，究竟有些什麼，我實在想不起，說不上，我記得的只是幾個教授可笑的嘴臉與課堂裏強烈的催眠的空氣。

　　我人事的經驗與知識也是同樣的有限，我不曾做過工；我不曾嘗味過生活的艱難，我不曾打過仗，不曾坐過監，不曾進過什麼秘密黨，不曾殺過人，不曾做過買賣，發過一個大的財。

　　所以你看，我只是個極平常的人，沒有出人頭地的學問，更沒有非常的經驗。但同時我自信我也有我與人不同的地方。我不曾投降這世界。我不受它的

拘束。

　　我是一隻沒籠頭的野馬,我從來不曾站定過。我人是在這社會裏活著,我卻不是這社會裏的一個,像是有離魂病似的,我這軀殼的動靜是一件事,我那夢魂的去處又是一件事。我是一個傻子:我曾經妄想在這流動的生裏發現一些不變的價值,在這打謊的世上尋出一些不磨滅的真,在我這靈魂的冒險是生命核心裏的意義;我永遠在無形的,經驗的巉岩上爬著。

　　冒險——痛苦——失敗——失望,是跟著來的,存心冒險的人就得打算他最後的失望;但失望卻不是絕望,這分別很大。我是曾經遭受失望的打擊,我的頭是流著血,但我的脖子還是硬的;我不能讓絕望的重量壓住我的呼吸,不能讓悲觀的慢性病侵蝕我的精神,更不能讓厭世的惡質染黑我的血液。厭世觀與生命是不可並存的;我是一個生命的信徒,初起是的,今天還是的,將來我敢說,也是的。我絕不容忍性靈的頹唐,那是最不可救藥的墮落,同時卻繼續軀殼的存在;在我,單這開口說話,提筆寫字的事實就表示後背有一個基本的信仰,完全的沒破綻的信仰;否則我何必再做什麼文章,辦什麼報刊?

　　但這並不是說我不感受人生遭遇的痛創;我絕不是那童騃性的樂觀主義者;我絕不來指著黑影說這是陽光,指著雲霧說這是青天,指著分明的惡說這是善;我並不否認黑影,雲霧與惡,我只是不懷疑陽光與青天與善的實在;暫時的掩蔽與侵蝕不能使我們絕望,這正應得加倍的激動我們尋求光明的決心。前幾天我覺著異常懊喪的時候無意中翻著尼采的一句話。極簡單的幾個字卻含有無窮的意義與強悍的力量,正如天上星斗的縱橫與山川的經緯在無聲中暗示

你人生的奧義，袪除你的迷惘，照亮你的思路，他說「受苦的人沒有悲觀的權利」（The sufferer has no right to pessimism）我那時感受一種異樣的驚心，一種異樣的澈悟……——

> 我不辭痛苦，因為我要認識你，上帝；
> 我甘心，甘心在火焰裏存身，
> 到最後那時辰見我的眞，
> 見我的眞，我定了主意，上帝，再不遲疑！

所以我這次從南邊回來，決意改變我對人生的態度，我寫信給朋友說這來要來認眞做一點「人的事業」了。——

> 我再不想成仙，蓬萊不是我的分；
> 我只要這地面，情願安分的做人。

在我這「決心做人，決心做一點認眞的事業」，是一個思想的大轉變；因為先前我對這人生只是不調和不承認的態度，因此我與這現世界並沒有什麼相互的關係，我是我，它是它，它不能責備我，我也不來批評它。但這來我決心做人的宣言卻就把我放進了一個有關係，負責任的地位，我再不能張著眼睛做夢，從今起得把現實當現實看：我要來察看，我要來檢查，我要來清除，我要來顚撲，我要來挑戰，我要來破壞。

人生到底是什麼？我得先對我自己給一個相當的答案。人生究竟是什麼？為什麼這形形色色的，紛擾不清的現象——宗教，政治，社會，道德，藝術，

男女，經濟？我來是來了，可還是一肚子的不明白，我得慢慢的看古玩似的，一件件拿在手裏看一個清切再來說話，我不敢保證我的話一定在行，我敢擔保的只是我自己思想的忠實；我前面說過我的學識是極淺陋的，但我卻並不因此自餒，有時學問是一種束縛，知識是一層障礙，我只要能信得過我能看的眼，能感受的心，我就有我的話說；至於我說的話有沒有人聽，有沒有人懂，那是另外一件事我管不著了——「有的人身死了才出世的」，誰知道一個人有沒有真的出世那一天？

　　是的，我從今起要迎上前去！生命第一個消息是活動，第二個消息是搏鬥，第三個消息是決定；思想也是的，活動的下文就是搏鬥。搏鬥就包含一個搏鬥的物件，許是人，許是問題，許是現象，許是思想本體。一個武士最大的期望是尋著一個相當的敵手，思想家也是的，他也要一個可以較量他充分的力量的物件，「攻擊是我的本性」，一個哲學家說，「要與你的對手相當——這是一個正直的決鬥的第一個條件。你心存鄙夷的時候你不能搏鬥。你占上風，你認定對

生命的十字架

手無能的時候你不應當搏鬥。我的戰略可以約成四個原則：——第一，我專打正占勝利的對象——在必要時我暫緩我的攻擊等他勝利了再開手。第二，我專打沒有人打的對象，我這邊不會有助手，我單獨的站定一邊——在這搏鬥中我難爲的只是我自己。第三，我永遠不來對人的攻擊——在必要時我只拿一個人格當顯微鏡用，藉它來顯出某種普遍的，但卻隱遁不易蹤跡的惡性。第四，我攻擊某事物的動機，不包含私人嫌隙的關係，在我攻擊是一個善意的，而且在某種情況下，感恩的憑證。」

這位哲學家的戰略，我現在僭引做我自己的戰略，我盼望我將來不至於在搏鬥的沉酣中忽略了預定的規律，萬一疏忽時我懇求你們隨時提醒。我現在戴我的手套去！

一九二五年十月五日發表於晨報副刊

說明

一九二五年十月一日，徐志摩應陳博生之邀接編北京《晨報副刊》。五日在晨報發表此文。請讀者容許他，介紹他自己，解釋他自己，鼓勵他自己。

悼劉叔和

　　一向我的書桌上是不放相片的。這一月來有了兩張，正對我的坐位，每晚更深時就只他們倆看著我寫，伴著我想；院子裏偶爾聽著一聲清脆，有時是蟲，有時是風捲敗葉，有時，我想像，是我們親愛的故世人從墳墓的那一邊吹過來的消息。伴著我的一個是小，一個是「老」：小的就是我那三月間死在柏林的彼得，老的是我們鍾愛的劉叔和，「老老」。彼得坐在他的小皮椅上，抿緊著他的小口，圓睜著一雙秀眼，彷彿性急要媽拿糖給他吃，多活靈的神情！但在他右肩的空白上分明題著這幾行小字：「我的小彼得，你在時我沒福見你，但你這可愛的遺影應該可以伴我終身了。」老老是新長上幾根看得見的上唇鬚，在他那件常穿的緞褂裏欠身坐著，嚴正在他的眼內，和藹在他的口額間。

　　讓我來看。有一天我邀他吃飯，他來電說病了不能來，順便在電話中他說起我的彼得。（在襁褓時的彼得，叔和在柏林也曾見過。）他說我那篇悼兒文做得不壞；有人素來看不起我的筆墨的，他說，這回也相當的讚許了。我此時

還分明記得他那天通電時著了寒發沙的嗓音！我當時回他說多謝你們誇獎，但我卻覺得淒慘因為我同時不能忘記那篇文字的代價，是我自己的愛兒。過了幾天適之來說：「老老病了，並且他那病相不好，方才我去看他，他說適之我的日子已經是可數的了。」他那時住在皮宗石家裏。我最後見他的一次，他已在醫院裏。他那神色真是不好，我出來就對人講，他的病中醫叫做濕瘟，並且我分明認得它，他那眼內的鈍光，面上的澀色，一年前我那表兄沈叔薇彌留時我曾經見過──可怕的認識，這侵蝕生命的病徵。可憐少鰥的老老，這時候病榻前竟沒有溫存的看護；我與他說笑：「至少在病苦中有妻子畢竟強似沒妻子，老老，你不懊喪續弦不及早嗎？」那天我餵了他一餐，他實在是動彈不得；但我向他道別的時候，我真為他那無告的情形不忍。（在客地的單身朋友們，這是一個切題的教訓，快些成家，不要過於挑剔了吧；你放平在病榻上時才知道沒有妻子的悲慘──到那時，比如叔和，可就太晚了。）

叔和沒了。但為你，叔和，我卻不曾掉淚。這年頭也不知怎的，笑自難得，哭也不得容易。你的死當然是我們的悲痛，但轉念這世上慘澹的生活其實是無可沾戀，趁早隱了去，誰說一定不是可羨慕的幸運？況且近年來我已經見慣了死，我再也不覺著它的可怕。可怕是這煩囂的塵世：蛇蠍在我們的腳下，鬼祟在市街上，霹靂在我們的頭頂，噩夢在我們的周遭。在這偉大的迷陣中，最難得的是遺忘；只有在簡短的遺忘時我們才有機會恢復呼吸的自由與心神的愉快。誰說死不就是個悠久的遺忘的境界？誰說墓窟不就是真解放的進門？

但是隨你怎樣看法，這生死間的隔絕，終究是個無可奈何的事實，死去的不能復活，活著的不能到墳墓的那一邊去探望。到絕海裏去探險我們得合夥，

在大漠裏遊行我們得結伴；我們到世上來做人，歸根說，還不只是惴惴的來尋訪幾個可以共患難的朋友，這人生有時比絕海更兇險，比大漠更荒涼，要不是這點子友誼的同情我第一個就不敢向前邁步了。叔和真是我們的一個。他的性情是不可信的溫和：「頂好說話的老老。」但他每當論事，卻又絕對的不苟同，他的議論，在他起勁時，就比如山壑間雨後的亂泉，石塊壓不住它，蔓草掩不住它。誰不記得他那永遠帶傷風的嗓音，他那永遠不平衡的肩背，他那怪樣的激昂的神情？通伯在他那篇「劉叔和」裏說起當初在海外老老與傅孟真的豪辯，有時竟連「吶吶不多言」的他，也「免不了加入他們的戰隊。」這三位衣常敝，履無不穿的「大賢」在倫敦東南隅的陋巷，點煤汽油燈的斗室裏，真不知有多少次借光柏拉圖與盧騷與斯賓塞的迷力，欺騙他們告空虛的腸胃——至少在這一點他們三位是　致同意的！但通伯卻忘了告訴我們他自己每回加入戰團時的特別情態，我想我應得替他補白。我方才用亂泉比老老，但我應得說他是一竄野火，焰頭是斜著去的；傅孟真，不用說，更是一竄野火，更狷獗，焰頭是斜著來的；這一去一來就發生了不得開交的衝突。在他們最不得開交時，劈頭下去了一剪冷水，兩竄野火都吃了驚，暫時翳了回去。那一剪冷水就是通伯；他是出名澆冷水的聖手。

啊，那些過去的日子！枕上的夢痕，秋霧裏的遠山。我此時又想起初度太平洋與大西洋時的情景了。我與叔和同船到美國，那時還不熟；後來同在紐約一年差不多每天會面的，但最不可忘的是我與他同渡大西洋的日子。那時我正迷上尼采，開口就是那一套沾血腥的字句。我彷彿跟著查拉圖斯脫拉登上了哲理的山峰，高空的清氣在我的肺裏，雜色的人生橫亙在我的眼下。船過必司該

海灣的那天，天時驟然起了變化：岩片似的黑雲一層層累疊在船的頭頂，不漏一絲天光，海也整個翻了，這裏一座高山，那邊一個深谷，上騰的浪尖與下垂的雲爪相互的糾挐著；風是從船的側面來的，夾著鐵梗似粗的暴雨，船身左右側的傾欹著。這時候我與叔和在水潑的甲板上往來的走——那裏是走，簡直是滾，多強烈的震動！霎時間雷電也來了，鐵青的雲板裏飛舞著萬道金蛇，濤響與雷聲震成了一片喧鬧，大西洋險惡的威嚴在這風暴中盡情的披露了，「人生」，我當時指給叔和說，「有時還不止這兇險，我們有膽量進去嗎？」那天的情景益發激動了我們的談興，從風起直到風定，從下午直到深夜，我分明記得，我們倆在沉酣的論辯中遺忘了一切。

今天國內的狀況不又是一幅大西洋的天變？我們有膽量進去嗎？難得是少數能共患難的旅伴；叔和，你是我們的一個，如何你等不得浪靜就與我們永別了？叔和，說他的體氣，早就是一個弱者；但如其一個不堅強的體殼可以包容一圍堅強的精神，叔和就是一個例。叔和生前沒有仇人，他不能有仇人；但他自有他不能容忍的物件：他恨混淆的思想，他恨腌臢的人事。他不輕易鬥爭；但等他認定了對敵出手時，他是最後回頭的一個。叔和，我今天又走上了暴風雨中的甲板，我不能不悼惜我侶伴的空位！

一九二五年十月十五日
刊晨副，一九二五、十、十九

說明

　　劉叔和，名光一，一作光頤，叔和是他的字，朋友都稱他「老老」。南通人，北大法科畢業。他與徐志摩相識於一九一八年。是年八月十四日，他倆在上海搭南京號輪一起赴美留學，同船者尚有朱家驊、李濟、查良釗、董時諸位先生。初到美國時，他倆並不在同一個學校就讀；一年後，徐志摩自克拉克大學畢業，進入哥倫比亞大學研究院攻讀政治，倆人才在紐約朝夕相處了一年。一九二〇年九月，他倆取道巴黎，同赴英國；劉叔和就在倫敦政治經濟學院研究經濟學。在倫敦，他們曾遇見了陳源（字通伯，筆名西瀅），陳源是劉叔和在上海南洋公學附屬小學的同學。

　　陳源在〈劉叔和〉（《現代評論》二卷四十二期，一九二五、九、二十六）一文中，曾提到他和劉叔和、傅孟眞在倫敦東南隅寓所的豪辯，他說：「……他又非常健談，無論什麼問題，從文藝科學以至極微細的事物，一經說到，叔和便有他的意見和結論，一開口便滔滔不絕。後來他同傅孟眞和我都住在一條街上，往來極密。孟眞也於學無所不窺，而又健談。我們三個人每次相遇，叔和同孟眞必爭。叔和所是的孟眞必定要說它非，孟眞所非的叔和必定要說它是，旁證博引，奇趣橫生。我素來呐呐不多言，然而也喜歡弄些野狐禪，遇到有趣的爭論，免不了常常加入他們的戰隊；爭端一開，往往歷兩三點鐘不休。」

　　一九二二年六月，陳源到柏林，劉叔和及傅孟眞已先行在此。據徐志摩此文所載，劉叔和曾在柏林見過彼得（志摩次子，名德生）。一九二三年秋，

劉叔和學成歸國，任北大歐洲經濟史教授，他教學態度認真，雖然「經濟史是他專門研究的學問，然而他並不對於自己所已經知道的認為滿足，還是非常刻苦的預備。往往因一小點，遍翻所有的英德法三國參考書，必定要毫無疑實才罷。」（陳源〈劉叔和〉）教了一年半書，被學生無理杯葛，他遂辭去教職，出任《現代評論》經理。一九二五年九月二日，不幸因病逝於北平。

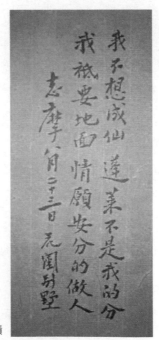

徐志摩的墨蹟

巴黎的鱗爪

咳巴黎！到過巴黎的一定不會再希罕天堂；嘗過巴黎的，老實說，連地獄都不想去了。整個的巴黎就像是一床野鴨絨的墊褥，襯得你通體舒泰，硬骨頭都給薰酥了的——有時許太熱一些。那也不礙事，只要你受得住。讚美是多餘的，正如讚美天堂是多餘的；咒詛也是多餘的，正如咒詛地獄是多餘的。巴黎，軟綿綿的巴黎，只在你臨別的時候輕輕地囑咐一聲「別忘了，再來！」其實連這都是多餘的。誰不想再去？誰忘得了？

香草在你的腳下，春風在你的臉上，微笑在你的周遭。不拘束你，不責備你，不督飭你，不窘你，不惱你，不揉你。它摟著你，可不縛住你：是一條溫存的臂膀，不是根繩子。它不是不讓你跑，但它那招逗的指尖卻永遠在你的記憶裏晃著。多輕盈的步履，羅襪的絲光隨時可以沾上你記憶的顏色！

但巴黎卻不是單調的喜劇。賽因河的柔波裏掩映著羅浮宮的倩影，它也收藏著不少失意人最後的呼吸。流著，溫馴的水波；流著，纏綿的恩怨。咖啡

館：和著交頸的軟語，開懷的笑響，有踞坐在屋隅裏蓬頭少年計較自毀的哀思。跳舞場：和著翻飛的樂調，迷醇的酒香，有獨自支頤的少婦思量著往跡的愴心。浮動在上一層的許是光明，是歡暢，是快樂，是甜蜜，是和諧；但沉澱在底裏陽光照不到的才是人事經驗的本質：說重一點是悲哀，說輕一點是惆悵：誰不願意永遠在輕快的流波里漾著，可得留神了你往深處去時的發現！

　　一天一個從巴黎來的朋友找我閒談，談起了勁，茶也沒喝，菸也沒吸，一直從黃昏談到天亮，才各自上床去躺了一歇，我一闔眼就回到了巴黎，方才朋友講的情境恂怳的把我自己也纏了進去；這巴黎的夢眞醇人，醇你的心，醇你的意志，醇你的四肢百體，那味兒除是親嘗過的誰能想像！——我醒過來時還是迷糊的忘了我在那兒，剛巧一個小朋友進房來站在我的床前笑吟吟喊我：

巴黎景色

「你做什麼夢來了，朋友，爲什麼兩眼潮潮的像哭似的？」我伸手一摸，果然眼裏有水，不覺也失笑了！——可是朝來的夢，一個詩人說的，同是這悲涼滋味，正不知這淚是爲那一個夢流的呢！

下面寫下的不成文章，不是小說，不是寫實，也不是寫夢，——在我寫的人只當是隨口曲，南邊人說的「出門不認貨」，隨你們寬容的讀者們怎樣看罷。

出門人也不能太小心了，走道總得帶些探險的意味。生活的趣味大半就在不預期的發現，要是所有的明天全是今天刻板的化身，那我們活什麼來了？正如小孩子上山就得採花，到海邊就得撿貝殼，書呆子進圖書館想撈新智慧——出門人到了巴黎就想……

你的批評也不能過分嚴正不是？少年老成——什麼話！老成是老年人的特權，也是他們的本分；說來也不是他們甘願，他們是到了年紀不得不。少年人如何能老成？老成了才是怪哪！放寬一點說，人生只是個機緣巧合；別瞧日常生活河水似的流得順，它那裏面多的是潛流，多的是漩渦——輪著的時候誰躲得了給捲了進去？那就是你發愁的時候，是你登仙的時候，是你辨著酸的時候，是你嚐著甜的時候。

巴黎也不定比別的地方怎樣不同：不同就在那邊生活流波里的潛流更猛，漩渦更急，因此你叫給捲進去的機會也就更多。

我趕快得聲明我是沒有叫巴黎的漩渦給淹了去——雖則也就夠險。多半的

時候我只是站在賽因河岸邊看熱鬧，下水去的時候也不能說沒有，但至多也不過在靠岸清淺處溜著，從沒敢往深處跑——這來漩渦的紋螺，勢道，力量，可比遠在岸上時認清楚多了。

（一）九小時的萍水緣

我忘不了她。她是在人生的急流裏轉著的一張萍葉，我見著了它，掬在手裏把玩了一晌，依舊交還給它的命運，任它漂流去——它以前的飄泊我不曾見來，它以後的飄泊，我也見不著，但就這曾經相識匆匆的恩緣——實際上我與她相處不過九小時——已在我的心泥上印下蹤跡，我如何能忘，在憶起時如何能不感須臾的惆悵？

那天我坐在那熱鬧的飯店裏瞥眼看著她，她獨坐在燈光最暗漆的屋角裏，這屋內那一個男子不帶媚態，那一個女子的胭脂口上不沾笑容，就只她：穿一身淡素衣裳，戴一頂寬邊的黑帽，在鬟密的睫毛上隱隱閃亮著深思的目光——我幾乎疑心她是修道院的女僧偶爾到紅塵裏隨喜來了。我不能不接著注意她，她的別樣的支頤的倦態，她的曼長的手指，她的落漠的神情，有意無意間的嘆息，都在激發我的好奇——雖則我那時左邊已經坐下了一個瘦的，右邊來了肥的，四條光滑——手臂不住的在我面前晃著酒杯。但更使我奇異的是她不等跳舞開始就匆匆的離去了，好像害怕或是厭惡似的。第一晚這樣，第二晚又是這樣：獨自默默的坐著，到時候又匆匆的離去。到了第三晚她再來的時候我再也忍不住不想法接近她。第一次得著的回音，雖則是「多謝好意，我再不願交

友」的一個拒絕，只是加深了我的同情的好奇。我再不能放過她。巴黎的好處就在處處近人情；愛慕的自由是永遠容許的。你見誰愛慕誰想接近誰，絕不是犯罪，除非你在經程中洩漏了你的粗氣暴氣，陋相或是貧相，那不是文明的巴黎人所能容忍的。只要你「識相」，上海人說的，什麼可能的機會你都可以利用。對方人理你不理你，當然又是一回事；但只要你的步驟對，文明的巴黎人絕不讓你難堪。

我不能放過她。第二次我大膽寫了個字條付中間人——店主人——交去。我心裏直怔怔的怕討沒趣。可是回話來了——她就走了，你跟著去吧。

她果然仕飯店門口等著我。

你為什麼一定要找我說話，先生，像我這再不願意有朋友的人？

她張著大眼看我，口唇微微的顫著。

我的冒昧是不望恕的，但是我看了你憂鬱的神情我足足難受了三天，也不知怎的我就想接近你，和你談一次話，如其你許我，那就是我的想望，再沒有別的意思。

真的她那眼內綻出了淚來，我話還沒說完。

想不到我的心事又叫一個異邦人看透了……她聲音都啞了。

我們在路燈的燈光下默默的互注了一晌，並著肩沿馬路走去，走不到多遠她說不能走，我就問了她的允許雇車坐上，直望波龍尼大林園清涼的暑夜裏兜

去。

原來如此，難怪你聽了跳舞的音樂像是厭惡似的，但既然不願意何以每晚還去？

那是我的感情作用；我有些捨不得不去，我在巴黎一天，那是我最初遇見——他的地方，但那時候的我⋯⋯可是你真的同情我的際遇嗎，先生？我快有兩個月不開口了，不瞞你說，今晚見了你我再也不能制止，我爽性說給你我的生平的始末吧，只要你不嫌。我們還是回那飯莊去罷。

你不是厭煩跳舞的音樂嗎？

她初次笑了。多齊整潔白的牙齒，在道上的幽光裏亮著！有了你我的生氣就回復了不少，我還怕什麼音樂？

我們倆重進飯莊去選一個基角坐下，喝完了兩瓶香檳，從十一時舞影最凌亂時談起，直到早三時客人散盡侍役打掃屋子時才起身走，我在他的可憐身世的演述中遺忘了一切，當前的歌舞再不能分我絲毫的注意。

下面是她的自述。

我是在巴黎生長的。我從小就愛讀天方夜譚的故事，以及當代描寫東方的文學；啊東方，我的童真的夢魂那一刻不在它的玫瑰園中留戀？十四歲那年我的姊姊帶我上北京去住，她在那邊開一個時式的帽鋪，有一天我看見一個小身材的中國人來買帽子，我就覺著奇怪，一來他長得異樣的清秀，二來他為什麼要來買那樣時式的女帽；到了下午一個女太太拿了方才買去的帽子來換了，我

姊姊就問她那中國人是誰，她說是她的丈夫，說開了頭她就講她當初怎樣為愛他觸怒了自己的父母，結果斷絕了家庭和他結婚，但她一點也不追悔因為她的中國丈夫待她怎樣好法，她不信西方人會得像他那樣體貼，那樣溫存。我再也忘不了她說話時滿心怡悅的笑容。從此我仰慕東方的私衷又添深了一層顏色。

　　我再回巴黎的時候已經長成了，我父親是最寵愛我的，我要什麼他就給我什麼。我那時就愛跳舞，啊，那些迷醉輕易的時光，巴黎那一處舞場上不見我的舞影。我的妙齡，我的顏色，我的體態，我的聰慧，尤其是我那媚人的大眼——啊，如今你見的只是悲慘的餘生再不留當時的丰韻——制定了我初期的墮落。我說墮落不是？是的，墮落，人生那處不是墮落，這社會那裏容得一個有姿色的女人保全她的清潔？我正快走入險路的時候，我那慈愛的老父早已看出我的傾向，私下安排了一個機會，叫我與一個有爵位的英國人接近。一個十七歲的女子那有什麼主意，在兩個月內我就做了新娘。

　　說起那四年結婚的生活，我也不應得過分的抱怨，但我們歐洲的勢利的社會實在是樹心裏生了蠹，我怕再沒有回復健康的希望。我到倫敦去做貴婦人時我還是個天真的孩子，那有什麼機心，那懂得虛偽的卑鄙的人間的底裏，找又是個外國人，到處遭受嫉忌與批評。還有我那叫名的丈夫。他娶我究竟為什麼動機我始終不明白，許貪我年輕貪我貌美帶回家去廣告他自己的手段，因為真的我不曾感著他一息的真情；新婚不到幾時他就對我冷淡了，其實他就沒有熱過，碰巧我是個傻孩子，一天不聽著一半句軟語，不受些溫柔的憐惜，到晚上我就不自制的悲傷。他有的是錢，有的是趨奉諂媚，成天在外打獵作樂，我愁了不來慰我，我病了不來問我，連著三年抑鬱的生涯完全消滅了我原來活潑快

樂的天機，到第四年實在耽不住了，我與他吵一場回巴黎再見我父親的時候，他幾乎不認識我了。我自此就永別了我的英國丈夫。因爲雖則實際的離婚手續在他方面到前年方始辦理，他從我走了後也就不再來顧問我──這算是歐洲人夫妻的情分！

我從倫敦回到巴黎，就此久困的雀兒重復飛回了林中，眼內又有了笑，臉上又添了春色，不但身體好多，就連童年時的種種想望又在我心頭活了回來。三四年結婚的經驗更叫我厭惡西歐，更叫我神往東方。東方，啊浪漫的多情的東方！我心裏常常的懷念著。有一晚，那一個運定的晚上，我就在這屋子內見著了他，與今晚一樣的歌聲，一樣的舞影，想起還不就是昨天，多飛快的光陰，就可憐我一個單薄的女子，無端叫運神擺佈，在情網裏顛連，在經驗的苦海裏沉淪，朋友，我自分是已經埋葬了的活人，你何苦又來逼著我把往事掘起，我的話是簡短的，但我身受的苦惱，朋友，你信我，是不可量的；你望我的眼裏看，憑著你的同情你可以在刹那間領會我靈魂的眞際！

他是菲律賓人，也不知怎的我初次見面就迷了他。他膚色是深黃的，但他的性情是不可信的溫柔；他身材是短的，但他的私語有多叫人魂銷的魔力？啊，我到如今還不能怨他；我愛他太深，我愛他太眞，我如何能一刻忘他，雖則他到後來也是一樣的薄情，一樣的冷酷。你不倦麼，朋友，等我講給你聽？

我自從認識了他我便傾注給他我滿懷的柔情，我想他，那負心的他，也夠他的享受，那三個月神仙似的生活！我們差不多每晚在此聚會的。秘談是他與我，歡舞是他與我，人間再有更甜美的經驗嗎？朋友你知道癡心人赤心愛戀

的瘋狂嗎？因為不僅滿足了我私心的想望，我十多年夢魂繚繞的東方理想的實現。有他我什麼都有了，此外我更有什麼沾戀？因此等到我家裏為這事情與我開始交涉的時候，我更不躊躇的與我生身的父母根本決絕。我此時又想起了我垂髫時在北京見著的那個嫁中國人的女子，她與我一樣也為了癡情犧牲一切，我只希冀她這時還能保持著她那純愛的生活，不比我這失運人成天在幻滅的辛辣中回味。

　我愛定了他。他是在巴黎求學的，不是貴族，也不是富人，那更使我放心，因為我早年的經驗使我迷信真愛情是窮人才能供給的。誰知他騙了我——他家裏也是有錢的，那時我在熱戀中拋棄了家，犧牲了名譽，跟了這黃臉人離卻巴黎，辭別歐洲，經過一個月的海程，我就到了我理想的燦爛的東方。啊我那時的希望與快樂！但才出了紅海，他就上了心事，經我再三的逼他才告訴他家裏的實情，他父親是菲律賓最有錢的土著，性情是極嚴厲的，他怕輕易不能收受她進他們的家庭。我真不願意把此後可憐的身世煩你的聽，朋友，但那才是我癡心人的結果，你耐心聽著吧！

　東方，東方才是我的煩惱！我這回投進了一個更陌生的社會，呼吸更沉悶的空氣；他們自己中間也許有他們溫軟的人情，但輪著我的卻一樣還只是猜忌與譏刻，更不容情的刺襲我的孤獨的性靈。果然他的家庭不容我進門，把我看做一個「巴黎淌來的可疑的婦人」。我為愛他也不知忍受了多少不可忍的侮辱，吞了多少悲淚，但我自慰的是他對我不變的恩情。因為在初到的一時他還是不時來慰我——我獨自賃屋住著。但慢慢的也不知是人言浸潤還是他原來愛我不深，他竟然表示割絕我的意思。朋友，試想我這孤身女子犧牲了一切

爲的還不是他的愛，如今連他都離了我，那我更有什麼生機？我怎的始終不曾自毀，我至今還不信，因爲我那時眞的是沒路走了。我又沒有錢，他狠心丟了我，我如何能再去纏他，這也許是我們白種人的倔強，我不久便揩乾了眼淚，出門去自尋活路。我在一個菲美合種人的家裏尋得了一個保姆的職務；天幸我生性是耐煩領小孩的——我在倫敦的日子沒孩子管我就養貓弄狗——救活我的是那三五個活靈的孩子，黑頭髮短手指的乖乖。在那炎熱的島上我是過了兩年沒顏色的生活，得了一次兇險的熱病，從此我面上再不存青年期的光彩。我的心境正稍稍回復平衡的時候兩件不幸的事情又臨著了我：一件是我那他與另一女子的結婚，這消息使我昏絕了過去，一件是被我棄絕的慈父也不知怎的問得了我的蹤跡來電說他老病快死要我回去。啊天罰我！等我趕回巴黎的時候正好趕著與老人訣別，懺悔我先前的造孽！

從此我在人間還有什麼意趣？我只是個實體的鬼影，活動的屍體；我的心也早就死了，再也不起波瀾；在初次失望的時候我想像中還有個遼遠的東方，但如今東方只在我的心上留下一個鮮明的新傷，我更有什麼希冀，更有什麼心情？但我每晚還是不自主的到這飯店裏來小坐，正如死去的鬼魂忘不了他的老家！我這一生的經驗本不想再向人前吐露的，誰知又碰著了你，苦苦的追著我，逼我再一度撩撥死盡的火灰，這來你夠明白了，爲什麼我老是這落漠的神情，我猜你也是過路的客人，我深深自幸又接近一次人情的溫慰，但我不敢希望什麼，我的心是死定了的，時候也不早了，你看方才舞影凌亂的地板上現在只剩一片冷淡的燈光，侍役們已經收拾乾淨，我們也該走了，再會吧，多情的朋友！

（二）「先生，你見過豔麗的肉沒有？」

我在巴黎時常去看一個朋友，他是一個畫家，住在一條老聞著魚腥的小街底頭一所老屋子的頂上一個A字式的尖閣裏，光線暗慘得怕人，白天就靠兩塊日光胰子大小的玻璃窗給裝裝幌，反正住的人不嫌就得，他是照例不過正午不起身，不近天亮不上床的一位先生，下午他也不居家，起碼總得上燈的時候他才脫下了他的外褂露出兩條破爛的臂膀埋身在他那豔麗的垃圾窩裏開始他的工作。

豔麗的垃圾窩——它本身就是一幅妙畫！我說給你聽聽。貼牆有精窄的一條上面蓋著黑毛氈的算是他的床，在這上面就准你規規矩矩的躺著，不說起坐一定札腦袋，就連翻身也不免冒犯斜著下來永遠不退讓的屋頂先生的身分！承著頂尖全屋子頂寬舒的部分放著他的書桌——我捏著一把汗叫它書桌，其實還用提嗎，上邊什麼法寶都有，畫冊子，稿本，黑炭，顏色盤子，爛襪子，領結，軟領子，熱水瓶子壓瘪了的，燒乾了的酒精燈，電筒，各色的藥瓶，彩油瓶，髒手絹，斷頭的筆桿，沒有蓋的墨水瓶子；一柄手槍，那是瞞不過我花七法郎在密歇耳大街路旁舊貨攤上換來的，照相鏡子，小手鏡，斷齒的梳子，蜜膏，晚上喝不完的咖啡杯，詳夢的小書，還有——還有可疑的小紙盒兒，凡士林一類的油膏，……一隻破木板箱一頭漆著名字上面蒙著一塊灰色布的是他的梳粧檯兼書架，一個洋磁面盆半盆的胰子水似乎都叫一部舊板的盧騷集子給饕了去，一頂便帽套在洋瓷長提壺的耳柄上，從袋底裏倒出來的小銅錢錯落的散著像是土耳其人的符咒，幾隻稀小的爛蘋果圍著一條破香蕉像是一群大學教授

們圍著一個教育次長索薪⋯⋯

　　壁上看得更斑爛了：這是我頂得意的一張龐那的底稿當廢紙買來的，這是我臨莫內的裸體、不十分行、我來撩起燈罩你可以看清楚一點，草色太濃了，那膝部畫壞了，這一小幅更名貴。一認是誰，羅丹的！那是我前年最大的運氣，也算是錯來的，老巴黎就是這點子便宜，挨了半年八個月的餓不要緊，只要有機會撈著眞東西，這還不值得！那邊一張擠在兩幅油畫縫裏的，你見了沒有，也是有來歷的，那是我前年趁馬克倒楣路過佛蘭克福德時夾手搶來的，是眞的孟訾爾都難說，就差糊了一點，現在你給三千法郎我都不賣，加倍再加倍都值，你信不信？再看那一長條⋯⋯在他那手指東點西的賣弄他的家珍的時候，你竟會忘了你站著的地方是不夠六尺闊的一間閣樓，倒像跨在你頭頂那兩片斜著下來的屋頂也順著他那藝術談法術似的隱了去，露出一個爽愷的高天，壁上的疙瘩，壁蟢窠，黴塊，釘疤，全化成了哥羅畫幀中「飄搖欲化煙」的最美麗林樹與輕快的流澗；桌上的破領帶及手絹爛香蕉臭襪子等等也全變形成戴大闊邊稻草帽的牧童們，偎著樹打盹的，牽著牛在澗裏喝水的，手反襯著腦袋放平在青草地上瞪眼看天的，斜眼溜著那邊走進來的娘們手按著音腔吹橫笛的——可不是那邊來了一群娘們，全是年歲青青的，露著胸膛，散著頭髮，還有光著白腿的在青草地上跳著來了？⋯⋯唵！小心札腦袋，這屋子眞彆扭，你出什麼神來了？想著你的Bel Ami對不對？你到巴黎快半個月，該早有落兒了，這年頭收成眞容易——嘸，太容易了！誰說巴黎不是理想的地獄？你吸煙斗嗎？這兒有自來火。對不起，屋子裏除了床，就是那張彈簧早經追悼過了的沙發，你坐坐吧，給你一個墊子，這是全屋子頂溫柔的一樣東西。

　　不錯，那沙發，這閣樓上要沒有那張沙發，主人的風格就落了一個極重要的原素。說它肚子裏的彈簧完全沒了勁，在主人說是太謙，在我說是簡直污蔑了它。因爲分明有一部分內簧是不曾死透的，那在正中間，看來倒像是一座分水嶺，左右都是往下傾的，我初坐下時不提防它還有彈力，倒叫我骸了一下；靠手的套布可眞是全黴了，露著黑黑黃黃不知是什麼貨色，活像主人襯衫的袖子。我正落了坐，他咬了咬嘴唇翻一翻眼珠微微的笑了。笑什麼了你？我笑——你坐上沙發那樣兒叫我想起愛菱。愛菱是誰？她呀——她是我第一個模特兒。模特兒？你的？你的破房子還有模特兒，你這窮鬼花得起……別急，究

竟是中國初來的，聽了模特兒就這樣的起勁，看你那脖子都上了紅印了！本來不算事，當然，可是我說像你這樣的破雞棚……破雞棚便怎麼樣，耶穌生在馬號裏的，安琪兒們都在馬矢裏跪著禮拜哪！別忙，好朋友，我講你聽。如其巴黎人有一個好處，他就是不勢利！中國人頂糟了，這一點；窮人有窮人的勢利，闊人有闊人的勢利，半不闌珊的有半不闌珊的勢利——那才是半開化，才是野蠻——你看像我這樣子，頭髮像刺蝟，八九天不刮的破鬍子，半年不收拾的髒衣服，鞋帶扣

巴黎夜生活

不上的皮鞋——要在中國，誰不叫我外國叫化子，那配進北京飯店一類的勢利場；可是在巴黎，我就這樣兒隨便問那一個衣服頂漂亮脖子搽得頂香的娘們跳舞，十回就有九回成，你信不信？至於模特兒，那更不成話，那有在巴黎學美術的，不論多窮，一年裏不換十來個眼珠亮亮的來坐樣兒？屋子破更算什麼？波希米的生活就是這樣，按你說模特兒就不該坐壞沙發，你得準備杏黃貢緞繡丹鳳朝陽做墊的太師椅請她坐你才安心對不對？再說……

　　別再說了！算我少見世面，算我是鄉下老戇，得了；可是說起模特兒，我倒有點好奇，你何妨講些經驗給我長長見識？有眞好的沒有？我們在美術院裏見著的什麼維納絲得米羅，維納絲梅第妻，還有鐵青的，魯班師的，鮑第千里的，丁稻來篤的，箕奧其安內的裸體實在是太美，太理想，太不可能，太不可思議；反面說，新派的比如雪尼約克的，瑪提斯的，塞尙的，高耿的，弗朗刺馬克的，又是太醜，太損，大不像人，一樣的太不可能，太不可思議。人體美，究竟怎麼一回事，我們不幸生長在中國女人衣服一直穿到下巴底下腰身與後部看不出多大分別的世界裏，實在是太蒙昧無知，太不開眼。可是再說呢，東方人也許根本就不該叫人開眼的，你看過約翰巴里士那本沙揚娜拉沒有，他那一段形容一個日本裸體舞女——就是一張臉子粉搽得像棺材裏爬起來的顏色，此外耳朵以後下巴以下就比如一節蒸不透的珍珠米！——看了眞叫人噁心。你們學美術的才有第一手的經驗，我倒是……

　　你倒是眞有點羨慕，對不對？不怪你，人總是人。不瞞你說，我學畫畫原來的動機也就是這點子對人體秘密的好奇。你說我窮相，不錯，我眞是窮，飯都吃不出，衣都穿不全，可是模特兒——我怎麼也省不了。這對人體美的欣賞

在我已經成了一種生理的要求，必要的奢侈，不可擺脫的嗜好；我寧可少吃
儉穿，省下幾個法郎來多雇幾個模特兒。你簡直可以說我是著了迷，成了病，
發了瘋，愛說什麼就什麼，我都承認——我就不能一天沒有一個精光的女人耽
在我的面前供養，安慰，餵飽我的「眼淫」，當初羅丹我猜也一定與我一樣的
狼狽，據說他那房子裏老是有剝光了的女人，也不爲坐樣兒，單看她們日常生
活「實際的」多變化的姿態——他是一個牧羊人，成天看著一群剝了毛皮的馴
羊——魯班師那位窮兇極惡的大手筆，說是常難爲他太太做模特兒，結果因爲
他成天不斷的畫他太太竟許連穿褲子的空兒都難得有！但如果這話是眞的魯班
師還是太傻，難怪他那畫裏的女人都是這剝白豬似的單調，少變化；美的
分配在人體上是極神秘的一個現象，我不信有理想的全材，不論男女我想幾乎
是不可能的；上帝拿著一把顏色望地面上撒，玫瑰，羅蘭，石榴，玉簪，剪秋
羅，各樣都沾到了一種或幾種的彩澤，但絕沒有一種花包含所有可能的色調
的，那如其有，按理論講，豈不是又得回復了沒顏色的本相？人體美也是這樣
的，有的美在胸部，有的腰部，有的下部，有的頭髮，有的手，有的腳踝，那
不可理解的骨骼，筋肉，肌理的會合，形成各各不同的線條，色調的變化，皮
面的濃度，毛管的分配，天然的姿態，不可制止的表情——也得你不怕麻煩細
心體會發現去，上帝沒有這樣便宜你的事情，他絕不給你一個具體的絕對美，
如果有我們所有藝術的努力就沒了意義；巧妙就在你明知這山裏有金子，可是
在那一點你得自己下工夫去找。啊！說起這藝術家審美的本能，我眞要閉著眼
感謝上帝——要不是它，豈不是所有人體的美，說穿一點，都變了古長安道上
歷代帝王的墓窟，全叫一層或幾層薄薄的衣服給埋沒了！回頭我給你看我那張
破床底下有一本寶貝，我這十年血汗辛苦的成績——千把張的人體臨摹，而且

十分之九是在這間破雞棚裏鉤下的，別看低我這張彈簧早經追悼了的沙發，這上面落坐過至少一二百個當得起美字的女人！別提專門做模特兒的，巴黎那一個不知道俺家黃臉什麼，那不算希奇，我自負的是我獨到的發現：一半因為看多了緣故，女人肉的引誘在我差不多完全消滅在美的欣賞裏面，結果在我這雙「淫眼」看來，一絲不掛的女人就同紫霞宮裏翻出來的屍首穿得重重密密的搖不動我的性慾，反面說當真穿著得極整齊的女人，不論她在人堆裏站著，在路上走著，只要我的眼到，她的衣服的障礙就無形的消滅，正如老練的礦師一瞥就認出礦苗，我這美術本能也是一瞥就認出「美苗」，一百次裏錯不了一次；每回發見了可能的時候，我就非想法找到她剝光了她叫我看個滿意不成，上帝保佑這文明的巴黎，我失望的時候真難得有——我記得有一次在戲院子看著了一個貴婦人，實在沒法想（我當然試來）我那難受就不用提了，比發瘧疾還難受——她那特長分明是在小腹與……

夠了夠了！我倒叫你說得心癢癢的。人體美！這門學問，這門福氣，我們不幸生長在東方誰有機會研究享受過來？可是我既然到了巴黎，又幸氣碰著你，我倒真想叨你的光開開我的眼，你得替我想法，要找在你這宏富的經驗中比較最貼近理想的一個看看……

你又錯了！什麼，你意思花就許巴黎的花香，人體就許巴黎的美嗎？太滅自己的威風了！別信那巴理士什麼沙揚娜拉的胡說；聽我說，正如東方的玫瑰不比西方的玫瑰差什麼香味，東方的人體在得到相當的栽培以後，也同樣不能比西方的人體差什麼美——除了天然的限度，比如骨骼的大小，皮膚的色彩。同時頂要緊的當然要你自己性靈裏有審美的活動，你得有眼睛，要不然這宇宙

不論它本身多美多神奇在你還是白來的。我在巴黎苦過這十年，就為前途有一個宏願：我要張大了我這經過訓練的「淫眼」到東方去發見人體美──誰說我沒有大文章做出來？至於你要借我的光開開眼，那是最容易不過的事情，可是我想想──可惜了！有個馬達姆朗灑，原先在巴黎大學當物理講師的，你看了准忘不了，現在可不在了，到倫敦去了；還有一個馬達姆薛托漾，她是遠在南邊鄉下開麵包鋪子的，她就夠打倒你所有的丁稻來篤，所有的鐵青，所有的箕奧其安內──尤其是給你這未入流看，長得太美了，她通體就看不出一根骨頭的影子，全叫匀匀的肉給隱住的，圓的，潤的，有一致節奏的，那妙是一百個哥蒂藹也形容不全的，尤其是她那腰以下的結構，真是奇蹟！你從義大利來該見過西龍尼維納絲的殘象，就那也只能彷彿，你不知道那活的氣息的神奇，什麼大藝術天才都沒法移植到畫布上或是石塑上去的（因此我常常自己心裏辨論究竟是藝術高出自然還是自然高出藝術，我怕上帝僭先的機會畢竟比凡人多些）；不提別的單就她站在那裏你看，從小腹接榫上股那兩條交薈的弧線起直往下貫到腳著地處止，那肉的浪紋就比是──實在是無可比──你夢裏聽著的音樂：不可信的輕柔，不可信的匀淨，不可信的韻味──說粗一點，那兩股相並處的一條線直貫到底，不漏一層的破綻，你想通過一根髮絲或是吹度一絲風息都是絕對不可能的──但同時又絕不是肥肉的黏著，那就呆了。真是夢！唉，就可惜多美一個天才偏叫一個身高八尺三寸長紅鬍子的麵包師給糟蹋了；真的這世上的因緣說來真怪，我很少看見美婦人不嫁給猴子類牛類水馬類的醜男人！但這是支話。眼前我招得到的，夠資格的也就不少──有了，方才你坐上這沙發的時候叫我想起了愛菱，也許你與她有緣分，我就為你招她去吧，我想應該可以容易招到的。可是上那兒呢？這屋子終究不是欣賞美婦人的理想背

景，第一不夠開展，第二光線不夠——至少爲外行人像你一類著想……我有了一個頂好的主意，你遠來客我也該獨出心裁招待你一次，好在愛菱與我特別的熟，我要她怎麼她就怎麼；暫且約定後天吧，你上午十二點到我這裏來，我們一同到芳丹薄羅的大森林裏去，那是我常遊的地方，尤其是阿房奇石相近一帶，那邊有的是天然的地毯，這時是自然最妖豔的日子，草青得滴得出翠來，樹綠得漲得出油來，松鼠滿地滿樹都是，也不很怕人，頂好玩的，我們決計到那一帶去秘密野餐吧——至於「開眼」的話，我包你一個百二十分的滿足，將來一定是你從歐洲帶回家最不易磨滅的一個印象！一切有我佈置去，你要是願意貢獻的話，也不用別的，就要你多買大楊梅，再帶一瓶橘子酒，一瓶綠酒，我們享半天閒福去。現在我講得也累了，我得躺一會兒，我拿我床底下那本秘本給你先揣摹揣摹……

隔一天我們從芳丹薄羅林子裏回巴黎的時候，我彷彿剛做了一個最荒唐，最豔麗，最秘密的夢。

（十四年十二月二十一日）

說明

〈巴黎的鱗爪〉一文，選自徐志摩第二本文集《巴黎的鱗爪》，此集收十二篇作品，於一九二七年八月，由上海新月書店出版。這幾篇文章有寫於一九二五年歐遊途中，有寫於回國後。集子前有篇志摩的序，他說：

這幾篇短文，小曼，大都是在你的小書桌上寫得的。在你的書桌上寫得：意思是不容易。設想一隻沒遮攔的小貓盡跟你搗亂：抓破你的稿紙，踹翻你的墨盂，襲擊你正搖著的筆桿，還來你鬢髮邊擦一下，手腕上齦一口，偎著你鼻尖「愛我」的一聲叫又跳跑了！但我就愛這搗亂，蜜甜的搗亂，抓破了我的手背我都不怨，我的乖！我記得我的一首小詩裏有「假如她清風似的常在我的左右」，現在我只要你小貓似的常在我的左右！

你又該撅嘴生氣了吧，曼，說來好像拿你比小貓。你又該說我輕薄相了吧。憑良心我不能不對你恭敬的表示謝意。因為你給我的是最嚴正的批評（在你玩兒毀了的時候），你確是有評判的本能，你從不容許我絲毫的「臭美」，你永遠鞭策我向前，你是我的字業上的諍友——新近我懶散得太不成話了，也許這就是駑馬的真相，但是曼，你不妨到時候再揚一揚你的鞭絲，試試他這贏倒是真的還是裝的。

志摩八月二十日

本文寫成於一九二五年十二月二十一日，記敘是年六月在巴黎的遭遇。徐志摩這趟歐洲行，完全是一次感情作用的旅行，他自己則形容是「自願的充

軍」，此行的目的，一面是為與陸小曼的事，另一方面是去探視泰戈爾，及各國文豪。結果，他只見到了英國的哈代（詳見〈謁見哈代的一個下午〉及說明）。他在〈歐遊漫錄〉中說：「我這次到歐洲來倒像是專做清明來的；我不僅上知名的或與我有關係的墳……我每過不知名的墓園也往往進去留連，……」在巴黎一地，他上茶花女、哈哀內、菩特萊（今譯波特賴爾）「惡之花」的墳；也上凡爾泰、盧騷、囂俄（今譯雨果）的墳。他想見法國的羅曼羅蘭，則沒有如願。

儲安平在〈悼志摩先生〉文中提到徐志摩「散文的成就比詩要大。他文筆的嚴謹，在中國至今還沒有第二人。……他的文章，各色各種爽口的好水果全有。你讀過他的作品，便知道；香豔的如〈先生，你見過豔麗的肉沒有？〉哀悱的如〈我的彼得〉。」

吸煙與文化

（一）

　　牛津是世界上名聲壓得倒人的一個學府。牛津的秘密是它的導師制。導師的秘密，按利卡克教授說，是「對準了他的徒弟們抽煙。」真的在牛津或康橋地方要找一個不吸煙的學生是很費事的，先生更不用提。學會抽煙，學會沙發上古怪的坐法，學會半吞半吐的談話——大學教育就夠格兒了。「牛津人」，「康橋人」：還不轂抖嗎？我如其有錢辦學堂的話，利卡克說，第一件事情我要做的是造一間吸煙室，其次造宿舍，再次造圖書室；真要到了有錢沒地方花的時候再來造課堂。

牛津大學

（二）

怪不得有人就會說，原來英國學生就會吃煙，就會懶惰。臭紳士的架子！臭架子的紳士！難怪我們這年頭背心上刺刺的老不舒服，原來我們中間也來了幾個叫土巴菰煙臭熏薰出來的破紳士！

這年頭說話得謹慎些。提起英國就犯嫌疑。貴族主義！帝國主義！走狗——挖個坑埋了他！

實際上事情可不這麼簡單。侵略，壓迫，詛咒是一件事，別的事情可不跟著走。至少我們得承認英國——就它本身說，是一個站得住的國家，英國人是有出息的民族。它的是有組織的生活，它的是有活氣的文化。我們也得承認牛津或是康橋至少是一個十分可羨慕的學府，它們是英國文化生活的娘胎。多少偉大的政治家，學者，詩人，藝術家，科學家，是這兩個學府的產兒——煙味兒給薰出來的。

（三）

利卡克的話不完全是俏皮話。「抽煙主義」是值得研究的。但吸煙室究竟是怎麼一回事？煙斗裏如何抽得出文化真髓來？對準了學生抽煙怎樣是英國教育的祕密？利卡克先生沒有描寫牛津康橋生活的真相：他只這麼說，他不曾說出一個所以然來。許有人願意聽聽的，我想。我也叫名在英國念過兩年書，大部分的時間在康橋。但嚴格的說，我還是不夠資格的。我當初並不是像我的朋

友溫源寧先生似的出了大金鎊正式去請教薰煙的：我只是個，比方說，烤小半熟的白薯，離著焦味兒透香還正遠哪。但我在康橋的日子可真是享福，深怕這輩子再也得不到那樣蜜甜的機會了。我不敢說康橋給了我多少學問或是教會了我什麼。我不敢說受了康橋的洗禮，一個人就會變氣息，脫凡胎。我敢說的只是——就我個人說，我的眼是康橋教我睜的，我的求知慾是康橋給我撥動的，我的自我的意識是康橋給我胚胎的。我在美國有整兩年，在英國也算是整兩年。在美國我忙的是上課，聽講，寫考卷，齦象皮糖，看電影，賭呪。在康橋我忙的是散步，划船，騎自轉車，抽煙，閒談，吃五點鐘茶牛油烤餅，看閒書。如其我到美國的時候是一個不含糊的草包，我離開自由神的時候也還是那原封沒有動；但如其我在美國時候不曾通竅，我在康橋的日子至少自己明白了原先只是一肚子顢頇。這分別不能算小。

我早想談談康橋，對它我有的是無限的柔情。但我又怕褻瀆了它似的始終不曾出口。這年頭——只要貴族教育一個無意識的口號就可以把牛頓，達爾文，密爾頓，拜倫，華茨華斯，阿諾爾德，紐門，羅利蒂，格蘭士頓等等所從來的母校一下抹煞。再說年來交通便利了，各式各種日新月異的教育原理教育新制翩翩的從各方向的外洋飛到中華，那還容得廚房老過四百年牆壁上爬滿騷鬍髭一類藤蘿的老書院一起來上講壇？

（四）

但另換一個方向看去，我們也見到少數有見地的人，再也看不過國內高等

教育的混沌現想跳開了踩爛的道兒，回頭另尋新路走去。向外望去，現成有牛津康橋青藤繚繞的學院招著你微笑；回頭望去，五老峰下飛泉聲中白鹿洞一類的書院瞅著你惆悵。這浪漫的思鄉病跟著現代教育醜化的程度在少數人的心中一天深似一天。這機械性買賣性的教育夠膩煩了，我們說。我們也要幾間滿沿著爬山虎的高雪克屋子來安息著我們的靈性，我們說。我們也要一個絕對閒暇的環境好容我們的心智自由的發展去，我們說。

林玉堂先生在《現代評論》登過一篇文章談他的教育的理想。新近任叔永先生與他的夫人陳衡哲女士也發表了他們的教育的理想。林先生的意思約莫記得是想仿效牛津一類學府，陳任兩位是要恢復書院制的精神。這兩篇文章我認為是很重要的，尤其是陳任兩位的具體提議；但因為開倒車走回頭路分明是不合時宜，他們幾位的意思並不曾得到期望的迴響。想來現在的學者們太忙了，尋飯吃的，做官的，當革命領袖的，誰都不得閒，誰都不願閒，結果當然沒有人來關心什麼純粹教育（不含任何動機的學問）或是人格教育。這是個可憾的現象。我自己也是深感這浪漫的思鄉病的一個；我只要

「草青人遠，

　一流冷澗」……

但我們這想望的境界有容我們達到的一天嗎？

（民十五年一月十四日）

我所知道的康橋

（一）

　　我這一生的周折，大都尋得出感情的線索。不論別的，單說求學。我到英國是為要從羅素。羅素來中國時，我已經在美國。他那不確的死耗傳到的時候，我真的出眼淚不夠，還做悼詩來了。他沒有死，我自然高興。我擺脫了哥侖比亞大學博士銜的引誘，買船票過大西洋，想跟這位二十世紀的福祿泰爾認真念一點書去。誰知一到英國才知道事情變樣了：一為他在戰時主張和平，二為他離婚，羅素叫康橋給除名了，他原來是Trinity College的Fellow，這來他的Fellowship也給取消了。他回英國後就在倫敦住下，夫妻兩人賣文章過日子。因此我也不曾遂我從學的始願。我在倫敦政治經濟學院裏混了半年，正感著悶想換路走的時候，我認識了狄更生先生。狄更生——Galsworhty Lowes Dickinson——是一個有名的作者，他的《一個現中國人通信》（*Letters From John Chinaman*）與《一個現代聚餐談話》（*A Modern Symposium*）兩本小冊

子早得了我的景仰。我第一次會著他是在倫敦國際聯盟場會席上，那天林宗孟先生演說，他做主席；第二次是宗孟寓裏吃茶，有他。以後我常到他家裏去。他看出我的煩悶，勸我到康橋去，他自己是王家學院（Kings College）的Fellow。我就寫信去問兩個學院，回信都說學額早滿了，隨後還是狄更生先生替我去在他的學院裏說好了，給我一個特別生的資格，隨意選科聽講。從此黑方巾黑披袍的風光也被我佔著了。初起我在離康橋六英里的鄉下叫沙士頓地方租了幾間小屋住下，同居的有我從前的夫人張幼儀女士與郭虞裳君。每天一早我坐街車（有時自行車）上學，到晚回家。這樣的生活過了一個春，但我在康橋還只是個陌生人，誰都不認識，康橋的生活，可以說完全不曾嚐著，我知道的只是一個圖書館，幾個課室，和三兩個吃便宜飯的茶食鋪子。狄更生常在倫敦或是大陸上，所以也不常見他。那年的秋季我一個人回到康橋，整整有一學年，那時我才有機會接近真正的康橋生活，同時我也慢慢的「發現」了康橋。我不曾知道過更大的愉快。

（二）

「單獨」是一個耐尋味的現象。我有時想它是任何發現的第一個條件。你要發見你的朋友的「真」，你得有與他單獨的機會。你要發現你自己的真，你得給你自己一個單獨的機會。你要發現一個地方（地方一樣有靈性），你也得有單獨玩的機會。我們這一輩子，認真說，能認識幾個人？能認識幾個地方？我們都是太匆忙，太沒有單獨的機會。說實話，我連我的本鄉都沒有什麼了

解。康橋我要算是有相當交情的，再次許只有新認識的翡冷翠了。啊，那些清晨，那些黃昏，我一個人發癡似的在康橋！絕對的單獨。

　　但一個人要寫他最心愛的物件，不論是人是地，是多麼使他為難的一個工作？你怕，你怕描壞了它，你怕說過分了惱了它，你怕說太謹慎了辜負了它。我現在想寫康橋，也正是這樣的心理，我不曾寫，我就知道這回是寫不好的——況且又是臨時逼出來的事情。但我卻不能不寫，上期預告已經出去了。我想勉強分兩節寫，一是我所知道的康橋的天然景色，一是我所知道的康橋的學生生活。我今晚只能極簡的寫些，等以後有興會時再補。

（三）

　　康橋的靈性全在一條河上：康河，我敢說，是全世界最秀靈的一條水。河的名字是葛蘭大（Granta），也有叫康河（River Cam）的，許有上下流的區別，我不甚清楚。河身多的是曲折，上游是有名的拜倫潭——「Byron's Pool」——當年拜倫常在那裏玩的；有一個老村子叫格蘭騫斯德，有一個果子園，你可以躺在纍纍的桃李樹蔭下吃茶，花果會掉入你的茶杯，小雀子會到你桌上來啄食，那真是別有一番天地。這是上游；下游是從騫斯德頓下去，河面展開，那是春夏間競舟的場所。上下河分界處有一個壩築，水流急得很，在星光下聽水聲，聽近村晚鐘聲，聽河畔倦牛芻草聲，是我康橋經驗中最神秘的一種：大自然的優美，寧靜，調諧在這星光與波光的默契中不期然的淹入了你的性靈。

康橋景色

　　但康河的精華是在它的中流，著名的「Backs」，這兩岸是幾個最蜚聲的學院的建築。從上面下來是Pembroke, St. Katharine's, Clare, Trinity, St. John's。最令人留連的一節是克萊亞與王家學院的毗連處，克萊亞的秀麗緊鄰著王家教堂（King's Chapel）的宏偉。別的地方盡有更美更莊嚴的建築，例如巴黎賽因河的羅浮宮一帶，威尼斯的利阿爾多大橋的兩岸，翡冷翠維琪烏大橋的周遭；但康橋的「Backs」自有它的特長，這不容易用一二個狀詞來概括，它那脫盡塵埃氣的一種清澈秀逸的意境可說是超出了畫圖而化生了音樂的神味。再沒有比這一群建築更調諧更勻稱的了！論書，可比的許只有柯羅（Corot）的田野；論音樂，可比的許只有蕭邦（Chopin）的夜曲。就這也不能給你依稀的印象，它給你的美感簡直是神靈性的一種。

　　假如你站在王家學院橋邊的那顆大櫸樹蔭下眺望，右側面，隔著一大方淺草坪，是我們的校友居「Fellows　Building」，那年代並不早，但它的嫵媚也是不可掩的，它那蒼白的石壁上春夏間滿綴著豔色的薔薇在和風中搖顫，更移左是那教堂，森林似的尖閣不可搖的永遠直指著天空；更左是克萊亞，啊！那不可信的玲瓏的方庭，誰說這不是聖克萊亞（St. Clare）的化身，那一塊石上不閃耀著她當年聖潔的精神？在克萊亞後背隱約可辨的是康橋最潢貴最驕縱的三清學院（Trinity），它那臨河的圖書樓上坐鎮著拜倫神采驚人的雕像。

　　但這時你的注意早已叫克萊亞的三環洞橋魔術似的攝住。你見過西湖白堤上的西冷斷橋不是（可憐它們早已叫代表近代醜惡精神的汽車公司給踩平了，現在它們跟著蒼涼的雷峰永遠辭別了人間）？你忘不了那橋上斑駁的蒼苔，木柵的古色，與那橋拱下洩露的湖光與山色不是？克萊亞並沒有那樣體面的襯托，它也不比廬山棲賢寺旁的觀音橋，上瞰五老的奇峰，下臨深潭與飛瀑；它只是怯憐憐的一座三環洞的小橋，它那橋洞間也只掩映著細紋的波鱗與婆娑的樹影，它那橋上櫛比的小穿闌與闌節頂上雙雙的白石球，也只是村姑子頭上不誇張的香草與野花一類的裝飾；但你凝神的看著，更凝神的看著。你再反省你的心境，看還有一絲屑的俗念沾滯不？只要你審美的本能不曾汨滅時，這是你的機會實現純粹美感的神奇！

　　但你還得選你賞鑒的時辰。英國的天時與氣候是走極端的。冬天是荒謬的壞，逢著連綿的霧盲天你一定不遲疑的甘願進地獄本身去試試；春天（英國是幾乎沒有夏天的）是更荒謬的可愛，尤其是它那四五月間最漸緩最豔麗的黃昏，那才真是寸寸黃金。在康河邊上過一個黃昏是一服靈魂的補劑。啊！我那

時蜜甜的單獨，那時蜜甜的閒暇。一晚又一晚的，只見我出神似的倚在橋闌上向西天凝望：——

看一回凝靜的橋影，

數一數螺細的波紋：

我倚暖了石闌的青苔，

青苔涼透了我的心坎；……

還有幾句更笨重的怎能彷彿那遊絲似輕妙的情景：

難忘七月的黃昏，遠樹凝寂，

像墨潑的山形，襯出輕柔暝色，

密稠稠，七分鵝黃，三分橘綠，

那妙意只可去秋夢邊緣捕捉；……

（四）

這河身的兩岸都是四季常青最蔥翠的草坪。從校友居的樓上望去，對岸草場上，不論早晚，永遠有十數匹黃牛與白馬，脛蹄沒在恣蔓的草叢中，從容的在咬嚼，星星的黃花在風中動盪，應和著牠們尾鬃的掃拂。橋的兩端有斜倚的垂柳與椈蔭護住。水是澈底的清澄，深不足四尺，勻勻的長著長條的水草。這岸邊的草坪又是我的愛寵，在清朝，在傍晚，我常去這天然的織錦上坐地，有時讀書，有時看水；有時仰臥著看天空的行雲，有時反仆著摟抱大地的溫軟。

但河上的風流還不止兩岸的秀麗。你得買船去玩。船不止一種：有普通的

雙槳划船，有輕快的薄皮舟（Canoe），有最別緻的長形撐篙船（Bunt）。最末的一種是別處不常有的：約莫有二丈長，三尺寬，你站直在船梢上用長竿撐著走的。這撐是一種技術。我手腳太蠢，始終不曾學會。你初起手嘗試時，容易把船身橫住在河中，東顛西撞的狼狽。英國人是不輕易開口笑人的，但是小心他們不出聲的皺眉！也不知有多少次河中本來優閒的秩序叫我這莽撞的外行給搞亂了。我真的始終不曾學會；每回我不服輸跑去租船再試的時候，有一個白鬍子的船家往往帶譏諷的對我說：「先生，這撐船費勁，天熱累人，還是拏個薄皮舟溜溜吧？」我那裏肯聽話，長篙子一點就把船撐了開去，結果還是把河身一段段的腰斬了去！你站在橋上去看人家撐，那多不費勁，多美！尤其在禮拜天有幾個專家的女郎，穿一身縞素衣服，裙裾在風前悠悠的飄著，戴一頂寬邊的薄紗帽，帽影在水草間顫動，你看她們出橋洞時的姿態，撚起一根竟像沒份量的長竿，只輕輕的，不經心的往波心裏一點，身子微微的一蹲，這船身便波的轉出了橋影，翠條魚似的向前滑了去。她們那敏捷，那閒暇，那輕盈，真是值得歌詠的。

在初夏陽光漸暖時你去買一支小船，划去橋邊蔭下躺著念你的書或是做你的夢，槐花香在水面上飄浮，魚群的唼喋聲在你的耳邊挑逗。或是在初秋的黃昏，近著新月的寒光，望上流僻靜處遠去。愛熱鬧的少年們攜著他們的女友，在船沿上支著雙雙的東洋彩紙燈，帶著話匣子，船心裏用軟墊鋪著，也開向無人跡處去享他們的野福——誰不愛聽那水底翻的音樂在靜定的河上描寫夢意與春光！

住慣城市的人不易知道季候的變遷。看見葉子掉知道是秋，看見葉子綠知

道是春；天冷了裝爐子，天熱了拆爐子；脫下棉袍，換上夾袍，脫下夾袍，穿上單袍：不過如此罷了。天上星斗的消息，地下泥土裏的消息，空中風吹的消息，都不關我們的事。忙著哪，這樣那樣事情多著，誰耐煩管星星的移轉，花草的消長，風雲的變幻？同時我們抱怨我們的生活，苦痛，煩悶，拘束，枯燥，誰肯承認做人是快樂？誰不多少間咒詛人生？

　　但不滿意的生活大都是由於自取的。我是一個生命的信仰者，我信生活絕不是我們大多數人僅僅從自身經驗推得的那樣暗慘。我們的病根是在「忘本」。人是自然的產兒，就比枝頭的花與鳥是自然的產兒；但我們不幸是文明人，入世深似一天，離自然遠似一天。離開了泥土的花草，離開了水的魚，能快活嗎？能生存嗎？從大自然，我們取得我們的生命；從大自然，我們應分取得我們繼續的滋養。那一株婆娑的大木沒有盤錯的根柢深入在無盡藏的地裏？我們是永遠不能獨立的。有幸福是永遠不離母親撫育的孩子，有健康是永遠接近自然的人們。不必一定與鹿豕遊，不必一定回「洞府」去；為醫治我們當前生活的枯窘，只要「不完全遺忘自然」一張輕淡的藥方我們的病象就有緩和的希望。在青草裏打幾個滾，到海水裏洗幾次浴，到高處去看幾次朝霞與晚照——你肩背上的負擔就會輕鬆了去的。

　　這是極膚淺的道理，當然。但我要沒有過過康橋的日子，我就不會有這樣的自信。我這一輩子就只那一春，說也可憐，算是不曾虛度。就只那一春，我的生活是自然的，是真愉快的！（雖則碰巧那也是我最感受人生痛苦的時期。）我那時有的是閒暇，有的是自由，有的是絕對單獨的機會。說也奇怪，竟像是第一次，我辨認了星月的光明，草的青，花的香，流水的殷勤。我能

康河裏的渡船

忘記那初春的睥睨嗎？曾經有多少個清晨我獨自冒著冷去薄霜鋪地的林子裏閒步——爲聽鳥語，爲盼朝陽，爲尋泥土裏漸次甦醒的花草，爲體會最微細最神妙的春信。啊，那是新來的畫眉在那邊凋不盡的青枝上試牠的新聲！啊，這是第一朵小雪球花掙出了半凍的地面！啊，這不是新來的潮潤沾上了寂寞的柳條？

　　靜極了，這朝來水溶溶的大道，只遠處牛奶車的鈴聲，點綴這周遭的沉默。順著這大道走去，走到盡頭，再轉入林子裏的小徑，往煙霧濃密處走去，頭頂是交枝的榆蔭，透露著漠楞楞的曙色；再往前走去，走盡這林子，當前是平坦的原野，望見了村舍，初青的麥田，更遠三兩個饅形的小山掩住了一條通

道。天邊是霧茫茫的，尖尖的黑影是近村的教寺。聽，那曉鐘和緩的清音。這一帶是此邦中部的平原，地形像是海裏的輕波，默沉沉的起伏；山嶺是望不見的，有的是常青的草原與沃腴的田壤。登那土阜上望去，康橋只是一帶茂林，擁戴著幾處娉婷的尖閣。嫵媚的康河也望不見蹤跡，你只能循著那錦帶似的林木想像那一流清淺。村舍與樹林是這地盤上的棋子，有村舍處有佳蔭，有佳蔭處有村舍。這早起是看炊煙的時辰：朝霧漸漸的升起，揭開了這灰蒼蒼的天幕，（最好是微霰後的光景）遠近的炊煙，成絲的，成縷的，成捲的，輕快的，遲重的，濃灰的，淡青的，慘白的，在靜定的朝氣裏漸漸的上騰，漸漸的不見，彷彿是朝來人們的祈禱，參差的翳入了天聽。朝陽是難得見的，這初春的天氣。但它來時是起早人莫大的愉快。頃刻間這田野添深了顏色，一層輕紗似的金粉糝上了這草，這樹，這通道，這莊舍。頃刻間這周遭彌漫了清晨富麗的溫柔。頃刻間你的心懷也分潤了白天誕生的光榮。「春」！這勝利的晴空彷彿在你的耳邊私語。「春」！你那快活的靈魂也彷彿在那裏迴響。

伺候著河上的風光，這春來一天有一天的消息。關心石上的苔痕，關心敗草裏的花鮮，關心這水流的緩急，關心水草的滋長，關心天上的雲霞，關心新來的鳥語。怯憐憐的小雪球是探春信的小使。鈴蘭與香草是歡喜的初聲。窈窕的蓮馨，玲瓏的石水仙，愛熱鬧的克羅克斯，耐辛苦的蒲公英與雛菊──這時候春光已是漫爛在人間，更不需殷勤問訊。

瑰麗的春放。這是你野遊的時期。可愛的路政，這裏不比中國，那一處不是坦蕩蕩的大道？徒步是一個愉快，但騎自轉車是一個更大的愉快。在康橋騎車是普遍的技術；婦人，稚子，老翁，一致享受這雙輪舞的快樂。（在康橋

聽說自轉車是不怕人偷的，就爲人人都自己有車，沒人要偷。）任你選一個方向，任你上一條通道，順著這帶草味的和風，放輪遠去，保管你這半天的消遙是你性靈的補劑。這道上有的是清蔭與美草，隨地都可以供你休憩。你如愛花，這裏多的是錦繡似的草原。你如愛鳥，這裏多的是巧囀的鳴禽。你如愛兒童，這鄉間到處是可親的稚子。你如愛人情，這裏多的是不嫌遠客的鄉人，你到處可以「掛單」借宿，有酪漿與嫩薯供你飽餐，有奪目的果鮮恣你嘗新。你如愛酒，這鄉間每「望」都爲你儲有上好的新釀，黑啤如太濃，蘋果酒薑酒都是供你解渴潤肺的。……帶一卷書，走十里路，選一塊清靜地，看天，聽鳥，讀書，倦了時，和身在草綿綿處尋夢去——你能想像更適情更適性的消遣嗎？

　　陸放翁有一聯詩句：「傳呼快馬迎新月，卻上輕輿趁晚涼。」這是做地方官的風流。我在康橋時雖沒馬騎，沒轎子坐，卻也有我的風流：我常常在夕陽西曬時騎了車迎著天邊扁大的日頭直追。日頭是追不到的，我沒有夸父的荒誕，但晚景的溫存卻被我這樣偷嘗了不少。有三兩幅畫圖似的經驗至今還是栩栩的留著。只說看夕陽，我們平常只知道登山或是臨海，但實際只需遼闊的天際，平地上的晚霞有時也是一樣的神奇。有一次我趕到一個地方，手把著一家村莊的籬笆，隔著一大田的麥田浪，看西天的變幻。有一次是正衝著一條寬廣的大道，過來一大群羊，放草歸來的，偌大的太陽在它們後背放射著萬縷的金輝，天上卻是鳥青青的，只剩這不可逼視的威光中的一條大路，一群生物！我心頭頓時感著神異性的壓迫，我真的跪下了，對著這冉冉漸翳的金光。再有一次是更不可忘的奇景，那是臨著一大片望不到頭的草原，滿開著艷紅的罌粟，在青草裏亭亭的像是萬盞的金燈，陽光從褐色雲裏斜著過來，幻成一種異樣的

紫色；透明似的不可逼視，霎那間在我迷眩了的視覺中，這草田變成了⋯⋯不說也罷，說來你們也是不信的！

一別二年多了，康橋，誰知我這思鄉的隱憂？也不想別的，我只要那晚鐘撼動的黃昏，沒遮攔的田野，獨自斜倚在軟草裏，看第一個大星在天邊出現！

（十五年一月十五日）

說明

一九二○年九月，徐志摩在美國得到哥倫比亞大學文學碩士學位，旋即赴英國，入倫敦政治經濟學院爲研究生。他到英國是爲了從羅素學，他滿懷興奮踏上英倫，才知道羅素早在一九一六年因戰時主張和平，離婚，讓劍橋三一書院（Trinity College）除了名，而且那時羅素跑到中國講學去了。徐志摩遂在倫敦大學從賴世基（Harold Laski）教授學政治。

徐志摩在倫敦，首先認識了陳源（筆名西瀅），然後又見到政壇名人林長民及他十六歲的女兒林徽音。以後，又結識了劍橋王家學院（King's College）院友狄更生（G.L.Dick.inson），並由他介紹轉學到劍橋王家書院，做一個隨意選課聽講的特別生。他就在離康橋六英里的鄉下（叫沙士頓）租了幾間小屋住下，同住一起的有他第一任夫人張幼儀女士與郭虞裳君。

　　徐志摩在劍橋的日子是幸福的，他在〈我所知道的康橋〉中寫道：「我這一輩子就只那一春，說也可憐，算是不曾虛度。就只那一春，我的生活是自然的，是眞愉快的！（雖則碰巧那也是我最感受人生痛苦的時期。）……」他的痛苦來自不美滿的婚姻，以及他對林徽音的愛戀，沒有得到預期的反應。但是，一九二二年的春天，仍是特別可紀念的。他深深愛上劍橋的自然勝景，他在劍橋得到「甜蜜的洗禮」，變了氣息，脫了凡胎，在〈吸煙與文化〉文中。他說：「我的眼是康橋教我睜的，我的求知是康橋給我撥動的，我的自我的意識，是康橋給我胚胎的。」在劍橋，徐志摩開始了寫詩的生涯，而他所寫有關劍橋的詩文，有些已成了新文學中的瑰寶了。

　　〈吸煙與文化〉及〈我所知道的康橋〉是同一時期的作品，分別寫成於一九二六年一月十四、十五兩日。在前文中，徐志摩曾寫道：「在康橋我忙的是散步、划船、騎自行車、抽煙、閒談、吃五點鐘下午茶牛油烤餅、看閒書。」他把劍橋的生活描寫得閒適極了，事實上，「閒談」和「看閒書」這兩項，倒眞使他獲得眞知識。梁錫華的《徐志摩新傳》提到：「他所說的『閒談』不是毫無意義毫無目的的聊天。在二十年代的劍橋，會社是很多的，每星期總有不少的活動，而會社的活動又有不少名家的講演以及會前會後各種正式的或非正式的討論。志摩沒有在劍橋註冊上課，只是隨意聽講，但他卻很熱心參加這些課外活動。他東聽西聽，東談西談，然後按一己之喜好讀書。這樣的一個非正規的進修計畫不一定使人能系統做出什麼學問工夫，但在良師益友的薰陶下，對開展性靈倒大有功效。志摩在劍橋的獲益是在這方面。」

傷雙栝老人

看來你的死是無可置疑的了，宗孟先生，雖則你的家人們到今天還沒法尋回你的殘骸。最初消息來時，我只是不信，那其實是太兀突，太荒唐，太不近情。我曾經幾回夢見你生還，敘述你歷險的始末，多活現的夢境！但如今在栝樹凋盡了青枝的庭院，再不聞「老人」的謦欬；眞的沒了，四壁的白聯彷彿在微風中嘆息。這三四十天來，哭你有你的內眷，姊妹，親戚，悼你的私交；惜你有你的政友與國內無數愛君才調的士夫。志摩是你的一個忘年的小友。我下來敷陳你的事功，不來歷敘你的言行；我也不來再加一份涕淚弔你最後的慘變。魂兮歸來！此時在一個風滿天的深夜握筆，就只兩件事閃閃的在我心頭：一是你的諧趣天成的風懷，一是髫年失怙的諸弟妹，他們，你在時，那一息不是你的關切，便如今，料想你彷徨的陰魂也常在他們的身畔飄逗。平時相見，我傾倒你的語妙，往往含笑靜聽，不叫我的笨澀羼雜你的瑩徹，但此後，可恨這生死間無情的阻隔，我再沒有那樣的清福了！只當你是在我跟前，只當是消磨長夜的閒談，我此時對你說些瑣碎，想來你不至厭煩罷。

　　先說說你的弟妹。你知道我與小孩子們說得來，每回我到你家去，他們一群四五個，連著眼珠最黑的小五，浪一般的擁上我的身來，牽住我的手，攀住我的頭，問這樣，問那樣；我要走時他們就著了忙，搶帽子的，鎖門的，嘎著聲音苦求的——你也曾見過我的狼狽。自從你的噩耗到後，可憐的孩子們，從不滿四歲到十一歲，那懂得生死的意義，但看了大人們嚴肅的神情，他們也都發了呆，一個個木雞似的在人前楞著。有一天聽說他們私下在商量，想組織一隊童子軍，衝出山海關去替爸爸報仇！

　　「栝安」那虛報到的一個早上，我正在你家。忽然間，一陣天翻似的鬧聲從外院陡起，一群孩子擁著一位手拿電紙的大聲的歡呼著，衝鋒似的陷進了上房。果然是大勝利，該得慶祝的：「爹爹沒有事！」「爹爹好好的！」徽那裏平安電馬上發了去，省她急。福州電也發了去，省他們跋涉。但這歡喜的風景運定活不到三天，又叫接著來的消息給完全煞盡！

　　當初送你同去的諸君回來！證實了你的死信。那晚，你的骨肉一個個走進你的臥房，各自默側側的坐下，啊，那一陣子最難堪的噤寂，千萬種痛心的思潮在各個人的心頭，在這沉默的暗慘中，激蕩，洶湧，起伏。可憐的孩子們也都淚瀅瀅的攢聚在一處，相互的偎著，半懂得情景的嚴重。霎時間，衝破這沉默，發動了放聲的號啕，骨肉間至性的悲哀——你聽著嗎，宗孟先生，那晚有半輪黃月斜覷著北海白塔的淒涼？

　　我知道你不能忘情這一群童稚的弟妹。前晚我去你家時見小四小五在靈幃前翻著跟斗，正如你在時他們常在你的跟前獻技。「你爹呢」？我拉住他們

問。「爹死了」，他們嘻嘻的回答，小五摟住了小四，一和身又滾做一堆！他們將來的養育是你身後唯一的問題──說到這裏，我不由的想起了你離京前最後幾回的談話。政治生活，你說你不但嚐夠而且厭煩了。這五十年算是一個結束，明年起你準備謝絕俗緣，親自教課膝前的子女；這一清心你就可以用功你的書法，你自覺你腕下的精力，老來只是健進，你打算再花二十年工夫，打磨你藝術的天才；文章你本來不弱，但你想望的卻不是什麼等身的著述，你只求瀝一生的心得，淘成三兩篇不易衰朽的純晶。這在你是一種覺悟；早年在國外初識面時，你每每自負你政治的異稟，即在年前避居津地時你還以為前途不少有為的希望，直至最近政態詭變，你才內省厭倦，認真想回復你書生逸士的生涯。我從最初驚訝你清奇的相貌，驚訝你更清奇的談吐，我便不阿附你從政的熱心，曾經有多少次我諷勸你趁早回航，領導這新時期的精神，共同發現文藝的新土。即如前年泰戈爾來時，你那興會正不讓我們年輕人；你這半百翁登臺演戲，不辭勞倦的精神正不知給了我們多少的鼓舞！

不，你不是「老人」；你至少是我們後生中間的一個。在你的精神裏，我們看不見蒼蒼的鬢髮，看不見五十年光陰的痕跡；你的依舊是二三十年前「春痕」故事裏的「逸」的風情──「萬種風情無地著」，是你最得意的名句，誰料這下文竟命定是「遼原白雪葬華顛」！

誰說你不是君房的後身？可惜當時不曾記下你搖曳多姿的吐屬，蓓蕾似的滿綴著警句與諧趣，在此時回憶，只如天海遠處的點點航影，再也認不分明。你常常自稱厭世人。果然，這世界，這人情，那禁得起你銳利的理智的解剖與抉剔？你的鋒芒，有人說，是你一生最吃虧的所在。但你厭惡的是虛偽，是矯

情，是頑老，是鄉愿的面目，那還不是該的？誰有你的豪爽，誰有你的倜儻，誰有你的幽默？你的鋒芒，即使露，也絕不是完全在他人身上應用，你何嘗放過你自己來？對己一如對人，你絲毫不存姑息，不存隱諱。這就夠難能，在這無往不是矯揉的日子。再沒有第二人，除了你，能給我這樣脆爽的清談的愉快。再沒有第二人在我的前輩中，除了你，能使我感受這樣的無「執」無「我」精神。

　　最可憐是遠在海外的徽徽，她，你曾經對我說，是你唯一的知己；你，她也曾對我說，是她唯一的知己。你們這父女不是尋常的父女。「做一個有天才的女兒的父親」，你曾說，「不是容易享的福，你得放低你天倫的輩分先求做到友誼的瞭解」。徽，不用說，一生崇拜的就只你，她一生理想的計畫中，那件事離得了聰明不讓她自己的老父？但如今，說也可憐，一切都成了夢幻，隔著這萬里的途程，她那弱小的心靈如何載得起這奇重的哀慘！這終天的缺陷，叫她問誰補去？佑著她吧，你不昧的陰靈，宗孟先生，給她健康，給她幸福，尤其給她藝術的靈術——同時提攜她的弟妹，共同增榮雪池雙栝的清名！

十五年，二月，二日，新月社

說明

〈傷雙栝老人〉這篇文章選自《自剖文集》（一九二八年，新月書店），是徐志摩哀悼忘年之友林長民的紀念文字。

林長民，福建閩侯人，幼名則澤，字宗孟，自稱苣苓子，亦稱桂林一枝室主，晚年門栽雙栝(栝，即檜木)，人亦稱之爲雙栝盧主人。他是清末民初間熱心中國憲政及國會制度的重要政治家，也是梁啓超同輩的政壇好友。

梁錫華的《徐志摩新傳》第二章中，有一節介紹〈梁啓超和林長民〉，茲將林長民部分節錄於下：

「徐、林的交誼始自英倫。林長民雖份屬老輩，但爲人瀟灑風趣，思想新穎，所以和志摩一見如故，二人結爲忘年之交。

林長民雖近半百之年，但氣質浪漫，高倡自由戀愛之說──這一點使志摩大受吸引。二人先在英國，後在中國，過從甚密。他們都是新月社的創辦人，曾一同粉墨登場，演泰戈爾名劇《齊德拉》，（編按：一九二四年四月十二日泰戈爾訪華，五月八日爲慶祝泰戈爾六十四歲誕辰，北京學術界爲他舉行祝壽會。最後一項餘興節目，是演出《齊德拉》（Chitra），由林徽音飾公主齊德拉，張歆海飾王子阿俊那（Arjuna），徐志摩飾愛神，林長民『臉上搽著脂粉，頭頂著顫巍巍的紙金帽』，扮演春之神。）也不止一次登山臨水，嘯傲煙霞。他們都喜歡促膝談心，話題除政治、社會、文藝之外，更及戀愛。志摩對林長民女兒徽音的窮追苦戀，相信和林長民對戀愛的開放態度很有關係。……」

　　徐志摩有一篇小說〈春痕〉，原名〈一個不很重要的回想〉，登在一九二三年的《努力週報》上，故事就是根據林長民年輕時的一段戀史寫的。林氏不幸在一九二五年十二月二十四日慘死於新民屯，享年五十歲。

　　徐、林的交往中，最驚世駭俗的是兩人在英國時互通「情書」這段逸事。那些情意綿綿的書札經過徐志摩發表的只有一封，發表時，徐志摩寫了一段介紹，把這事交待得很清楚。文刊一九二六年二月十六日的《晨報副刊》，茲將徐文選錄於後，以供參考。如讀者對林長民的「情書」有興趣，可參閱梁錫華編著的《徐志摩詩文補遺》，頁三六○。

林長民與女兒林徽音的合影

一封情書

看中國二十四史乏味，看西洋傳記有趣的一個理由，是中國史家只注重一個人的「立德立言立功」，而略過他的情感最集中的戀愛經驗。也許我們的祖宗們並不知道這回事，除了挾妓，即使有，在個人本身，也是諱莫如深。立志不要吃冷豬肉的，能有幾個？現在時代換樣，反動到了；在青年人看來，事業是虛榮，功利是虛榮，文章是虛榮，人生果眞的只有一件事——戀愛。結果副刊的來稿，除了罵人，就是談戀愛；隨你當主筆的怎樣當心選稿，永遠拿「不要誘惑青年」一句話當作標準，結果總還是離不了「性，性，再來還是性！」明白人看了是不會生氣的，至多笑笑，要不然嘆一口氣。本來是這麼回事。近來常有人責問我爲甚麼好好的篇幅不登些正經文章，老是這戀愛長戀愛短什麼意思？因此我愈覺得有「開風氣」的必要。

閒話少說，下面一篇我題名〈一封情書〉的，是新近在關外亂軍中身亡的林宗孟先生寫給我的一封信。這話得解釋。分明是寫給他情人的，怎麼會給我呢？我的答話是我就是他的情人。聽我說這段逸話。四年前我在康橋時，宗孟

在倫敦，有一次我們說著玩，商量彼此裝假通情書。我們設想一個情節，我算是女的，一個有夫之婦，他裝男的，也是有婦之夫，在這雙方不自由的境遇下彼此虛設的通信講戀愛。好在彼此同感「萬種風情無地著」的情調，這假惺惺未始不是一種心理學家叫做「昇華」。下面印的是他給我最長的一封（實際上我們各寫各的……許不對準，否則湊趣倒也成一篇有趣的小說。宗孟先生在民國元年在南京當代表遭險是實事，他這裏說的他那心裏的一團熱火實有背景與否，他始終不曾明說過。不論怎樣，他這篇文章寫得有聲有色，眞不錯。在我看是可傳的；至少比他手訂的中華民國大憲法有趣味有意義甚至有價值得多。將來雙栝齋文集印出時，我敢保證這封情書，如其收入的話，是最可誦的一篇。中古世紀政治史上多大的事情我們都忘了，單只一個尼姑與一個和尚的情書（Love letters of Aeloise and Aberlard）到如今還放著異彩。十五十六世紀間多大的事情都變了灰，但一個葡萄牙小尼姑寫給一個薄情的法國軍官的情書到今天還有使我們掉淚的力量。誰敢斷定奉直戰爭一類事實的壽命一定會比看來漫不相干情書類的文章長久？

　　記得有人拿「戀愛大家」的徽號給林宗孟。這也是有來歷的。早三年他從歐洲回京時，曾經標戀愛的題目公開講演過。據說議論極徹透，我盼望過那天有機會發表他的原稿（他對我說過他有原稿，但需改作）。我們要記得宗孟先生不是少年，他是鬢蒼蒼的五十老翁。但他的頭腦可不是腐敗名士派的頭腦，他寫的也不是香奩體一派的濫調。別看他老，他念的何嘗不是藹理士，馬利施篤普司，以及巴爾沙克《結婚的生理學》一類的書？聽他講才痛快哪！他的心是不老的。

　　他文章裏有幾句話竟與他這回慘死的情形有相印處。「微月映雪，眼底繽紛碎玉有薄光，倐忽人影雜迻，則亂兵也。下車步數武，對面彈發……」上次脫了險，這回脫不了，（掉一句古文調說）其命也歟！認識他非常才調的，不能不覺著慘。

志摩記

二月四日

刊晨副：民十五、二、十六

徐志摩的手跡

自剖

　　我是個好動的人；每回我身體行動的時候，我的思想也彷彿就跟著跳蕩。我做的詩，不論它們是怎樣的「無聊」，有不少是在行旅期中想起的。我愛動，愛看動的事物，愛活潑的人，愛水，愛空中的飛鳥，愛車窗外掣過的田野山水。星光的閃動，草葉上露珠的顫動，花鬚在微風中的搖動，雷雨時雲空的變動，大海中波濤的洶湧，都是在觸動我感興的情景。是動，不論是什麼性質，就是我的興趣，我的靈感。是動就會催快我的呼吸，加添我的生命。近來卻大大的變樣了。第一我自身的肢體，已不如原先靈活；我的心也同樣的感受了不知是年歲還是什麼的拘攣。動的現象再不能給我歡喜，給我啟示。先前我看著在陽光中閃爍的金波，就彷彿看見了神仙宮闕——什麼荒誕美麗的幻覺，不在我的腦中一閃閃的掠過；現在不同了，陽光只是陽光，流波只是流波，任憑景色怎樣的燦爛，再也照不化我的呆木的心靈。我的思想，如其偶爾有，也只似岩石上的藤蘿，貼著枯乾的粗糙的石面，極困難的蜒著；顏色是蒼黑的，姿態是倔強的。

　　我自己也不懂得何以這變遷來得這樣的兀突，這樣的深徹。原先我在人前自覺竟是一注的流泉，在在有飛沫，在在有閃光；現在這泉眼，如其還在，彷彿是叫一塊石板不留餘隙的給鎮住了。我再沒有先前那樣蓬勃的情趣，每回我想說話的時候，就覺著那石塊的重壓，怎麼也掀不動，怎麼也推不開，結果只能自安沉默！「你再不用想什麼了，你再沒有什麼可想的了」；「你再不用開口了，你再沒有什麼話可說的了」，我常覺得我沉悶的心府裏有這樣半嘲諷半弔唁的諄囑。

　　說來我思想上或經驗上也並不曾經受什麼過分劇烈的戟刺。我處境是向來順的，現在，如其有不同，只是更順了的。那麼為什麼這變遷？遠的不說，就比如我年前到歐洲去時的心境：啊！我那時還不是一隻初長毛角的野鹿？什麼顏色不激動我的視覺，什麼香味不奮興我的嗅覺？我記得我在義大利寫遊記的時候，情緒是何等的活潑，興趣何等的醇厚，一路來眼見耳聽心感的種種，那一樣不活栩栩的叢集在我的筆端。爭求充分的表現！如今呢？我這次到南方去，來回也有一個多月的光景，這期內眼見耳聽心感的事物也該有不少。我未動身前，又何嘗不自喜此去又可以有機會飽餐西湖的風色，鄧尉的梅香——單提一兩件最合我脾胃的事。有好多朋友也曾期望我在這閒暇的假期中採集一點江南風趣，歸來時，至少也該帶回一兩篇爽口的詩文，給在北京泥土的空氣中活命的朋友們一些清醒的消遣。但在事實上不但在南中時我白瞪著大眼，看天亮換天昏，又閉上了眼，拼天昏換天亮，一枝禿筆跟著我涉海去，又跟著我涉海回來，正如岩洞裏的一根石筍，壓根兒就沒一點搖動的消息；就在我回京後這十來天，任憑朋友們怎樣的催促，自己良心怎樣的責備，我的筆尖上還是滴

不出一點墨水來。我也曾勉強想想，勉強想寫，但到底還是白費！可怕是這心靈驟然的呆頓。完全死了不成？我自己在疑惑。

說來是時局也許有關係。我到京幾天就逢著空前的血案。五卅事件發生時我正在義大利山中，採茉莉花編花籃兒玩，翡冷翠山中只見明星與流螢的交喚，花香與山色的溫存，俗氛是吹不到的。直到七月間到了倫敦，我才理會國內風光的慘澹，等得我趕回來時，設想中的激昂，又早變成了明日黃花，看得見的痕跡只有滿城黃牆上墨彩斑爛的「泣告」！

這回卻不同。屠殺的事實不僅是在我住的城子裏發現，我有時竟覺得是我自己的靈府裏的一個慘象。殺死的不僅是青年們的生命，我自己的思想也彷彿遭著了致命的打擊，比是國務院前的斷脰殘肢，再也不能回復生動與連貫。但這深刻的難受在我是無名的，是不能完全解釋的。這回事變的奇慘性引起憤慨與悲切是一件事，但同時我們也知道在這根本起變態作用的社會裏，什麼怪誕的情形都是可能的。屠殺無辜，還不是年來最平常的現象。自從內戰糾結以來，在受戰禍的區域內，那一處村落不曾分到過遭姦污的女性，屠殘的骨肉，供犧牲的生命財產？這無非是給冤氛團結的地面上多添一團更集中更鮮豔的怨毒。再說那一個民族的解放史能不濃濃的染著Martyrs的腔血？俄國革命的開幕就是二十年前多宮的血景。只要我們有識力認定，有膽量實行，我們理想中的革命，這回羔羊的血就不會是白塗的。所以我個人的沉悶絕不完全是這回慘案引起的感情作用。

愛和平是我的生性。在怨毒，猜忌，殘殺的空氣中，我的神經每每感受一

種不可名狀的壓迫。記得前年奉直戰爭時我過的那日子簡直是一團黑漆，每晚更深時，獨自抱著腦殼伏在書桌上受罪，彷彿整個時代的沉悶蓋在我的頭頂——直到寫下了〈毒藥〉那幾首不成形的咒詛詩以後，我心頭的緊張才漸漸的緩和下去。這回又有同樣的情形；只覺著煩，只覺著悶，感想來時只是破碎，筆頭只是笨滯。結果身體也不舒暢，像是蠟油塗抹住了全身毛竅似的難過，一天過去了又是一天，我這裏又在重演更深獨坐箍緊腦殼的姿勢，窗外皎潔的月光，分明是在嘲諷我內心的枯窘！

不，我還得往更深處按。我不能叫這時局來替我思想驟然的呆頓負責，我得往我自己生活的底裏找去。

平常有幾種原因可以影響我們的心靈活動。實際生活的牽掣可以劫去我們心靈所需要的閒暇，積成一種壓迫。在某種熱烈的想望不曾得滿足時，我們感覺精神上的煩悶與焦躁，失望更是顛覆內心平衡的一個大原因；較劇烈的種類可以痲痺我們的靈智，淹沒我們的理性。但這些都合不上我的病源；因為我在實際生活裏已經得到十分的幸運，我的潛在意識裏，我敢說不該有什麼壓著的慾望在作怪。

但是在實際上反過來看，另有一種情形可以阻塞或是減少你心靈的活動。我們知道舒服，健康，幸福，是人生的目標，我們因此推想我們痛苦的起點是在望見那些目標而得不到的時候。我們常聽人說「假如我像某人那樣生活無憂我一定可以好好的做事，不比現在整天的精神全化在瑣碎的煩惱上」。我們又聽說「我不能做事就為身體太壞，若是精神來得，那就……」我們又常常設

想幸福的境界，我們想「只要有一個意中人在跟前那我一定奮發，什麼事做不到？」但是不，在事實上，舒服，健康，幸福，不但不一定是幫助或獎勵心靈生活的條件，它們有時正得相反的效果。我們看不起有錢人，在社會上得意人，肌肉過分發展的運動家，也正在此；至於年少人幻想中的美滿幸福，我敢說等得當眞有了紅袖添香，你的書也就讀不出所以然來，且不說什麼在學問上或藝術上更認眞的工作。

那末生活的滿足是我的病源嗎？

「在先前的日子，」一個眞知我的朋友，就說：「正爲是你生活不得平衡，正爲你有慾望不得滿足，你的壓在內裏的Libido就形成一種昇華的現象，結果你就藉文學來發洩你生理上的鬱結（你不常說你從事文學是一件不預期的事嗎？）；這情形又容易在你的意識裏形成一種虛幻的希望，因爲你的寫作得到一部分讚許，你就自以爲確有相當創作的天賦以及獨立思想的能力。但你只是自冤自，實在你並沒有什麼超人一等的天賦，你的設想多半是虛榮，你的以前的成績只是昇華的結果。所以現在等得你生活換了樣，感情上有了安頓，你就發現你向來寫作的來源頓呈萎縮甚至枯竭的現象；而你又不願意承認這情形的實在，妄想到你身子以外去找你思想枯窘的原因，所以你就不由的感到深刻的煩悶。你只是對你自己生氣，不甘心承認你自己的本相。不，你原來並沒有三頭六臂的！」

「你對文藝並沒有眞興趣，對學問並沒有眞熱心。你本來沒有什麼更高的志願，除了相當合理的生活，你只配安分做一個平常人，享你命裏鑄定的『幸

福』」；在事業界，在文藝創作界，在學問界內，全沒有你的位置，你眞的沒有那能耐。不信你只要自問在你心裏的心裏有沒有那無形的「推力」，整天整夜的惱著你，逼著你，督著你，放開實際生活的全部，單望著不可捉摸的創作境界裏去冒險？是的，頂明顯的關鍵就是那無形的推力或是衝動（The Impulse），沒有它人類就沒有科學，沒有文學，沒有藝術，沒有一切超越功利實用性質的創作。你知道在國外（國內當然也有，許沒那樣多）有多少人被這無形的推力驅使著，在實際生活上變成一種離魂病性質的變態動物，不但人間所有的虛榮永遠沾不上他們的思想，就連維持生命的睡眠飲食，在他們都失了重要，他們全部的心力只是在他們那無形的推力所指示的特殊方向上集中應用。怪不得有人說天才是瘋癲；我們在巴黎倫敦不就到處碰得著這類怪人？如其他是一個美術家，惱著他的就只怎樣可以完全表現他那理想中的形體；一個線條的準確，某種色彩的調諧，在他會得比他生身父母的生死與國家的存亡更重要，更迫切，更要求注意。我們知道專門學者有終身掘墳墓的，研究蚊蟲生理的，觀察億萬萬里外一個星的動定的。並且他們絕不問社會對於他們的勞力有否任何的認識，那就是虛榮的進路；他們是被一點無形的推力的魔鬼蠱定了的。」

「這是關於文藝創作的話。你自問有沒有這種情形。你也許經驗過什麼『靈感』，那也許有，但你卻不要把剎那誤認作永久的，虛幻認作眞實。至於說思想與眞實學問的話，那也得背後有一種推力，方向許不同，性質還是不變。做學問你得有原動的好奇心，得有天然熱情的態度去做求知識的工夫。眞思想家的準備，除了特強的理智，還得有一種原動的信仰；信仰或尋求信仰，

是一切思想的出發點：極端的懷疑派思想也只是期望重新位置信仰的一種努力。從古來沒有一個思想家不是宗教性的。在他們，各按各的傾向，一切人生的和理智的問題是實在有的；神的有無，善與惡，本體問題，認識問題，意志自由問題，在他們看來都是會逼迫性的現象，要求合理的解答——比山嶺的崇高，水的流動，愛的甜蜜更眞，更實在，更聳動。他們的一點心靈，就永遠在他們設想的一種或多種問題的周圍飛舞，旋繞，正如燈蛾之於火焰：犧牲自身來貫徹火焰中心的秘密，是他們共有的決心。」

「這種慘烈的情形，你怕也沒有吧？我不說你的心幕上就沒有思想的影子；但它們怕只是虛影，像水面上的雲影，雲過影子就跟著消散，不是石上的霤痕越日久越深刻。」

「這樣說下來，你倒可以安心了！因爲個人最大的悲劇是設想一個虛無的境界來謊騙你自己；騙不到底的時候你就得忍受『幻滅』的莫大的苦痛。與其那樣，還不如及早認清自己的深淺，不要把不必要的負擔，放上支撐不住的肩背，壓壞你自己，還難免旁人的笑話！朋友，不要迷了，定下心來享你現成的福分吧；思想不是你的分，文藝創作不是你的分，獨立的事業更不是你的分！天生抗了重擔來的那也沒法想（那一個天才不是活受罪！）你是原來輕鬆的，這是多可羨慕，多可賀喜的一個發現！算了吧，朋友！」

（一九二五年三月二十五至四月一日）

說明

〈自剖〉是徐志摩一九二六年三四月間的作品，發表於北京晨報副刊。一九二五年七月，志摩結束了感情作用的歐洲旅行返國；十月一日應陳博生之邀接替孫伏園主編晨報副刊，發表了他的開場白〈我為什麼來辦我想怎樣辦〉一文，揭示編晨副的態度，他說：「但我自問我絕不是一個會投機的主筆。迎合群眾心理，我是不來的，諛附言論界的權威者我是不來的，取媚社會的愚暗與褊淺我是不來的；我來只認識我自己，只知對我自己負責任，我不願意說的話你逼我求我我都不說的，我要說的話你逼我求我我都不能不說的……」十月五日他發表了〈迎上前去〉一文，請求讀者大量的容許他介紹自己，解釋自己，鼓勵自己。他說：「我相信真的理想主義者是受得住眼看他往常保持著的理想萎成灰，碎成斷片，爛成泥，在這灰這斷片這泥的底裏他再來發現他更偉大更光明的理想：我就是這樣的一個。……」辦副刊的半年之後，他又發表了〈再剖〉一文，他說：「最初我來編輯副刊，我有一顆心。我想把我自己整個兒交給能容納我的讀者們，我心目中的讀者們，說實話，就只這時代的青年。……我要在我自己的情感裏發見他們的情感，在我自己的思想裏反映他們的思想。……」

〈自剖〉、〈再剖〉、〈迎上前去〉等文都收入《自剖文集》（一九二八年一月初版，上海新月書店）由江小鶼做封面，封面書著志摩的面容，一把紅刀把他的面容分作兩半，旁邊是些圓圈，海扇之類。他的學生趙景深在《志摩師哀辭》中說：「以迷信說來，這似是預兆。紅刀是紅火，圓圈之煩就是飛機

內的零件。集中並有想飛一篇。難道徐師眞的應了讖言了麼？……自剖文學集
有哀思輯，不想竟臨到我爲徐師寫哀思了……」

新月派泰斗——徐志摩

再剖

你們知道喝醉了想吐吐不出或是吐不爽快的難受不是？這就是我現在的苦惱；腸胃裏一陣陣的作惡，腥膩從食道裏往上泛，但這喉關偏跟你彆扭，它捏住你，僵住你，逗著你——不，它且不給你痛快哪！前天那篇〈自剖〉，就比是哇出來的幾口苦水，過後只是更難受，更覺著往上冒。我告你我想要怎麼樣。我要孤寂：要一個靜極了的地方——森林的中心，山洞裏，牢獄的暗室裏——再沒有外界的影響來逼迫或引誘你的分心，再不需計較旁人的意見，喝采或是嘲笑；當前唯一的物件是你自己：你的思想，你的感情，你的本性。那時它們再不會躲避，不會隱遁，不會裝作；赤裸裸的聽憑你察看，檢驗，審問。你可以放膽解去你最後的一縷遮蓋，袒露你最自憐的創傷，最掩諱的私褻。那才是你痛快一吐的機會。

但我現在的生活情形不容我有那樣一個時機。白天太忙（在人前一個人的靈性永遠是蜷縮在殼內的蝸牛），到夜間，比如此刻，靜是靜了，人可又倦了，惦著明天的事情又不得不早些休息。啊，我真羨慕我臺上放著那塊唐磚

上的佛像，他在他的蓮臺上瞑目坐著，什麼都搖不動他那入定的圓澄。我們只是在煩惱網裏過日子的眾生，怎敢企望那光明無礙的境界！有鞭子下來，我們躲；見好吃的，我們垂涎；聽聲響，我們著忙；逢著痛癢，我們著惱。我們是鼠，是狗，是刺蝟，是天上星星與地上泥土間爬著的蟲。那裏有工夫，即使你有心想親近你自己？那裏有機會，即使你想痛快的一吐？

前幾天也不知無形中經過幾度掙扎，才嘔出那幾口苦水，這在我雖則難受還是照舊，但多少總算發洩。事後我私下覺著媿悔，因為我不該拿我一己苦悶的骨鯁，強讀者們陪著我吞咽。是苦水就不免薰蒸的惡味。我承認這完全是我自私的行為，不敢望恕的。我唯一的解嘲是這幾口苦水的確是從我自己的腸胃裏嘔出——不是去髒水桶裏舀來的。我不曾期望同情，我只要朋友們認識我的深淺——（我的淺？）我最怕朋友們的容寵容易形成一種虛擬的期望；我這操刀自剖的一個目的，就在及早解卸我本不該扛上的擔負。

是的，我還得往底裏按，往更深處剖。

最初我來編輯副刊，我有一個願心。我想把我自己整個兒交給能容納我的讀者們，我心目中的讀者們，說實話，就只這時代的青年。我覺著只有青年們的心窩裏有容我的空隙，我要偎著他們的熱血，聽他們的脈搏。我要在我自己的情感裏發現他們的情感，在我自己的思想裏反映他們的思想。假如編輯的意義只是選稿，配版，付印，拉稿，那還不如去做銀行的夥計——有出息得多。我接受編輯晨副的機會，就為這不單是機械性的一種任務。（感謝晨報主人的信任與容忍，）晨副變了我的喇叭，從這管口裏我有自由吹弄我古怪的不調諧

的音調，它是我的鏡子，在這平面上描畫出我古怪——不調諧的形狀。我也絕不掩諱我的原形：我就是我。記得我第一次與讀者們相見，就是一篇供狀。我的經過，我的深淺，我的偏見，我的希望，我都曾經再三的聲明，怕是你們早聽厭了。但初起我有一種期望是眞的——期望我自己。也不知那時間爲什麼原因我竟有那活稜稜的一副勇氣。我宣言我自己跳進了這現實的世界，存心想來對準人生的面目認他一個仔細。我信我自己的熱心（不是知識）多少可以給我一些對敵力量的。我想拼這一天，把我的血肉與靈魂，放進這現實世界的磨盤裏去捱，鋸齒下去拉，——我就要嚐那味兒！只有這樣，我想，才可以期望我主辦的刊物多少是一個有生命氣息的東西；才可以期望在作者與讀者間發生一種活的關係；才可以期望讀者們覺著這一長條報紙與黑的字印的背後，的確至少有一個活著的人與一個動著的心，他的把握是在你的腕上，他的呼吸吹在你的臉上，他的歡喜，他的惆悵，他的迷惑，他的傷悲，就比是你自己的，的確是從一個可認識的主體上發出來的變化——是站在臺上人的姿態，——不是投射在白幕上的虛影。

並且我當初也並不是沒有我的信念與理想。有我崇拜的德性，有我信仰的原則。有我愛護的事物，也有我痛疾的事物。往理性的方向走，往愛心與同情的方向走，往光明的方向走，往眞的方向走，往健康快樂的方向走，往生命，更多更大更高的生命方向走——這是我那時的一點「赤子之心」。我恨的是這時代的病象，什麼都是病象：猜忌，詭詐，小巧，傾軋，挑撥，殘殺，互殺，自殺，憂愁，作僞，骯髒。我不是醫生，不會治病；我就有一雙手，趁它們活靈的時候，我想，或許可以替這時代打開幾扇窗，多少讓空氣流通些，濁的毒

性的出去，清醒的潔淨的進來。

　　但緊接著我的狂妄的招搖，我最敬畏的一個前輩（看了我的弔劉叔和文）就給我當頭一棒：──

　　「……既立意來辦報而且鄭重宣言『決意改變我對人的態度』，那麼自己的思想就得先磨冶一番，不能單憑主覺，隨便說了就算完事。迎上前去，不要又退了回來！一時的興奮，是無用的，說話越覺得響亮起勁，跳躍有力，其實即是內心的虛弱，何況說出衰頹懊喪的語氣，教一般青年看了，更給他們以可怕的影響，似乎不是志摩這番挺身出馬的本意！……」迎上前去，不要又退了回來！這一喝這幾個月來就沒有一天不在我「虛弱的內心」裏迴響。實際上自從我喊出「迎上前去」以後，即使不曾撐開了往後退，至少我自己覺不得我的腳步曾經向前挪動。今天我再不能容我自己這夢夢的下去。算清虧欠，在還算得清的時候總比窩著渾著強。我不能不自剖。冒著「說出衰頹懊喪的語氣」的危險，我不能不利用這反省的鋒刃，劈去糾著我心身的累贅，淤積，或許這來倒有自我真得解放的希望！

　　想來這做人真是奧妙。我信我們的生活至少是複性的。看得見，覺得著的生活是我們的顯明的生活，但同時另有一種生活，跟著知識的開豁逐漸胚胎，成形，活動，最後支配前一種的生活，比是我們投在地上的身影，跟著光亮的增加漸漸由模糊化成清晰，形體是不可捉的，但它自有它的奧妙的存在，你動它跟著動，你不動它跟著不動。在實際生活的匆遽中，我們不易辨認另一種無形的生活的並存，正如我們在陰地裏不見我們的影子；但到了某時候某境地

忽的發現了它，不容否認的踵接著你的腳跟，比如你晚間步月時發現你自己的身影。它是你的性靈的或精神的生活。你覺到你有超實際生活的性靈生活的俄頃，是你一生的一個大關鍵！你許到極遲才覺悟（有人一輩子不得機會），但你實際生活中的經歷，動作，思想，沒有一絲一屑不同時在你那跟著長成的性靈生活中留著「對號的存根」，正如你的影子不放過你的一舉一動，雖則你不注意到或看不見。

我這時候就比是一個人初次發現他有影子的情形。驚駭，訝異，迷惑，聳悚，猜疑，恍惚同時並起，在這辨認你自身另有一個存在的時候。我這輩子只是在生活的道上盲目的前衝，一時蹣入一個泥潭，一時踏折一枝草花，只是這無目的的奔馳；從那裏來，向那裏去，現在在那裏，該怎麼走，這些根本的問題卻從不曾到我的心上。但這時候突然的，恍然的我驚覺了。彷彿是一向跟著我形體奔波的影子忽然阻止了我的前路，責問我這匆匆的究竟是為什麼！

一種新意識的誕生。這來我再不能盲衝，我至少認明來蹤與去跡，該怎樣走法如其有目的地，該怎樣準備如其前程還在遙遠？

啊，我何嘗願意吞這果子，早知有這多的麻煩！現在我第一要考查明白的是這「我」究竟是怎麼一回事；然後再決定掉落在這生活道上的「我」的趕路方法。以前種種動作是沒有這新意識做主宰的；此後，什麼都得由它。

十五年四月五日

這是風刮的

　　本來還想「剖」下去，但大風刮得人眉眼不得清靜，別想出門，家裏坐著溫溫舊情罷。今天（四月八日）是泰戈爾先生的生日，兩年前今晚此時，阿瓊達的臂膀正當著鄉村的晚鐘聲裏把契玦臘圍抱進熱戀的中心去，——多靜穆多熱烈的光景呀！但那晚臺上與臺下的人物都已星散，兩年內的變動真數得上！那晚臉上搽著脂粉頭頂著顫巍巍的紙金帽裝「春之神」的五十老人宗孟，此時變了遼河邊無骸可托無家可歸的一個野鬼；我們的「契玦臘」在萬里外過心碎難堪的日子；銀鬚紫袍的竺震旦在他的老家裏病床上呻吟衰老（他上月二十三來電給我說病好些）；扮跑龍套一類的蔣百里將軍在湘漢間亡命似的奔波，我們的「阿瓊達」又似乎回復了他十二年「獨身禁慾」的誓約，每晚對西天的暮靄發他神秘的夢想；就這不長進的「愛之神」依舊在這京塵裏悠悠自得，但在這大風夜默念光陰無情的痕跡，也不免滴淚悵觸！

　　「這是風刮的」！風刮散了天上的雲，刮亂了地上的土，刮爛了樹上的花——它怎能不同時刮滅光陰的痕跡？惆悵是人生，人生是惆悵。

暮靄沉沉

啊，還有那四年前彭德家十號的一晚：

「那二十分不死的時間！」

美如仙慧如仙的曼殊斐兒，她也完了，她的骨肉此時有芳丹薄羅林子裏的紅嘴蟲兒在徐徐的消受！麥雷，她的丈夫，早就另娶，還能記得她嗎？

這是風刮的！曼殊斐兒是在澳洲雪梨地方生長的，她有個弟弟，她最心愛的，在第一年歐戰時從軍不到一星期就死了，這是她生時最傷心的一件事。她的日記裏有很多紀念她愛弟極沉痛的記載。她的小說大半是追寫她早年在家鄉時的情景；她的弟弟的影子，常常在她的故事裏搖晃著。下面這篇〈颶風〉裏的「寶健」就是，我信。

曼殊斐兒文筆的可愛，就在輕妙——和風一般的輕妙，不是大風像今天似的，是遠處林子裏吹來的微喟，蛺蝶似的掠過我們的鬢髮，撩動我們的輕衣，又落在初蕊的丁香林中小憩，繞了幾個彎，不提防的又在爛漫的迎春花堆裏飛了出來，又到我們口角邊惹刺一下，翹著尾巴歇在屋簷上的喜雀「怯」的一聲叫了，風兒它已經沒了影蹤。不，它去是去了，它的餘痕還在著，許永遠會留著：丁香花枝上的微顫，你心弦上的微顫。

但是你要留神，難得這點子輕妙的，別又叫這年生的風給刮了去！

四月八日深夜

刊晨副，民十五、四、十

説明

本文是徐志摩翻譯曼殊斐兒短篇小説〈颶風〉的前言，是抒發他個人感觸的，但沒有包括在《曼殊斐兒小説集》內。文內提及泰戈爾訪華時新月社同人排演太翁名劇《齊德拉》（徐氏在此用《契玦臘》）事：「阿瓊達」即「阿俊那」（指張歆海），「契玦臘」即（「齊德拉」）指林徽音，「愛之神」指志摩自己。文中提到的「竺震旦」，是泰戈爾的中國名字。

求醫

To understand that the sky is everywhere blue, it is not necessary to have travelled all around the world. — Goethe

新近有一個老朋友來看我，在我寓裏住了好幾天。彼此好久沒有機會談天，偶爾通信也只泛泛的：他只從旁人的傳說中聽到我生活的梗概，又從他所聽到的推想及我更深一義的生活的大致。他早把我看做「丟了」。誰說空閒時間不能離開朋友間的相知？但這一次彼此又撿起了，理清了早年息息相通的線索，這是一個愉快！單說一件事：他看看我四月間副刊上的兩篇〈自剖〉，他說他也有文章做了，他要寫一篇〈剖志摩的自剖〉。他卻不曾寫：我幾次逼問他，他說一定在離京前交卷。有一天他居然謝絕了約會，躲在房子裏裝病，想試他那柄解剖的刀。晚上見他的時候，他文章不曾做起，臉上倒真的有了病容！「不成功」；他說，「不要說剖，我這把刀，即使有，早就在刀鞘裏鏽住了，我怎麼也拉它不出來！我倒自己發生了恐怖，這回回去非發奮不可。」打了全軍覆沒的大敗仗回來的，也沒有他那晚談話時的沮喪！

　　但他這來還是幫了我的忙；我們倆連著四五晚通宵的談話，在我至少感到了莫大的安慰。我的朋友正是那一類人，說話是絕對不敏捷的，他那永遠茫然的神情與偶爾激出來的幾句話，在當時極易招笑，但在事後往往透出極深刻的意義，在聽著的人的心上不易磨滅的；別看他說話的外貌亂石似的粗糙，它那核心裏往往藏著直覺的純璞。他是那一類的朋友，他那不浮誇的同情心在無形中啓發你思想的活動，引逗你心靈深處的「解嚴」：「你盡量披露你自己」，他彷彿說，「在這裏你沒有被誤解的恐怖。」我們倆的談話是極不平等的：十分裏有九分半的時光是我佔據的，他只貢獻簡短的評語，有時修正，有時讚許，有時引申我的意思；但他是一個理想的「聽者」，他能盡量的容受，不論對面來的是細流或是大水。

　　我的自剖文不是解嘲體的閒文，那是我個人眞的感到絕望的呼聲。「這篇文章是值得寫的，」我的朋友說，「因爲你這來冷酷的操刀，無顧戀的劈剖你自己的思想，你至少摸著了現代的意識的一角，你剖的不僅是你，我也叫你剖著了，正如葛德說的「要知道天到處是碧藍，並用不著到全世界去繞行一周」。你還得往更深處剖，難得你有勇氣下手：你還得如你說的，犯著噁心嘔苦水似的嘔，這時代的意識是完全叫種種相衝突的價值的尖刺交佔住，支離了纏昏了的，你希冀回復清醒與健康先得清理你的外邪與內熱。至於你自己，因爲發現病象而就放棄希望，當然是不對的；我可以替你開方。你現在需要的沒有別的，你只要多多的睡！休息，休養，到時候你自會強壯。我是開口就會牽到葛德的，你不要笑；葛德就是懂得睡的秘密的一個。他每回覺得他的創作活動有退潮的趨向，他就上床去睡，眞的放平了身子的睡，不是喻言，直睡到精

神回復了，一線新來的波瀾逼著他再來一次發瘋似的創作。你近來的沉悶，在我看，也只是內心需要休息的符號。正如潮水有漲落的現象，我們勞心的也不免同樣受這自然規律的支配。你怎麼也不該挫氣，你正應得利用這時期；休息不是工作的斷絕，它是消極的活動；這正是你吸新營養取得新生機的機會。聽憑地面上風吹的怎樣尖厲，霜蓋得怎麼嚴密，你只要安心在泥土裏等著，不愁到時候沒有再來一次爆發的驚喜。」

網

這是他開給我的藥方。後來他又跟別的朋友談起，他說我的病——如其是病——有兩味藥可醫，一是「隱居」，一是「上帝」。煩悶是起源於精神不得充分的怡養；煩囂的生活是勞心人最致命的傷，離開了就有辦法，最好是去山林靜僻處躲起。但這環境的改變，雖則重要，還只是消極的一面；為要啓發性靈，一個人還得積極的尋求。比性愛更超越更不可搖動的一

個精靜的寄託——他得自動去發現他的上帝。

上帝這味藥是不易配得的，我們姑且放開在一邊（雖則我們不能因他字面的兀突就忽略他的深刻的涵義，那就是說這時代的苦悶現象隱示一種漸次形成宗教性大運動的趨向）；暫時脫離現社會去另謀隱居生活那味藥，在我不但在事實上有要得到的可能，並且正合我新近一天迫似一天的私願，我不能不計較一下。

我們都是在生活的蜘網中膠住了的細蟲，有的還在勉強掙扎，大多數是早已沒了生氣，只當著風來吹動網絲的時侯頂可憐相的晃動著，多經歷一天人事，做人不自由的感覺也跟著真似一天。人事上的關連一天加密一天，理想的生活上的依據反而一天遠似一天，盡是這飄忽忽的，彷彿是一塊石子在一個無底的深潭中無窮盡的往下墜著似的——有到底的一天嗎，天知道！實際的生活逼得越緊，理想的生活宕得越空，你這空手僕僕的不「丟」怎麼著？你睜開眼來看看，見著的只是一個悲慘的世界，我們這倒運的民族眼下只有兩種人可分，一種是在死的邊沿過活的，又一種簡直是在死裏面過活的：你不能不發悲心不是，可是你有什麼能耐能抵擋這普遍「死化」的凶潮？太淒慘了呀這「人道的幽微的悲切的音樂」！那麼你閉上眼罷，你只是發現另一個悲慘的世界：你的感情，你的思想，你的意志，你的經驗，你的理想，有那一樣調諧的，有那一樣容許你安舒的？你想要援——但是你的力量？你彷彿是掉落在一個井裏，四邊全是光油油不可攀援的陡壁，你怎麼想上得來？就我個人說，所謂教育只是「畫皮」的勾當，我何嘗得到一點真的知識？說經驗吧，不錯，我也曾進貨似的運得一部分的經驗，但這都是硬性的，雜亂的，不經受意識滲透的；

經驗自經驗，我自我，這一屋子滿滿的生客只使主人覺得迷惑，慌張，害怕。不，我不但不曾「找到」我自己，我竟疑心我是「丟」定了的。曼殊斐兒在她的日記裏寫──

「我不是晶瑩的透徹。」

「我什麼都不願意的。全是灰色的；重的，悶的。……我要生活，這話怎麼講？單說是太易了。可是你有什麼法子？」

「所有我寫下的，所有我的生活，全是在海水的邊沿上。這彷彿是一種玩藝。我想把我所有的力量全給放上去，但不知怎的我做不到。」

「前這幾天，最使人注意的是藍的色彩。藍的天，藍的山──一切都是神異的藍！……但深黃昏的時刻才真是時光的時光。當著那時侯，面前放著非人間的美景，你不難領會到你應分走的道兒有多遠。珍重你的筆，得不辜負那上升的明月，那白的天光。你得夠「簡潔」的。正如你在上帝跟前得簡潔。」

「我方才細心的刷淨收拾我的水筆。下回它再要是漏，那它就不夠格兒。」

「我覺得我總不能給我自己一個沉思的機會，我正需要那個。我覺得我的心地不夠清白，不識卑，不興。這底裏的渣子新近又漾了起來。我對著山看，我見著的就是山。

說實話？我念不相干的書……不經心，隨意？是的，就是這情形。心思亂，含糊，不積極，尤其是懶惰，不夠用功──。白費時光。我早就這麼喊

著——現在還是這呼聲。為什麼這闌珊的，你？啊，究竟為什麼？」

「我一定得再發心一次，我得重新來過。我再來寫一定得簡潔的，充實的，自由的寫，從我心坎裏出來的。平心靜氣的，不問成功或是失敗，就這往前去做去。但是這回得下決心了！尤其得跟生活接近。跟這天，這月，這些星，這些冷落的坦白的高山。」

「我要是身體健」，曼殊斐兒在又一處寫，「我就一個人跑到一個地方，在一株樹下坐著去。」她這苦痛的企求內心的瑩徹與生活的調諧，那一個字不在我此時比她更「散漫，含糊，不積極」的心境裏引起同情的迴響！啊，誰不這樣想：我要是能，我一定跑到一個地方在一株樹下坐著去。但是你能嗎？

想飛

假如這時候窗子外有雪——街上，城牆上，屋脊上，都是雪，胡同口一家屋簷下偎著一個戴黑兜帽的巡警，半攏著睡眼，看棉團似的雪花在半空中跳著玩……假如這夜是一個深極了的啊，不是壁上掛鐘的時針指示給我們看的深夜，這深就比是一個山洞的深，一個往下鑽螺旋形的山洞的深……

假如我能有這樣一個深夜，它那無底的陰森撼起我遍體的毫管；再能有窗子外不住往下篩的雪，篩淡了遠近間揚動的市謠，篩泯了在泥道上掙扎的車輪。篩滅了腦殼中不妥協的清流……

我要那深，我要那靜。那在樹蔭濃密處躲著的夜鷹輕易不敢在天光還在照亮時出來睜眼。思想，它也得等。

青天裏有一點子黑的。正衝著太陽耀眼，望不真，你把手遮著眼，對著那兩株樹縫裏瞧，黑的，有排子來大，不，有桃子來大——嘿，又移著往西了！

　　我們吃了中飯出來到海邊去。（這是英國康槐爾極南的一角，三面是大西洋。）勛麗麗的叫響從我們的腳底下勻勻的往上顫，齊著腰，到了肩高，過了頭頂，高入了雲，高出了雲。啊，你能不能把一種急震的樂音想像成一陣光明的細雨，從藍天裏衝著這平鋪著青綠的地面不住的下？不，那雨點都是跳舞的小腳，安琪兒的。雲雀們也吃過了飯，離開了牠們卑微的地巢飛往高處做工去。上帝給牠們的工作，替上帝做的工作。瞧著，這兒一隻，那邊又起了兩！一起就衝著天頂飛，小翅膀動活的多快活，圓圓的，不躊躇的飛，——牠們就認識青天。一起就開口唱，小嗓子動活的多快活，一顆顆小精圓珠子直往外唾，亮亮的唾，脆脆的唾，——牠們讚美的是青天。瞧著，這飛得多高，有豆子大，有芝麻大，黑刺刺的一屑，直頂著無匠的天頂細細的搖，——這全看不見了，影子都沒了！但這光明的細雨還是不住的下著……

　　飛。「其翼若垂天之雲……背負蒼天，而莫之夭閼者」；那不容易見著。我們鎮上東關廂外有一座黃坭山，山頂上有一座七層的塔，塔尖頂著天。塔院裏常常打鐘，鐘聲響動時，那在太陽西曬的時候多，一枝豔豔的大紅花貼在西山的鬢邊回照著塔山上的雲彩，——鐘聲響動時，繞著塔頂尖，摩著塔頂天，穿著塔頂雲，有一隻兩隻有時三隻四隻有時五隻六隻蜷著爪往地面瞧的「餓老鷹」，撐開了牠們灰蒼蒼的大翅膀沒掛戀似的在盤旋，在半空中浮著，在晚風中泅著，彷彿是按著塔院鐘的波蕩來練習圓舞似的。那是我做孩子時的「大鵬」。有時好天抬頭不見一瓣雲的時候聽著猶憂憂的鳴響，我們就知道那是寶塔上的餓老鷹尋食吃來了，這一想像半天裏禿頂圓睛的英雄，我們背上的小翅膀骨上就彷彿豁出了一鉈鉈鐵刷似的羽毛，搖起來呼呼響的，只一擺就衝出了

書房門，鑽入了玳瑁鑲邊的白雲裏玩兒去，誰耐煩站在先生書桌前晃著身子背早上上的多難背的書！啊飛！不是那在樹枝上矮矮的跳著的麻雀兒的飛；不是那湊天黑從堂扁後背衝出來趕蚊子吃的蝙蝠的飛；也不是那軟尾巴軟嗓子做窠在堂簷上的燕子的飛。要飛就得滿天飛，風攔不住雲擋不住的飛，一翅膀就跳過一座山頭，影子下來遮得陰二十畝稻田的飛，到天晚飛倦了就來繞著那塔頂尖順著風向打圓圈做夢……聽說餓老鷹會抓小雞！

飛。人們原來都是會飛的。天使們有翅膀，會飛，我們初來時也有翅膀，會飛。我們最初來就是飛了來的，有的做完了事還是飛了去，他們是可羨慕的。但大多數人是忘了飛的，有的翅膀上掉了毛不長再也飛不起來，有的翅膀叫膠水給膠住了再也拉不開，有的羽毛叫人給修短了像鴿子似的只會在地上跳，有的拿背上一對翅膀上當鋪去典錢使過了期再也贖不回……真的，我們一過了做孩子的日子就掉了飛的本領。但沒了翅膀或是翅膀壞了不能用是一件可怕的事。因為你再也飛不回去，你蹲在地上呆望著飛不上去的天，看旁人有福氣的一程一程的在青雲裏逍遙，那多可憐。而且翅膀又不比是你腳上的鞋，穿爛了可以再問媽要一雙去，翅膀可不成，折了一根毛就是一根，沒法給補的。還有，單顧著你翅膀也還不定規到時候能飛，你這身子要是不謹慎養太肥了，翅膀力量小再也拖不起，也是一樣難不是？一對小翅膀馱不起一個胖肚子，那情形多可笑？到時候你聽人家高聲的招呼說，朋友，回去罷，趁這天還有紫色的光，你聽他們的翅膀在半空中沙沙的搖響，朵朵的春雲跳過來擁著他們的肩背，望著最光明的來處翩翩的，冉冉的，輕煙似的化出了你的視域，像雲雀似的只留下一瀉光明的驟雨——「Thou art unseen, but yet I hear thy shrill delight.」——那你，獨自在泥塗裏淹著，夠多難受，夠多懊惱，夠多寒傖！趁早留神你的翅膀，朋友。

是人沒有不想飛的。老是在這地面上爬著夠多厭煩，不說別的。飛出這圈子，飛出這圈子！到雲端裏去，到雲端裏去！那個心裏不成天千百遍的這麼想？飛上天空去浮著，看地球這彈丸在太空裏滾著，從陸地看到海，從海再看回陸地。凌空去看一個明白——這才是做人的趣味，做人的權威，做人的交代。這皮囊要是太重挪不動，就擲了它，可能的話，飛出這圈子，飛出這圈子！

人類初發明用石器的時候，已經想長翅膀。想飛。原人洞壁上畫的四不像，他的背上掮著翅膀；拿著弓箭趕野獸的，他那肩背上也給安了翅膀。小愛神是有一對粉嫩的肉翅時。挨開拉斯（Icarus）是人類飛行史裏第一個英雄，第一次犧牲。安琪兒（那是理想化的人）第一個標記是幫助他們飛行的翅膀。那也有沿革——你看西洋畫上的表現。最初像是一對小精緻的令旗，蝴蝶似的粘在安琪兒們的背上，像真的，不靈動的。漸漸的翅膀長大了，地位安准了，毛羽豐滿了。畫圖上的天使們長上了真的可能的翅膀。人類初次實現了翅膀的觀念，徹悟了飛行的意義。挨開拉斯閃不死的靈魂，回來投生又投生。人類最大的使命，是製造翅膀，最大的成功是飛！理想的極度，想像的止境，從人到神！詩是翅膀上出世的；哲理是在空中盤旋的。飛：超脫一切，籠蓋一切，掃蕩一切，吞吐一切。

你上那邊山峰頂上試去，要是度不到這邊山峰上，你就得到這萬丈的深淵

裏去找你的葬身地！「這人形的鳥會有一天試他第一次的飛行，給這世界驚駭，使所有的著作讚美，給他所從來的棲息處永久的光榮。」啊達文西！

但是飛？自從挨開拉斯以來，人類的工作是製造翅膀，還是束縛這翅膀？這翅膀，承上了文明的重量，還能飛嗎？都是飛了來的，還都能飛了回去嗎？鉗住了，烙住了，壓住了，──這人形的鳥會有試他第一次飛行的一天嗎？

同時天上那一點子黑的已經迫近在我的頭頂，形成了一架鳥形的機器，忽的機沿一側，一球光直往下注，硼的一聲炸響，──炸碎了我在飛行中的幻想，青天裏平添了幾堆破碎的浮雲。

說明

〈想飛〉，是篇頗堪玩味的散文，寫於一九二六年。在徐志摩「坐飛機升天」後，他的朋友張若谷在〈送志摩升天〉一文中說：「那篇想飛，是你的一種真實的自剖，是一種先知的預言」，它預洩了志摩飛昇的天機。

徐志摩生前，曾對上海光華大學的學生講到他對飛行的興趣，他說：「（達）文西在十三世紀時，已在想法上飛天空去了。你們知道文西悲痛的心懷嗎？啊，自古以來，只有文西是不帶宗教幻想和抽象的意味，而為了脫離這醜惡的世界，用『人』的力量去克服空間的第一人。大思想家能安居在

Florence城裏嗎？全個地球不足當他的驅馳，他需要的是整個的宇宙，整個的宇宙才夠供他的逍遙啊！」徐志摩對飛行的嚮往，正如文藝復興時代大師達文西的「想飛」。

　　徐志摩是出過國門的，但他搭的大多是輪船，在歐洲時，曾有一次搭機經驗，卻因氣候惡劣，在機上大暈。他第一次在國內搭機，是由中國航空公司送的票，對他而言，這是一次極為愉快、美妙的飛行，他對光華大學的學生作如下的描述：「你們沒坐過飛機的人，怎能體會到我當時的歡喜。我只覺得我不再是一個地球上的人，我給暑天晚上掛在藍天空裏閃亮的彗星一樣，在天空中遊蕩，再也不信我是一個皮肉造成的人了。從窗口向地上望，多麼渺小的地球，多麼渺小的人類啊！人生的悲歡離合，一切的鬥爭和生存，真是夠不上我們注意的。我從白雲裏鑽出，一忽兒又躲在黑雲裏去。這座飛機，帶著我的靈魂飛過高山，飛越大湖，飛在鬧市上，飛在叢林間，我當時的希望，就望這樣的飛出了這空氣的牢籠，飛到整個宇宙裏去。……」

　　趙聰在〈徐志摩想飛〉一文（收入《五四文壇泥爪》一書）說道：徐志摩是想飛離這個世界，另尋得理想的世界。尋的方法是飛的，是騰躍的，是一眨眼就能超越、能變化，能脫去凡胎。……志摩的〈想飛〉，正是使他變化氣質的那份憂鬱──一個詩人的心。

南行雜紀──醜西湖

「欲把西湖比西子，濃妝淡抹總相宜」。我們太把西湖看理想化了。夏天要算是西湖濃妝的時候，堤上的楊柳綠樹一片濃青，裡湖一帶的荷葉荷花也正當滿豔，朝上的煙霧，向晚的晴霞，那樣不是現成的詩料，但這西姑娘你愛不愛？我是不成，這回一見面我回頭就逃！什麼西湖這簡直是一鍋腥臊的熱湯！西湖的水本來就淺，又不流通，近來滿湖又全養了大魚，有四五十斤的，把湖裏嬝嬝婷婷的水草全給咬爛了，水混不用說，還有那魚腥味兒頂叫人難受。說起西湖養魚，我聽得有種種的說法，也不知那樣是內情：有說養魚甘脆是官家謀利，放著偌大一個魚沼，養肥了魚打了去賣不是頂現成的；有說養魚是為預防水草長得太放肆了怕塞滿了湖心；也有說這些大魚都是大慈善家們為要延壽或是求子或是求財源廣進特此從別地方買了來放生在湖裏的，而且現在打魚當官是不准。不論怎麼樣，西湖確是變了魚湖了。六月以來杭州據說一滴水都沒有過，西湖當然水淺得像個乾血癆的美女，再加那腥味兒！今年南方的熱，說來我們住慣北方的也不易信，白天熱不說，通宵到天亮也不見放鬆，天天大太

陽，夜夜滿天星，節節高的一天暖似一天。杭州更比上海不堪，西湖那一窪淺水用不到幾個鐘頭的曬就離滾沸不遠什麼，四面又是山，這熱是來得去不得，一天不發大風打陣，這鍋熱湯，就永遠不會涼。我那天到了晚上才雇了條船遊湖，心想比岸上總可以涼快些。好，風不來還熬得，風一來可眞難受極了，又熱又帶腥味兒，眞叫人發眩作嘔，我同船一個朋友當時就病了，我記得紅海裏兩邊的沙漠風都似乎較爲可耐些！夜間十二點我們回家的時候都還是熱虎虎的。還有湖裏的蚊蟲！簡直是一群群的大水鴨子！你一生定就活該。

　　這西湖是太難了，氣味先就不堪。再說沿湖的去處，本來頂清澹宜人的一個地方是平湖秋月，那一方平臺，幾棵楊柳，幾折回廊，在秋月清澈的涼夜去坐著看湖確是別有風味，更好在去的人絕少，你夜間去總可以獨佔，喚起看守的人來泡一碗清茶，沖一杯藕粉，和幾個朋友閒談著消磨他半夜，眞是清福。我三年前一次去有琴友有笛師，躺平在楊樹底下看揉碎的月光，聽水面上翻響的幽樂，那逸趣眞不易。西湖的俗化眞是一日千里，我每回去總添一度傷心：雷峰塔也羞跑了，斷橋折成了汽車橋，哈得在湖心裏造房子，某家大少爺的汽油船在三尺的柔波裏興風作浪，工廠的煙替代了出岫的霞，大世界以及什麼舞臺的鑼鼓充當了湖上的啼鶯，西湖，西湖，還有什麼可留戀的！這回連平湖秋月也給糟蹋了，你信不信？

　　「船家，我們到平湖秋月去，那邊總還清靜。」

　　「平湖秋月？先生，清靜是不清靜的，格歇開了酒館，酒館著實鬧忙哩，你看，望得見的，穿白衣服的人多煞勒瞎，扇子口得活血血的，還有唱唱的，

十七八歲的姑娘，聽聽看——是無錫山歌哩，胡琴都蠻清爽的……」。

　　那我們到樓外樓去吧。誰知樓外樓又是一個傷心！原來樓外樓那一樓一底的舊房子斜斜的對著湖心亭，幾張揩抹得發白光的舊桌子，一兩個上年紀的老堂倌，活絡絡的魚蝦，滑齊齊的蓴菜，一壺遠年，一碟鹽水花生，我每回到西湖往往偷閒獨自跑去領略這點子古色古香，靠在闌杆上從堤邊楊柳蔭裏望灩灩的湖光，晴有晴色，雨雪有雨雪的景致，要不然月上柳梢時意味更長，好在是不鬧，晚上去也是獨佔的時候多，一邊喝著熱酒，一邊與老堂倌隨便講講湖上風光，魚蝦行市，也自有一種說不出的愉快。但這回連樓外樓都變了面目！地址不曾移動，但翻造了三層樓帶屋頂的洋式門面，新漆亮光光的刺眼，在湖中就望見樓上電扇的疾轉，客人鬧盈盈的擠著，堂倌也換了，穿上西蔥的長袍，原來那老朋友也看不見了，什麼閒情逸趣都沒有了！我們沒辦法移一個桌子在樓下馬路邊吃了一點東西，果然連小菜都變了，真是可傷。泰戈爾來看了中國，發了很大的感慨。他說，「世界上再沒有第二個民族像你們這樣蓄意的製造醜惡的精神」。怪不過老頭牢騷，他來時對中國是怎樣的期望（也許是詩人的期望），他看到的又是怎樣一個現實！狄更生先生有一篇絕妙的文章，是他游泰山以後的感想，他對照西方人的俗與我們的雅，他們的唯利主義與我們的閒暇精神。他說只有中國人才真懂得愛護自然，他們在山水間的點綴是沒有一點辜負自然的；實際上他們處處想法子增添自然的美，他們不容許煞風景的事業。他們在山上造路是依著山勢迴環曲折，鋪上本山的石子，就這山道就饒有趣味，他們寧可犧牲一點便利。不願斷喪自然的和諧。所以他們造的是嫵媚的石徑；歐美人來時不開馬路就來穿山的電梯。他們在原來的石塊上刻上美秀的

詩文，漆成古色的青綠，在苔蘚間掩映生趣；反之在歐美的山石上只見雪茄煙與各種生意的廣告。他們在山林叢密處透出一角寺院的紅牆，西方人起的是幾層樓嘈雜的旅館。聽人說中國人得效法歐西，我不知道應得自覺虛心做學徒的究竟是誰？

這是十五年前狄更生先生來中國時感想的一節。我不知道他現在要是回來看看西湖的成績，他又有什麼妙文來頌揚我們的美德！

說來西湖真是個愛倫內。論山水的秀麗，西湖在世界上真有位置。那山光，那水色，別有一種醉人處，叫人不能不生愛。但不幸杭州的人種（我也算是杭州人），也不知怎的，特別的來得俗氣來得陋相。不讀書人無味，讀書人更可厭，單聽那一口杭白，甲隔甲隔的，就夠人心煩！看來杭州人話會說（杭州人會說話！），事也會做，近年來就「事業」方面看，杭州的建設的確不少，例如西湖堤上的六條橋就全給拉平了替汽車公司

西湖

幫忙；但不幸經營出水的風景是另一種事業，絕不是開鋪子，做官一類的事業。平常佈置一個小小的園林，我們尚且說總得主人胸中有些丘壑，如今整個的西湖放在一班大老的手裏，他們的腦子裏平常想些什麼我敢猜度，單單就成績看，他們的確是只圖每年「我們杭州」商界收入的總數增加多少的一種頭腦！開鋪子的老班們也許沾了光，但是可憐的西湖呢？分明天生俊俏的一個少女，生生的叫一群醜漢去替她塗脂抹粉，就說沒有別的難堪情形，也就夠煞風景又煞風景！天啊，這苦惱的西子！

但是回過來說，這年頭那還顯得了美不美！江南總算是天堂，到今天為止。別的地方人命只當得蟲子，有路不敢走，有話不敢說，還來搭什麼臭神士的架子，挑什麼夠美不夠美的的鳥眼？

（編按：〈南行雜紀〉包括〈醜西湖〉〈勞資問題〉二節，今錄其一）

天目山中筆記

佛於大眾中　說我當作佛

聞如是法音　疑悔悉已除

初聞佛所說　心中大驚疑

將非魔作佛　惱亂我心耶

——蓮華經譬喻品

　　山中不定是清靜。廟宇在參天的大木中間藏著，早晚間有的是風，松有松聲，竹有竹韻，鳴的禽，叫的蟲子，閣上的大鐘，殿上的木魚，廟身的左邊右邊都安著接泉水的粗毛管，這就是天然的笙簫，時緩時急的參和著天空地上種種的鳴籟。靜是不靜的；但山中的聲響，不論是泥土裏的蚯蚓叫或是轎夫們深夜裏「唱寶」的異調，自有一種各別處：它來得純粹，來得清脆，來得透徹，冰水似的沁入你的脾肺；正如你在泉水裏洗濯過後覺得清白些，這夜間這些清籟搖著你入夢，清早上你也從這些清籟的懷抱中甦醒。

天目山

　　山居是福，山上有樓住更是修得來的。我們的樓窗開處是一片蓊蔥的林海；林海外更有雲海！日的光，月的光，星的光：全是你的。從這三尺方的窗戶你接受自然的變幻；從這三尺方的窗戶你散放你情感的變幻。自在；滿足。

　　今早夢回時睜眼見滿帳的霞光。鳥雀們在讚美；我也加入一份。牠們的是清越的歌唱，我的是潛深一度的沉默。

　　鐘樓中飛下一聲宏鐘，空山在音波的磅礴中震盪。這一聲鐘激起了我的思潮。不，潮字太誇；說思流罷。耶教人說阿門，印度教人說「歐姆」（O-m），與這鐘聲的嗡嗡，同是從攝口外攝到闔口內包的一個無限的波動，分明是外擴，卻又是內潛；一切在它的周緣，卻又在它的中心；同時是皮又是核，

是軸亦復是廓。這偉大奧妙的「Om」使人感到動，又感到靜；從靜中見動，又從動中見靜。從安住到飛翔，又從飛翔回復安住；從實在境界超入妙空，又從妙空化生實在：——

「聞佛柔軟音，深遠甚微妙。」

多奇異的力量！多奧妙的啓示！包容一切衝突性的現象，擴大霎那間的視域，這單純的音響，於我是一種智靈的洗淨。花開，花落，天外的流星與田畦間的飛螢，上綰雲天的青松，下臨絕海的巉巖，男女的愛，珠寶的光，火山的溶液：一嬰兒在他的搖籃中安眠。

這山上的鐘聲是晝夜不間歇的，平均五分鐘時一次。打鐘的和尚獨自在鐘頭上住著，據說他已經不間歇的打了十一年鐘，他的願心是打到他不能動彈的那天。鐘樓上供著菩薩，打鐘人在大鐘的一邊安著他的「座」，他每晚是坐著安神的，一隻手挽著鐘槌的一頭，從長期的習慣，不叫睡眠耽誤他的職司。「這和尚，」我自忖，一定是有道理的！和尚是沒道理的多：方才那知客僧想把七竅矇充六根，怎麼算總多了一個鼻孔或是耳孔；那方丈師的談吐裏不少某督軍與某省長的點綴；那管半山亭的和尚更是貪嗔的化身，無端摔破了兩個無辜的茶碗。但這打鐘和尚，他一定不是庸流不能不去看看！他的年歲在五十開外，出家有二十幾年，這鐘樓，不錯，是他管的，這鐘是他打的（說著他就過去撞了一下），他每晚，也不錯，是坐著安神的，但此外，可憐，我的俗眼竟看不出什麼異樣。他拂拭著神龕，神坐，拜墊，換上香燭，掇一盂水，洗一把青菜，撚一把米，擦乾了手接受香客的佈施，又轉身去敲一聲鐘。他臉上看不

出修行的清，卻沒有失眠的倦態，倒是滿滿的不時有笑容的展露；念什麼經；不，就念阿彌陀佛，他竟許是不認識字的。「那一帶是什麼山，叫什麼，和尚？」「這裏是天目山，」他說。「我知道，我說的是那一帶的，」我手點著問。「我不知道，」他回答。山上另有一個和尚，他住在更上去昭明太子讀書臺的舊址，蓋著幾間屋，供著佛像，也歸廟管的，叫作茅棚。但這比不得普渡山上的真茅棚，那看了怕人的，坐著或是偎著修行的和尚沒一個不是鵠形鳩面，鬼似的東西。他們不開口的多，你愛佈施什麼就放在他跟前的簍子或是盤子裏，他們怎麼也不睜眼，不出聲，隨你給的是金條或是鐵條。人說得更奇了。有的半年沒有吃過東西，不曾挪過窩，可還是沒有死，就這冥冥的坐著。他們大約成佛不遠了，單看他們的臉色，就比石片泥土不差什麼，一樣這黑剌剌，死殭殭的。「內中有幾個，」香客們說，「已經成了活佛，我們的祖母早三十年來就看見他們這樣坐著的！」

但天目山的茅棚以及茅柵裏的和尚，卻沒有那樣的浪漫出奇。茅棚是盡夠蔽風雨的屋子，修道的也是活鮮鮮的人，雖則他並不因此減卻他給我們的趣味。他是一個高身材，黑面目，行動遲緩的中年人；他出家將近十年，三年前坐過禪關，現在這山上茅棚裏來修行；他在俗家時是個商人，家中有父母兄弟姊妹，也許還有自身的妻子；他不曾明說他中年出家的緣由，他只說「俗業太重了，還是出家從佛的好」，但從他沉著的語音與持重的神態中可以覺出他不僅是曾經在人事上受過磨折，並且是在思想上能分清黑白的人。他的口，他的眼，都洩漏著他內裏強迫抑制，魔與佛交鬥的痕跡；說他是放過火殺過人的懺悔者，可信；說他是個回頭的浪子，也可信。他不比那鐘樓上人的不著顏

色，不露曲折：他分明是色的世界裏逃來的一個囚犯。三年的禪關，三年的草棚，還不曾壓倒，不曾減淨，他肉身的烈火。「俗業太重了，不如出家從佛的好」；這話裏豈不顫慄著一往懺悔的深心？我覺著好奇；我怎麼能得知他深夜趺坐時意義的究竟。

> 佛於大眾中　　說我當作佛
> 聞如是法音　　疑悔悉已除
> 初聞佛所說　　心中大驚疑
> 將非魔所說　　惱亂我心耶

　　但這也許看太奧了。我們承受西洋人生觀洗禮的，容易把做人看太積極，入世的要求太猛烈，太不肯退讓，把住這熱虎虎的一個身子一個心放進生活的軋床去，不叫他留存半點汁水回去；非到山窮水盡的時候，絕不肯認輸，退後，收下旗幟；並且即使承認了絕望的表示，他往往直接向生存本體的取決，不來半不闌珊的收回了步子向後退：寧可自殺，乾脆的生命的斷絕，不來出家，那是生命的否認。不錯，西洋人也有出家做和尚做尼姑的，例如亞佩臘與愛洛綺絲，但在他們是情感方面的轉變，原來對人的愛移作對上帝的愛，這知感的自體與它的活動依舊不含糊的在著；在東方人，這出家是求情感的消滅，皈依佛法或道法，目的在自我一切痕跡的解脫。再說，這出家或出世的觀念的老家，是印度不是中國，是跟著佛教來的；印度何以曾發生這類思想，學者們自有種種哲理上乃至物理上的解釋，也盡有趣味的。中國何以能容留這類思想，並且在實際上出家做尼僧的今天不比以前少。（我新近一個朋友差一點做了小和尚！）這問題正值得研究，因為這分明不僅僅是個知識乃至意識的淺深

問題，也許這情形盡有極有趣味的解釋的可能，我見聞淺，不知道我們的學者怎樣想法，我願意領教。

說明

〈天目山中筆記〉一文，收入《巴黎的鱗爪》集子中，是徐志摩一九二六年陰曆九月的作品之一。這一年陰曆八月二十七日，他與陸小曼終於在北京北海結婚了，小曼時年二十四歲，志摩三十一歲。婚禮是由梁啓超證婚，胡適做介紹人。梁在致證婚詞時，將一對新人訓斥了一番，滿堂賓客無不失色。在《眉軒瑣語》陰曆八月的記載中，志摩曾說：「人說詩文窮而後工，眉也說我快活了做不出東西，我卻老大的不信，我要做個樣兒給他們看看──快活人也盡有有出息的。」本文就是「快活人」在新婚後拿出來的作品。

天目山在浙江省臨安縣西北五十里，與於潛、安吉二縣接界。山有兩峰，峰頂各一池，左右相對，故稱天目山。在《山海經》裏，稱爲浮玉山。徐、陸結婚後，他們在陰曆九月間回到了志摩的老家沂江海寧縣硤石鎭，這是徐志摩父母同意他與小曼結婚的條件之一──「婚後必須南下，與翁姑同居硤石。」

謁見哈代的一個下午

（一）

　　「如其你早幾年，也許就是現在，到道騫司德的鄉下，你或許碰得到裘德的作者，一個和善可親的老者，穿著短褲便服，精神颯爽的，短短的臉面，短短的下頦，在街道上閒暇的走著，照呼著，答話著，你如其過去問他衛撒克士小說裏的名勝，他就欣欣的從詳指點講解；回頭他一揚手，已經跳上了他的自行車，按著車鈴，向人叢裏去了。我們讀過他著作的，更可以想像這位貌不驚人的聖人，在衛撒克土廣大的，起伏的草原上，在月光下，或在晨曦裏，深思地徘徊著。天上的雲點，草裏的蟲吟，遠處隱約的人聲都在他靈敏的神經裏印下不磨的痕跡，或在殘敗的古堡裏拂拭亂石上的苔青與網結；或在古羅馬的舊道上，冥想數千年前銅盔鐵甲的騎兵曾經在這日光下駐蹤：或在黃昏的蒼茫裏，獨倚在枯老的大樹下，聽前面鄉村裏的青年男女，在笛聲琴韻裏，歌舞他們節會的歡欣；或在濟茨或雪萊或史文龐的遺跡，悄悄的追懷他們藝術的

神奇……在他的眼裏，像在高蒂閒（Theophile Gautier）的眼裏，這看得見的
世界是活著的；在他的「心眼」（The Inward Eye）裏；像在他最服膺的華茨
華士的心眼裏，人類的情感與自然的景象是相聯合的；在他的想像裏，像在所
有大藝術家的想像裏，不僅偉大的史跡，就是眼前最瑣小的最暫忽的事實與印
象，都有深奧的意義，平常人所忽略或竟不能窺測的。從他那六十年不斷的心
靈生活，——觀察，考慮，揣度，會晤，印證，——從他那六十年不懈不弛的
眞純經驗裏，哈代，像春蠶吐絲製繭似的，抽繹他最微妙最桀傲的音調，紡織
他最縝密最經久的詩歌——這是他獻給我們可珍的禮物。」

（二）

　　上文是我三年前慕而未見時半自想像半自他人傳述寫來的哈代。去年七月
在英國時，承狄更生先生的介紹，我居然見到了這位老英雄，雖則會面不及
一小時，在於小子已算是莫大的榮幸，不能不記下一些蹤跡。我不諱我的「英
雄崇拜」。山，我們愛踹高的；人，我們爲什麼不願意接近犬的？但接近大人
物正如爬高山，往往是一件費勁的事；你不僅得有熱心，你還得有耐心。半道
上力乏是意中事，草間的刺也許拉破你的皮膚，但是你想一想登臨極峰時的
愉快！眞怪，山是有高的，人是有不凡的！我見曼殊斐兒，比方說，只不過
二十分鍾模樣的談話，但我怎麼能形容我那時在美的神奇的啓示中的全生的震
盪？——

　　我與你雖僅一度相見——，

但那二十分不死的時間！

果然，要不是那一次巧合的相見，我這一輩子就永遠見不著她——會面後不到六個月她就死了。自此我益發堅持我英雄崇拜的勢利，在我有力量能爬的時候，總不放過一個「登高」的機會。我去年到歐洲完全是一次「感情作用的旅行」；我去是爲泰戈爾，順便我想去多瞻仰幾個英雄。我想見法國的羅曼羅蘭，義大利的丹農雪烏，英國的哈代。但我只見著了哈代。

在倫敦時對狄更生先生說起我的願望，他說那容易，我給你寫信介紹，老頭精神眞好，你小心他帶了你到道騫斯德林子裏去走路，他彷彿是沒有力乏的時候似的！那天我從倫敦下去到道騫斯德，天氣好極了，下午三點過到的。下了站我不坐車，問了Max Gate的方向，我就欣欣的走去。他家的外園門正對一片青碧的平壤，綠到天邊，綠到門前；左側遠處有一帶綿邈的平林。進園徑轉過去就是哈代自建的住宅，小方方的壁上滿爬著藤蘿。有一個工人在園的一邊剪草，我問他哈代先生在家不，他點一點頭，用手指門。我拉了門鈴，屋子裏突然發一陣狗叫聲，在這寧靜中聽得怪尖銳的，接著一個白紗抹頭的年輕下女開門出來。

「哈代先生在家，」她答我的問，「但是你知道哈代先生是『永遠』不見客的。」

我想糟了。「慢著」，我說，「這裏有一封信，請你給遞了進去。」「那末請候一候」，她孥了信進去，又關上了門。

她再出來的時候臉上堆著最俊俏的笑容。「哈代先生願意見你，先生，請進來。」多俊俏的口音！「你不怕狗嗎？先生」，她又笑了。「我怕，」我說。「不要緊，我們的梅雪就叫，牠可不咬，這兒生客來得少。」

我就怕狗的襲來！戰戰兢兢的進了門，進了客廳，下女關門出去，狗還不曾出現，我才放心。壁上掛著沙琴德（John Sargeant）的哈代畫像，一邊是一張雪萊的像，書架上記得有雪萊的大本集子，此外陳設是樸素的，屋子也低，暗沉沉的。

我正想著老頭怎麼會這樣喜歡雪萊，兩人的脾胃相差夠多遠，外面樓梯上一陣急促的腳步聲和狗鈴聲下來，哈代推門進來了。我不知他身材實際多高，但我那時站著平望過去，最初幾乎沒有見他，我的印象是他是一個矮極了的小老頭兒。我正要表示我一腔崇拜的熱心，他一把拉了我坐下，口裏連著說「坐坐」，也不容我說話，彷彿我的「開篇」辭他早就有數，連著問我，他那急促的一頓頓的語調與乾澀的蒼老的口音，「你是倫敦來的？」 「狄更生是你的朋友？」 「他好？」「你譯我的詩？」 「你怎麼翻的？」「你們中國詩用韻不用？」前面那幾句問話是用不著答的（狄更生信上說起我翻他的詩），所以他也不等我答話，直到末一句他才收住了。他坐著也是奇矮，也不知怎的，我自己只顯得高，私下不由的跼蹐，似乎在這天神面前我們凡人就在身材上也不應分佔先似的！（啊，你沒見過蕭伯訥——這比下來你是個螞蟻！）這時候他斜著坐，一隻手擱在臺上頭微微低著，眼往下看，頭頂全禿了，兩邊腦角上還各有一鬃也不全花的頭髮；他的臉盤粗看像是一個尖角往下的等邊三角形，兩顴像是特別寬，從寬濃的眉尖直掃下來束住在一個短促的下巴尖；他的眼不

大，但是深窈的，往下看的時候多，最易看出顏色與表情。最特別的，最「哈代的」，是他那口連著兩旁鬆鬆往下墮的夾腮皮。如其他的眉眼只是憂鬱的深沉，他的口腦的表情分明是厭倦與消極。不，他的臉是怪，我從不曾見過這樣耐人尋味的臉。他那上半部，禿的寬廣的前額，著髮的頭角，你看了覺著好玩，正如一個孩子的頭，使你感覺一種天眞的趣味，但愈往下愈不好看，愈使你覺著難受，他那皺紋龜駁的臉皮正使你想起一塊蒼老的岩石，雷電的猛烈，風霜的侵陵，雨雷的剝蝕，苔蘚的沾染，蟲鳥的斑斕，什麼時間與空間的變幻都在這上面遺留著痕跡！你知道他是不抵抗的，忍受的，但看他那下頦，誰說這不洩露他的怨毒，他的厭倦，他的報復性的沉默！他不露一點笑容，你不易相信他與我們一樣也有嬉笑的本能，正如他的脊背是傾向傴僂，他面上的表情也只是一種不勝壓迫的傴僂。喔哈代！

　　回講我們的談話。他問我們中國詩用韻不。我說我們從前只有韻的散文，沒有無韻的詩，但最近……但他不要聽最近，他贊成用韻，這道理是不錯的。你投塊石子到湖心裏去，一圈圈的水紋漾了開去，韻是波紋。少不得。抒情詩Lyric是文學的精華的精華。顚不破的鑽石，不論多小。磨不滅的光彩。我不重視我的小說。什麼都沒有做好的小詩難（他背了莎「Tell me where is Fancy bred」朋瓊生（Ben Jonson）的「Drink to me only with thine eyes」高興的樣子。）我說我愛他的詩因爲它們不僅結構嚴密像建築，同時有思想的血脈在流走，像有機的整體。我說了Organic這個字；他重複說了兩遍：「Yes, Organic yes Organic: A poem ought to be a living thing.」練習文字頂好學寫詩；很多人從學詩寫好散文，詩是文字的秘密。

　　他沉思了一晌。「三十年前有朋友約我到中國去。他是一個教士，我的朋友，叫葛爾德，他在中國住了五十年，他回英國來時每回說話先想起中文再翻英文的！他中國什麼都知道，他請我去，太不便了，我沒有去。但是你們的文字是怎麼一回事？難極了不是？為什麼你們不丟了它，改用英文或法文，不方便嗎？」哈代這話駭住了我。一個最認識各種語言的天才的詩人要我們丟掉幾千年的文字！我與他辯難了一晌，幸虧他也沒有堅持。

　　說起我們共同的朋友。他又問起狄更生的近況，說他真是中國的朋友。我說我明天到康華爾去看羅素。誰？羅素？他沒有加案語。我問起勃倫騰Edmund Blunden，他說他從日本有信來，他是一個詩人。講起麥雷John M.Murry他起勁了。「你認識麥雷？」他問。「他就住在這兒道騫斯德海邊，他買了一所古怪的小屋子，正靠著海，怪極了的小屋子，什麼時候都可以叫海給吞了去似的。他自己每天坐一部破車到鎮上來買菜。他是有能幹的。他會寫。你也見過他從前的太太曼殊斐兒？他又娶了，你知道不？我說給你聽麥雷的故事。曼殊斐兒死了，他悲傷得很，無聊極了，他辦了他的報（我怕他的報維持不了），還是悲傷。好了，有一天有一個女的投稿幾首詩，麥雷覺得有意思，寫信叫她去看他，她去看他，一個年輕的女子，兩人說投機了，就結了婚，現在大概他不悲傷了。」

　　他問我那晚到那裏去。我說到Exeter看教堂去，他說好的，他就講建築，他的本行。我問你小說裏常有建築師，有沒有你自己的影子？他說沒有。這時候梅雪出去了又回來，咻咻的爬在我的身上亂抓。哈代見我有些窘，就站起來呼開梅雪，同時說我們到園裏去走走吧！我知道這是送客的意思。我們一起

走出門繞到屋子的左側去看花，梅雪搖著尾巴咻咻的跟著。我說哈代先生，我遠道來你可否給我一點小紀念品。他回頭見我手裏有照相機，他趕緊他的步子急急的說，我不愛照相，有一次美國人來給了我很多的麻煩，我從此不叫來客照相——我也不給我的筆跡（Autograph），你知道？他腳步更快了，微僂著背，腿微向外弓一擺一擺的走著，彷彿怕來客要強搶他什麼東西似的！「到這兒來，這兒有花，我來採兩朵花給你做紀念，好不好？」他俯身下去到花壇裏去採了一朵紅的一朵白的花給我：「你暫時插在衣襟上吧！你現在趕六點鐘車剛好，恕我不陪你了，再會，再會——來，來，梅雪：梅雪……」老頭揚了揚手，逕自進門去了。

吝嗇的老頭，茶也不請客人喝一杯！但誰還不滿足，得著了這樣難得的機會？往古的達文西，莎士比亞，葛德，拜倫，是不回來了的；——哈代！多遠多高的一個名字！方才那頭禿禿的背彎彎的腿屈屈的，是哈代嗎？太奇怪了！那晚有月亮，離開哈代家五個鐘頭以後，我站在哀克剎脫教堂的門前玩弄自身的影子，心裏充滿著神奇。

附錄一　哈代的著作略述

哈代就是一位「老了什麼都見分明」的異人。他今年已是八十三歲的老翁。他出身是英國南部道塞德（Dorset）地方的一個鄉下人，他早年是學建築的。他二十五歲（？）那年發表他最初的著作《*Desperate Remedies*》。五十七歲那年印行他最後的著作《*The Well-Beloved*》，在這三十餘年間他繼

哈代

續的創作，單憑他四五部的長篇，他在文藝界的位置已足夠與莎士比亞，鮑爾札克並列。（Jude the Obscure; Tess of the D'urberville; Return of the Native; Far from the Maddig Crowd.）在英國文學史裏，從哈姆雷特到裘德，彷彿是兩株光明的火樹，相對的輝映著，這三百年間雖則不少高品的著作，但如何能比得上這偉大的兩極，永遠在文藝界中，放射不朽的神輝。再沒有人，也許道斯滔奄夫斯夸基除外，能夠在文藝的範圍內，孕育這樣想像的偉業，運用這樣宏大的題材，畫成這樣大幅的圖畫，創造這樣神奇的生命。他們代表最高度的盎格魯

撒克遜天才，也許竟爲全人類的藝術創造，永遠建立了不易的標準。

　　但哈代藝術的生命，還不限於小說家，雖則他三十年散文的成就，已經不止兼人的精力。一八九七那年他結束了哈代小說家的使命，一八九八那年，他突然的印行了他的詩集《Wessx Poems》。他又開始了，在將近六十的年歲，哈代詩人的生命。散文家同時也製詩歌原是常有的事：Thackery, Ruskin, George Eliot, Mace Aiay, the Brentes都是曾經試驗過的。但在他們是一種餘閒的嘗試，在哈代卻是正式的職業。實際上哈代的詩才在他的早年已見秀挺的萌芽。（他最早的詩歌是二十五六歲時作的）只是他在以全力從事散文的期間內，不得不暫遏歌吟的衝動，隱密的培養著他的詩情，眼看著維多利亞時代先後相繼的詩人，譚宜孫，勃郎寧，史文龍，羅刹蒂，莫利斯，各自拂拭他們獨有的絃琴，奏演他們獨有的新曲，取得了勝利的桂冠，重複收斂了琴響與歌聲，在餘音縹緲中，向無窮的大道上走去。這樣熱鬧的過景，他只是閒暇的不羨慕的看著，但他成熟的心靈裏卻已漸次積成了一個強烈的反動。維多利亞時代的太平與順利產生了膚淺的樂觀，庸俗的哲理與道德，苟且的習慣，美麗的阿媚群眾的詩句——都是激起哈代反動的原因。他積蓄著他的詩情與諧調，直到十九世紀將近末年，維多利亞主義漸次的衰歇，詩藝界忽感空乏的時期，哈代方始與他的詩神締結正式的契約，換一種藝術的形式，外現他內蘊的才力。一九○二年他印他的《Poems of the Past and Present》，又隔八年印他的《Time's Laughing-Stocks》，在這八年間他創製了一部無雙的傑作——《The Dynasts》分三次印行，寫拿破崙的史跡總計一百三十餘景的偉劇，這是一件駭人的大業。歐戰開始後，他又印行一本詩集，題名《Satires

of Circumstances》，一九一八年即歐戰第四年又出《Moments of Vision》
（一九二二年），又出《Late Lyrics and Earlier》，一九二三年出一詩劇
《The Queen Cornwall》，曾經在他鄉裏演過的，一九二五年出他最後的詩集
《Human Shows Far Fantasies》，除了詩劇，共有六集詩，這是他近三十年來
詩的成績⋯⋯

附錄二　哈代的悲觀

　　哈代的名字，我國常見與悲觀厭世等字樣相聯；說他是個悲觀主義者，說
他是個厭世主義者，說他是個定命論者，等等。我們不抱怨一般專拿什麼主義
什麼派別來區分，來標類作者；他們有他們的作用，猶之旅行指南，舟車一覽
等也有他們的作用。他們都是一種「新發明的便利。」但眞誠的讀者與眞誠的
遊客卻不願意隨便吞咽旁人嚼過的糟粕；什麼都得親口嘗味。所以即使哈代是
悲觀的，或是勃郎寧是樂觀的，我們也還應得費工夫去尋出他一個「所以然」
來。藝術不是科學，精彩不在他的結論，或是證明什麼；藝術不是邏輯。在藝
術裏，題材也許有限，但運用的方法，各各的不同；不論表現方法是什麼，不
問「主義」是什麼，藝術作品成功的秘密就在能夠滿足他那特定形式本體所要
求滿足的條件，產生一個整個的完全的獨一的審美的印象抽象的形容詞，例如
悲觀浪漫等等，在用字有輕重的作者手裏，未始沒有他們適當的用處，但如用
以概狀文藝家的基本態度，對生命或對藝術，那時錯誤的機會就大了。即如悲
觀一名詞，我們可以說叔本華的哲學是悲觀的，夏都勃理安是悲觀的，理巴第

的詩是悲觀的，馬爾薩斯的人口論是悲觀的，或是哈代的哲學是悲觀的，但除非我們爲這幾位悲觀的思想家各下一個更正確的狀詞，更親切的敘述他們思想的特點，僅僅悲觀一個字的總冒，絕對不能滿足我們對這各作者的好奇心。在現在教科書式的文學批評盛行的時代，我們如其眞有愛好文藝的熱誠，除了耐心去直接研究各大家的作品，爲自己立定一個「口味」（Taste）的標準，再沒有別的速成的路徑了。

　　「哈代是個悲觀主義者，」這話的涵義就像哈代有了悲觀或厭世的成心，再去做他的小說，製他的詩歌的。「成心」是藝術的死仇，也是思想的大障。哈代不曾寫襲德來證明他的悲觀主義，猶之雪萊與華茨華士不曾自覺的提倡「浪漫主義」，或「自然主義」。我們可以聽他自己的辯護。去年他印行的那本詩集（Late Lyris and Earlier）的前面作者的自敘裏，有辨明一般誤解他基本態度的話，當時很引起文學界注意的，他說他做詩的本旨，同華茨華士當時一樣，絕不爲遷就群眾好惡的習慣，不是爲謳歌社會的偶像。什麼是誠實的思想家，除了大膽的，無隱諱的，袒露他的疑問，他的見解，人生的經驗與自然的現象影響他心靈的眞相？百年前海涅說的「靈魂有她永久的特權，不是法典所能翳障也不是鐘聲的樂音所能催眠。」哈代但求保存他的思想的自由，保存他靈魂永有的特權。──保存他的Obstinate questionings（倔強的疑問）的特權。實際上一般人所謂他的悲觀主義（Pessimism）其實只是一個人生實在的探險者的疑問；他引證他一首詩裏的詩句：──

If way to the better there be, it exacts a full look at the worst. 這話是現代思想家，例如羅素，蕭伯納，華理士常說的，也許說法各有不同；意思就是：「即

使人生是有希望改善的，我們也不應故意的掩蓋這時代的醜陋，只裝沒有這回事。實際上除非徹底的認明了醜陋的所在，我們就不容易走入改善的正道。」一般人也許很願意承認現在世界是「可能的最好，」人生是有價值的，有意義的，有希望的，幸福與快樂是本分，不幸與挫折是例外或偶然，雲霧散了還是青天，黑夜完了還是清晨。但這種淺薄的樂觀，當然經不起更深入的考案，當然只能激起徹底的思想家的冷笑；在哈代看來，這派的口調，只是「骷髏面上的笑容！」

所以如其在哈代的詩歌裏，猶之在他的小說裏，發現他對於人生的不滿足；發現他不倦的探討著這猜不透的迷謎；發現他暴露靈魂的隱秘與短處；發現他的悲慨陽光之暫忽；冬令的陰霾；發現他冷酷的笑聲與悲慘的呼聲；發現他不留戀的戳破虛榮或剖開幻象；發現他盡力的描畫人類意志之脆薄與無形的勢力之殘酷；發現他迷失了「跳舞的同伴」的傷感；發現他對於生命本體的嘲諷與厭惡；發現他歌詠「時乘的笑柄」或「境遇的諷刺，」。在他只是大膽的，無畏的盡他詩人，思想家應盡的責任，安諾德所謂Application of ideas to life；在他只是披露他「內在的剎那的徹悟」；在他只是反映著，最深刻的也是最真切的這時代心智的度量。我們如其一定要怪嫌什麼，我們還不如怪嫌這不完善的人生，一切文藝最初最後的動機！

至於哈代個人的厭世主義，最妙的按語是英國詩人老倫士平盈（Laurence Binyon）的，他說：如其它真是厭世，真是悲觀，他也絕不會得不倦不厭的歌唱到白頭，背上抗著六十年創造文藝的光明。一個作者的價值，本來就不應得拿他著作裏表現的「哲理」去品評；我們只求領悟他創造的精神，領悟他擴張

藝術境界與增富人類經驗的消息。況且老先生自己已經明言的否認他是什麼悲觀或厭世；他只是，在這六十年間，「倔強的疑問」著。

（原載：民國十七年三月十日《新月》第一卷第一期）

說明

本文原發表於《新月》月刊第一卷第一期（一九二八年三月十日出版）。一九二五年春天，徐志摩與陸小曼戀愛的事在北京鬧得滿城風雨，他不得不決定到歐洲做一次「感情作用的旅行」。七月，在英國承狄更生的介紹，徐志摩見到了他心目中的老英雄——大詩人湯麥士哈代（Thomas Hardy 1840～1928）。

哈代是徐志摩介紹最多的外國作家，志摩曾譯了他十多首詩作。早在劍橋的日子或稍前，徐志摩已接觸了哈代的作品，甚且他所寫的英文，在行文用字及句式方面，都受哈代影響；他的一些詩歌也顯然有哈代風味。

本篇正文第一段及附錄一、附錄二，均見〈湯麥司哈代的詩〉一文（原載《東方雜誌》第二十一卷第二號，一九二四年。）字句稍有出入。附錄一〈哈代的著作略述〉偏重哈代詩歌創作的介紹。其實，哈代也是當代極其優秀的小

說家，著有長篇小說集《還鄉》（*The Return of the Native*, 1878）《斯特橋市長》（*The Major of Casterbridge*, 1886）《黛絲姑娘》（*Tess of the D'urbevilles*, 1891）等十四種，短篇小說集四種。附錄二〈哈代的悲觀〉則介紹哈代的人生態度。

徐志摩在給泰戈爾英籍助手恩厚之信中，也提到了謁見哈代一事，他說：「我已見到威塞斯的哲者湯麥士哈代了，真是不尋常的眼福哩！他八十三歲了，但視聽和其他的官能都好到令你難以想像。我們談了一句鐘，話題主要在英詩。臨走時，他從花園中採了兩朵石竹花給我做紀念。他還能走好幾里的路。在我看來，他很可能活到一百歲或百歲以上──不過他卻是個嘲笑生命的人。……」（一九二五年七月十日於多策斯特，此信以英文書寫。）

秋

　　兩年前，在北京，有一次，也是這麼一個秋風生動的日子，我把一個人的感想比做落葉，從生命那樹上掉下來的葉子。落葉，不錯，是衰敗和凋零的象徵，它的情調幾乎是悲哀的。但是那些在半空裏飄搖，在街道上顛倒的小樹葉兒，也未嘗沒有它們的嫵媚，它們的顏色，它們的意味，在少數有心人看來，它們在這宇宙間並不是完全沒有地位的。「多謝你們的摧殘，使我們得到解放，得到自由。」它們彷彿對無情的秋風說：「勞駕你們了，把我們踏成粉，踩成泥，使我們得到解脫，實現消滅，」它們又彷彿對不經心的人們這麼說。因為看著，在春風回來的那一天，這叫卑微的生命的種子又會從冰封的泥土裏翻成一個新鮮的世界。它們的力量，雖則是看不見，可是不容疑惑的。

　　我那時感著的沉悶，真是一種不可形容的沉悶。它彷彿是一座大山，我整個的生命叫它壓在底下。我那時的思想簡直是毒的，我有一首詩，題目就叫「毒藥」，開頭的兩行是──「今天不是，我歌唱的日子，我口邊涎著獰惡的冷笑，不是我說笑的日子，我胸懷間插著發冷光的刀劍；

相信我，我的思想是惡毒的，因為這世界是惡毒的，我的靈魂是黑暗的，因為太陽已經滅絕了光彩，我的聲調，像是墳堆裏的夜梟，因為人間已經殺盡了一切的和諧，我的口音，像是冤鬼責問他的仇人，因為一切的恩已經讓路給一切的怨。」

我藉這一首不成形的咒詛的詩，發洩了我一腔的悶氣，但我卻並不絕望，並不悲觀，在極深刻的沉悶的底裏，我那時還摸著了希望。所以我在〈嬰兒〉——那首不成形詩的最後一節——那詩的後段，在描寫一個產婦在她生產的受罪中，還能含有希望的句子。

在我那時帶有預言性的想像中，我想望著一個偉大的革命，因此我在那篇〈落葉〉的尾，我還有勇氣來對付人生的挑戰，鄭重的宣告一個態度，高聲的喊一聲Everlastins Yes借用兩個有力量的外國字——「Everlasting Yes」

「Everlasting Yes, Everling Yes.」一年，一年，又過去了兩年。這兩年間我那時的想望有實現了沒有？那偉大的「嬰兒」有出世了沒有？我們的受罪取得了認識與價值沒有？

我不知道，我不知道。我知道的還只是那一大堆醜陋的蠻腫的沉悶，厭得癥人的沉悶，籠蓋著我的思想，我的生命。它在我的經絡裏，在我的血液裏。我不能抵抗，我再沒有力量。

我們靠著維持我們生命的不僅是麵包，不僅是飯，我們靠著活命的，用一個詩人的話，是情愛，敬仰心，希望。We live by love, admiration and hope. 這

話又包含一個條件，就是說這世界這人類是能承受我們的愛，值得我們的敬仰，容許我們的希望的。但現代是什麼光景？人性的表現，我們看得見聽得到的，到底是怎麼回事？我想我們都不是外人，用不著掩飾，實在也無從掩飾，這裏沒有什麼人性的表現，除了醜惡，下流，黑暗。太醜惡了，我們火熱的胸膛裏有愛不能愛，太下流了，我們有敬仰心不能敬仰，太黑暗了，我們要希望也無從希望。太陽給天狗吃了去，我們只能在無邊的黑暗中沉默著，永遠的沉默著！這彷彿是經過一次強烈的地震的悲慘，思想，感情，人格，全給震成了無可收拾的斷片，也不成系統，再也不得連貫，再也沒有表現。但你們在這個時候要我來講話，這使我感著一種異樣的難受。難受，因為我自身的悲慘。難受，尤其因為我感到你們的邀請不只是一個尋常講演的邀請，你們來邀我，當然不是要什麼現成的主義，那我是外行，也不為什麼專門的學識，那我是草包，你們明知我是一個詩人，他的家當，除了幾座空中的樓閣，至多只是一顆熱烈的心。你們邀我來也許在你們中間也有同我一樣感到這時代的悲哀，一種不可解脫不可擺脫的況味，所以邀我這同是悲哀沉悶中的同志來，希冀萬一，可以給你們打幾個幽默的比喻，說一點笑話，給一點子安慰，有這麼小小的一半個時辰，彼此可以在同情的溫暖中忘卻了時間的冷酷。因此我躊躇，我來怕沒有交代，不來又於心不安。我也曾想選幾個離著實際的人生較遠些的事兒來和你們談談，但是相信我，朋友們，這念頭是枉然的，因為不論你思想的起點是星光是月是蝴蝶，只一轉身，又逢著了人生的基本問題，冷森森的豎著像是幾座攔路的墓碑。

　　不，我們躲不了它們：關於這時代人生的問號，小的，大的，歪的，正

的，像蝴蝶的繞滿了我們的周遭。正如在兩年前它們逼迫我宣告一個堅決的態度，今天它們還是逼迫著要我來表示一個堅決的態度。也好，我想，這是我再來清理一次我的思想的機會，在我們完全沒有能力解決人生問題時，我們只能承認失敗。但我們當前的問題究竟是些什麼？如其它們有力量壓倒我們，我們至少也得抬起頭來認一認我們敵人的面目。再說譬如醫病，我們先得看清是什麼病而後用藥，才可以有希望治病。說我們是有病，那是無可置疑的。但病在那一部，最重要的徵候是什麼，我們卻不一定答得上。至少，各人有各人的答案，絕不會一致的。就說這時代的煩悶：煩悶也不能憑空來的不是？它也得有種種造成它的原因，它到底是怎麼回事，我們也得查個明白。換句話說，我們先得確定我們的問題，然後再試第二步的解決。也許在分析我們的病症的研究中，某種對症的醫法，就會不期然的顯現。我們來試試看。

說到這裏，我們可以想像一班樂觀派的先生們冷眼的看著我們好笑。他們笑我們無事忙，談什麼人生，談什麼根本問題，人生根本就沒有問題，這都是那玄學鬼鑽進了懶惰人的腦筋裏在那裏不相干的搗玄虛來了！做人就是做人，重在這做字上。你天性喜歡工業，你去找工程事情做去就得。你愛談整理國故，你尋你的國故整理去就得。工作，更多的工作，是唯一的福音。把你的腦力精神一齊放在你願意做的工作上，你就不會輕易發揮感傷主義，你就不會無病呻吟，你只要盡力去工作，什麼問題都沒有了。

這話初聽到是又生辣又乾脆的，本來嘛，有什麼問題，做你的工好了，何必自尋煩惱！但是你仔細一想的時候，這明白曉暢的福音還是有漏洞的。固然這時代很多的呻吟只是懶鬼的裝痛，或是虛幻的想像，但我們因此就能說

這時代本來是健全的，所謂病痛所謂煩惱無非是心理作用了嗎？固然當初德國有一個大詩人，他的偉大的天才使他在什麼心智的活動中都找到趣味，他在科學實驗室裏工作得厭倦了，他就跑出來帶住一個女性就發迷，西洋人說的「跌進了戀愛」；回頭他又厭倦了或是失戀了，只一感到煩惱，或悲哀的壓迫，他又趕快飛進了他的實驗室，關上了門，也關上了他自己的感情的門，又潛心他的科學研究去了。在他，所謂工作確是一種救濟，一種關欄，一種調劑，但我們怎能比得？我們一班青年感情和理智還不能分清的時候，如何能有這樣偉大的克制的工夫？所以我們還得來研究我們自身的病痛，想法可能的補救。

並且這工作論是實際上不可能的。因為假如社會的組織，果然能容得我們各人從各人的心願選定各人的工作並且有機會繼續從事這部分的工作，那還不是一個黃金時代？「民各樂其業，安其生。」還有什麼問題可談的？現代是這樣一個時候嗎？商人能安心做他的生意，學生能安心讀他的書，文學家能安心做他的文章嗎？正因為這時代從思想起，什麼事情都顛倒了，混亂了，所以才會發生這普遍的煩悶

胸中自有凌雲志

病，所以才有問題，否則認眞吃飽了飯沒有事做，大家甘心自尋煩惱不成？

我們來看看我們的病症。

第一個顯明的徵候是混亂。一個人群社會的存在與進行是有條件的。這條件是種種體力與智力的活動的和諧的合作，在這諸種活動中的總線索，總指揮，是無形跡可尋的思想，我們簡直可以說哲理的思想，它順著時代或領著時代規定人類努力的方面，並且在可能時給它一種解釋，一種價值的估定與意義的發見。思想的一個使命，是引導人類從非意識的以至無意識的活動進化到有意識的活動，這點子意識性的認識與覺悟，是人類文化史上最光榮的一種勝利，也是最透徹的一種快樂。果然是這部分哲理的思想，統轄得住這人群社會全體的活動，這社會就上了正軌：反面說，這部分思想要是失去了它那總指揮的地位，那就壞了，種種體力和智力的活動，就隨時隨地有發生衝突的可能，這重心的抽去是種種不平衡現象主要的原因。現在的中國就吃虧在沒有了這個重心，結果什麼都豁了邊，都不合式了。我們這老大國家，說也可慘，在這百年來，根本就沒有思想可說。從安逸到寬鬆，從寬鬆到怠惰，從怠惰到著忙，從著忙到瞎闖，從瞎闖到混亂，這幾個形容詞我想可以概括近百年來中國的思想史，——簡單說，它完全放棄了總指揮的地位。沒有了統系，沒有了目標，沒有了和諧，結果是現代的中國：一團混亂。

混亂，混亂，那兒都是的。因爲思想的無能，所以引起種種混亂的現象，這是一步。再從這種種的混亂，更影響到思想本體，使它也傳染了這混亂。好比一個人因爲身體軟弱才受外感，得了種種的病，這病的蔓延又回過來銷蝕

病人有限的精力，使他變成更軟弱了，這是第二步。經濟，政治，社會，那兒不是蹊蹺，那兒不是混亂？這影響到個人方面是理智與感情的不平衡，感情不受理智的節制就是意氣，意氣永遠是浮的，淺的，無結果的：因為意氣占了上風，結果是錯誤的活動。為了不曾辨認清楚的目標，我們的文人變成了政客，研究科學的，做了非科學的官，學生拋棄了學問的尋求，工人做了野心家的犧牲。這種種混亂現象影響到我們青年是造成煩悶心理的原因的一個。

這一個徵候——混亂——又過渡到第二個徵候——變態。什麼是人群社會的常態？人群是感情的結合。雖則盡有好奇的思想家告訴我們人是互殺互害的，或是人的團結是基本於怕懼的本能，雖則就在有秩序上軌道的社會裏，我們也看得見惡性的表現，我們還是相信社會的紀綱是靠著積極的情感來維繫的。這是說在一常態社會的天平上，情愛的份量一定超過仇恨的份量，互助的精神一定超過互害互殺的現象。但在一個社會沒有了負有指導使命的思想的中心的情形之下，種種離奇的變態的現象，都是可能產生了。

一個社會不能供給正當的職業時，它即使有嚴厲的法令，也不能禁止盜匪的橫行。一個社會不能保障安全，獎勵恆業恆心，結果原來正當的商人，都變成了拿妻子生命財產來做買空賣空的投機家。我們只要翻開我們的日報，就可以知道這現代的社會是常態是變態。籠統一點說，他們現在只有兩個階級可分，一個是執行恐怖的主體，強盜，軍隊，土匪，綁匪，政客，野心的政治家，所有得勢的投機家都是的，他們實行的，不論明的暗的，直接間接都是一種恐怖主義。還有一個是被恐怖的。前一階級永遠拿著殺人的利器或是類似的東西在威嚇著，壓迫著，要求滿足他們的私慾，後一階級永遠是在地上爬著，

發著抖，喊救命，這不是變態嗎？這變態的現象表現在思想上就是種種荒謬的主義離奇的主張。籠統說，我們現在聽得見的主義主張，除了平庸不足道的，大都是計算領著我們向死路上走的。這不是變態嗎？這種種變態現象影響到我們青年，又是造成煩悶心理的原因的一個。

這混亂與變態的觀眾又協同造成了第三種的現象——一切標準的顛倒。人類的生活的條件，不僅僅是衣食住；「人之異於禽獸者幾希」，我們一講到人道，就不能脫離相當的道德觀念。這比是無形的空氣，他的清鮮是我們健康生活的必要條件。我們不能沒有理想，沒有信念，我們真生命的寄託絕不在單純的衣食間。我們崇拜英雄！廣義的英雄——因為在他們事業上所表現的品性

1922年徐志摩在劍橋時的留影

裏，我們可以感到精神的滿足與靈感，鼓動我們更高尚的天性，勇敢的發揮人道的偉大。你崇拜你的愛人，因為她代表的是女性的美德。你崇拜當代的政治家，因為他們代表的是無私心的努力。你崇拜思想家，因為他們代表的是尋求真理的勇敢。這崇拜的涵義就是標準。時代的風尚儘管變遷，但道義的標準是永遠不動提的。這些道義的準則，我們問時代要求的是隨時給我們這些道義準則的個具體的表現。彷彿是在渺茫的人生道上給懸著幾顆照路的明星。但現代給我們的是什麼？我們何嘗

　　沒有熱烈的崇拜心？我們何嘗不在這一件事那一件事上，或是這一個人物那一個人物的身上安放過我們迫切的期望。但是，但是，還用我說嗎！有那一件事不使我們重大的迷惑，失望，悲傷？說到人的方面，那有比普遍的人格的破產更可悲悼的？在不知那一種魔鬼主義的秋風裏，我們眼見我們心目中的偶像像敗葉似的一個個全掉了下來！眼見一個個道義的標準，都叫醜惡的人性給沾上了不可清洗的污穢！標準是沒有了的。這種種道德方面人格方面顛倒的現象，影響到我們青年，又是造成煩悶心理的原因的一個。

　　跟著這種種徵候還有一個驚心的現象，是一般創作潛勁的消沉，這也是當然的結果。因為文藝創作活動的條件是和平有秩序的社會狀態，常態的生活，以及理想主義的根據。我們現在卻只有混亂，變態，以及精神生活的破產。這彷彿是拿毒藥放進了人生的泉源，從這裏流出來的思想，哪還有什麼真善美的表現？

　　這時代病的徵候是說不盡的，這是最複雜的一種病，但單就我們上面說到的幾點看來，我們似乎已經可以探得一點消息，至少我個人是這麼想。——那一點消息就是生命的枯窘，或是活力的衰耗。我們所以得病是為我們生活的組織上缺少了思想的重心，它的使命是領導與指揮。但這又為什麼呢？我的解釋，是我們這民族已經到了一個活力枯窘的時期。生命之流的本身，已經是近於乾涸了；再加之我們現得的病，又是直接尅伐生命本體的致命徵候，我怎麼能受得住？這話可又講遠了，但又不能不從本源上講起。我們第一要記得我們這民族是老得不堪的一個民族。我們知道什麼東西都有它天限的壽命；一種樹只能青多少年，過了這期限就得衰，一種花也只能開幾度花，過此就得死

（雖則從另一個看法，它們都是永生的，因爲它們本身雖得死，它們的種子還是有機會繼續發長）。我們這棵樹在人類的樹林裏，已經算得是壽命極長的了。我們的血統比較又是純粹的，就連我們的近鄰西藏滿蒙的民族都等於不和我們混合。還有一個特點是我們歷來因爲四民制的結果，士之子恆爲士，商之子恆爲商，思想這任務完全爲士民階級的專利，又因爲經濟制度的關係，活力最充足的農民簡直沒有機會讀書，因此士民階級形成了一種孤單的地位。我們要知道知識是一種墮落，尤其從活力的觀點看，這士民階級是特別墮落的一個階級，再加之我們舊教育觀念的偏窄，單就知識論，我們思想本能活動的範圍簡直是荒謬的狹小。我們只有幾本書，一套無生命的陳腐的文字，是我們唯一的工具。這情形就比是本來是一個海灣，和大海是相通的，但後來因爲沙地的脹起，這一灣水漸漸的隔離它所從來的海，而變成了湖。這湖原先也許還承受得著幾股山水的來源，但後來又經過陵谷的變遷，這部分的來源也斷絕了，結果這湖又乾成一隻小潭，乃至一小潭的止水，脹滿了青苔與萍梗，純遲遲的眼看得見就可以完全乾涸了去的一個東西。這是我們受教育的士民階級的相仿情形。現在所謂智識階級亦無非是這潭死水裏比較泥草鬆動些風來還多少吹得縐的一窪臭水，別瞧它矜矜自喜，可憐它能有多少前程？還能有多少生命？

所以我們這病，雖則徵候不止一種，雖然看來複雜，歸根只是中醫所謂氣血兩虧的一種本原病。我們現在所感覺的煩悶，也只見沉浸在這一窪離死不遠的臭水裏的氣悶，還有什麼可說的？水因爲不流所以滋生了水草，這水草的漲性，又幫助侵乾這有限的水。同樣的，我們的活力因爲斷絕了來源，所以發生了種種本原性的病症，這些病又回過來侵蝕本原，幫助消盡這點僅存的活力。

病性既是如此，那不是完全絕望了嗎？

　　那也不能這麼容易。一顆大樹的凋零，一個民族的衰歇，絕不是一朝一夕的事兒。我們當然還是要命。只是怎麼要法，是我們的問題。我說過我們的病根是在失去了思想的重心，那又是原因於活力的單薄。在事實上，我們這讀書階級形成了一種極孤單的狀況，一來因為階級關係它和民族裏活力最充足的農民階級完全隔絕了，二來因為畸形教育以及社會的風尚的結果，它在生活方面是極端的城市化，腐化，奢侈化，惰化，完全脫離了大自然健全的影響變成自蝕的一種蛀蟲，在智力活動方面，只偏向於纖巧的淺薄的詭辯的乃至於程式化的一道，再沒有創造的擴量的表示，漸次的完全失去了它自身的尊嚴以及統豁領導全社會活動的無上的權威。這一沒有了統帥，種種紊亂的現象就都跟著來了。

　　這畸形的發展是值得尋味的。一方面你有你的讀書階級，中了過度文明的毒，一天一天望腐化僵化的方向走，但你卻不能否認它智力的發達，只因為道義標準的顛倒以及理想主義的缺乏，它的活動也全不是在正理上。就說這一堂的翩翩少年——尤其是文化最發旺的江浙的青年，十個約有九個是弱不禁風的。但問題還不全在體力的單薄，尤其是智力活動本身是有了病，它只有毒性的戟刺，沒有健全的來源，沒有天然的資養。纖巧的新奇的思想不是我們需要的，我們要的是從豐滿的生命與強健的活力裏流露出來純正的健全的思想，那才是有力量的思想。

　　同時我們再看看佔我們民族十分之八九的農民階級。他們生活的簡單，腦

筋的簡單，感情的簡單，意識的疏淺，文化的定住，幾於使他們形成一種僅僅有生物作用的人類。他們的肌肉是發達的，他們是能工作的，但因為教育的不普及，他們智力的活動簡直的沒有機會，結果按照生物學的公例，因無用而退化，他們的腦筋簡直不行的了。鄉下的孩子當然比城市的孩子不靈，粗人的子弟當然比不上書香人的子弟，這是一定的。但我們現在為救這文化的性命，非得趕快就有健全的活力來補充我們受足了過度文明的毒的讀書階級不可。也有人說這讀書階級是不可救藥的了，希望如其有，是在我們民族裏還未經開化的農民階級。我的意思是我們應得利用這部分未開鑿的精力來補充我們開鑿過分的士民階級。講到實施，第一得先打破這無形的階級界限以及省分界限。通婚和婚是必要的，比較的說，廣東湖南乃至北方人比江浙人健全得多，鄉下人比城裏人健全得多，所以江浙人和北方人非得盡量的通婚，城市人非得與農人盡量的通婚不可。但是這話說著容易，實際上是極困難的。講到結婚，誰願意放棄自身的豔福，為的是渺茫的民族的前途上，那一個翩翩的少年甘心放著窈窕風流的江南女郎不要，而去鄉村裏找粗蠢的大姑娘作配，誰肯不就近結識血統逼近的姨妹表妹乃至於同學妹，而肯遠去異鄉到口音不相通的外省人中間去尋配偶？這是難的我知道。但希望並不見完全沒有——這希望完全是在教育上。第一我們得趕快認清這時代病無非是一種本原病，什麼混亂的變態的現象，都無非顯示生命的缺乏，這種種病，又都就是直接尅伐生命的，所以我們要為文化與思想的健全，不能不想方法開通路子，使這幾窪孤立的呆定的死水重複得到天然泉水的接濟，重複靈活起來，一切的障礙與淤塞自然會得消滅——思想非得直接從生命的本體裏熱烈的迸裂出來才有力量，才是力量。這過度文明的人種非得帶它回到生命的本源上去不可，它非得重新生過根不可。按著這個目

標，我們在教育上就不能不極力推廣教育的機會到健全的農民階級裏去，同時獎勵階級間的通婚。假如國家的力量可以干涉到個人婚姻的話，我們盡可以用強迫的方法叫你們這些翩翩的少年都去娶鄉下大姑娘，而同時把我們窈窕風流的女郎去嫁給農民做媳婦。況且誰知道，我們現在擇偶的標準本身就是不健全的。女人要嫁給金錢，奢侈，虛榮，女性的男子；男人的口味也是同樣的不妥當。什麼都是不健全的，喔，這毒氣充塞的文明社會。在我們理想實現的那一天，我們這文化如其有救的話，將來的青年男女一定可以兼有士民與農民的特長，體力與智力得到均平的發展，從這類健全的生命樹上，我們可以盼望吃得著美麗鮮甜的思想的果子！

　　至於我們個人方面，我也有一部分的意見，只是今天時光侷促了怕沒有機會發揮，但總結一句話，我們要認清我們是什麼病，這病毒是在我們一個個你我的身體上，血液裏，無容諱言的，只要我們不認錯了病多少總有辦法。我的意見是要多多接近自然，因為自然是健全的純正的影響，這裏面有無窮盡性靈的滋養與啓發與靈感。這完全靠我們各個人自覺的修養。我們先得要立志不做時代和時光的奴隸，我們要做我們思想和生命的主人，這暫時的沉悶決不能壓倒我們的理想，我們正應得感謝這深刻的沉悶，因為在這裏，我們才感悟著一些自度的消息，如我方才說的，我們還是得努力，我們還是得堅持，我們的態度是積極的。正如我兩年前〈落葉〉的結束是喊一聲，Everlasing yes，我今天還是要你們跟著我來喊一聲Everlasting Yes.

說明

　　〈秋〉是徐志摩於一九二九年在國立暨南大學的一篇講演稿；他遇難後的第二天（一九三一年十一月二十日）由趙家璧交給豆友圖書公司付排，列為該公司一角叢書第十三種。趙家璧在〈篇前〉說：〈志摩的秋〉，是前年在暨南大學的講演稿，從未在社會刊物上發表過，這是一篇極美的散文，也可說是他對於中國思想界發表的一點切實可取的意見。原稿在今夏交給我，原題為〈秋聲〉，他說聲字不要他，因而成了現在的書名。……

附錄一
談志摩的散文
（梁實秋）

　　我一向愛志摩的散文。我和葉公超一樣，以為志摩的散文在他的詩以上。志摩的可愛處，在他的散文裏表現最清楚最活動。我現在談談志摩的散文的妙處。

　　志摩的散文，無論寫的是什麼題目，永遠的保持一個親熱的態度。我實在找不出比「親熱的」更好的形容詞。他的散文不是板起面孔來寫的，──他這人根本就很少有板面孔的時候。他的散文裏充滿了同情和幽默。他的散文沒有教訓的氣味，沒有演講的氣味，而是像和知心的朋友談話。無論誰，只要一讀志摩的文章。就不知不覺的非站在他的朋友的地位上不可。志摩提起筆來，毫不矜持，把他心裏的話真掏出來說，把他的讀者當做頂親近的人。他不怕得罪讀者，他不怕說寒傖話，他不避免土話，他也不避免說大話，他更盡量的講笑話，總之，他寫起文章來真是痛快淋漓，使得讀者開不得口，只有點頭只有微笑只有傾服的份兒！他在文章裏永遠不忘記他的讀者，他一面說著話，一面和

你指點和你商量，真跟好朋友談話一樣，讀志摩的文章的人，非成為他的朋友不可。他的散文有這樣的魔力！例是無須舉的，因為例太多。沒有細心咀嚼過志摩的散文的人，我勸他看自剖、再剖、求醫、想飛、迎上前去（俱在自剖文集裏），他將不僅在這幾篇文章裏感覺文章的美，並且還要在字裏行間認識出一個鮮龍活虎般的人。

　　文章寫得親熱，不是一件容易事，這不是能學得到的藝術。必須一個人的內心有充實的生命力，然後筆鋒上的情感才能逼人而來。據我看，有很多人都有模仿志摩的筆調的樣子，但是模仿得不像，有時還來得嘔人，因為魄力不夠而只在外表上學得一些志摩的Mannerism自然成為無聊的效顰。志摩的散文有很明顯的Mannerism（這個字不好譯，意思是文體上一個人所特有的種種毛病），但是除此之外，他還有他的風調（Style）。風調是模仿不來的。只有志摩能寫出志摩的散文。

　　志摩常說他寫文章像是「跑野馬」。他的意思是說，他寫起文章來任性，信筆拈來，扯到山南海北，兜了無數的圈子，然後好費事的才回到本題。他的文章真是「跑野馬」；但是跑得好。志摩的文章本來用不著題目，隨他寫去，永遠有風趣。嚴格的講，文章裏多生枝節（Digression）原不是好處，但是有時那枝節本身來得妙，讀者便全神傾注在那枝節上，不回到本題也不要緊。志摩的散文幾乎全是小品文的性質，不比是說理的論文，所以他的「跑野馬」的文筆不但不算毛病，轉覺得可愛了。我以為志摩的散文優於他的詩的緣故，就是因為他在詩裏為格局所限不能「跑野馬」，以至於不能痛快的顯露他的才華。

「跑野馬」不是隨意胡寫的意思。志摩的文章無論扯得離題多遠，他的文章永遠是用心寫的。文章是要用心寫要聚精會神的寫才成。我記得胡適之先生第一集文存的序裏好像有這麼一句：「我這集裏沒有一篇文章不是用心做的。」我最佩服這個態度。不用心寫的文章，發表出來是造孽。胡先生的文章之用心，偏向於思想方面處較多於散文藝術方面；志摩的用心，卻大半在散文藝術方面。志摩在輪盤自序裏說：「我敢說我確是有一心想把文章當文章寫的一個人。」我最佩服這個態度。輪盤集裏有兩篇濃得化不開，志摩寫好了之後有一次讀給我聽，我覺得志摩並不善於讀，但是他眞眞用心的讀，眞鄭重的讀。想見他對於他的作品是用心的。誠然，他有許多文章都是爲了報紙雜誌逼出來的，並且在極短的時候寫出來的，但是這不能證明他不用心。文章的潦草並不能視所用時間長短而定，猶之是不能視底稿上塗改的多少而定。志摩的文章往往是傾刻而就，但是誰知道那些文章在他的腦子裏盤旋了幾久？看他的自剖和巴黎的鱗爪，選詞造句，無懈可擊。志摩的散文有自覺的藝術（Conscious workmanship）。

志摩的天才是多方面的，詩，戲劇，小說，散文，他全來得。記得約翰孫博士讚美他的朋友高爾斯密好像有這麼一句：（There is nothing that he did not touch, and he touched nothing that he did not adorn.）大意是「沒有一件事他沒有幹過，他也沒有幹過一件他沒幹好的事。」志摩之多才多藝，正可受這樣的一句讚美。不過我覺得在他所努力過的各種文學體裁裏，他最高的成就是在他的散文方面。

（原載：《新月》第四卷第一期）

附錄二
浪漫情懷總是詩
——談徐志摩的愛情生活
（陳信元）

　　梁實秋曾在一篇序文中提到：「徐志摩值得令我們懷念的應該是他的那一堆作品，而不是他的婚姻變故或風流韻事。……徐志摩的文名幾乎被他的風流韻事所掩。……」　（劉心皇著《徐志摩與陸小曼》序）梁文中也分析了徐志摩的戀愛，格外引人入勝的原因，那要歸結到人的好奇心，和喜談別人私事的根性；徐志摩與陸小曼近似才子佳人的浪漫傳奇，就因此被加枝添葉的敷衍起來。站在學術研究的立場，我們希望從詳實的記載中，去了解徐志摩的戀愛與婚姻，進一步認識徐志摩這個人。

　　近年來，徐志摩的作品已編印有完善的「全集」。梁錫華又在世界各地收集他散佚的詩文，先後編著《徐志摩英文書信集》、《徐志摩詩文補遺》，並用新資料寫成《徐志摩新傳》及若干論文，使我們對徐志摩的詩文、人格、愛

情生活都有更深一層的認識。徐志摩在新文學史上，無疑的佔有一席之地，我們除了從他的作品去認識他以外，自然也希望從他的生活點滴描繪出他多采多姿的一生。文中三位女主人翁，一是他的元配夫人張幼儀，一是政界名人林長民的女兒林徽音，一是陸小曼。

張幼儀

張幼儀，名嘉玢，寶山人。他的哥哥張君勱，是民社黨主席；另一位哥哥張嘉璈在上海銀行界享有盛名。一九一五年，張幼儀十八歲，奉父母之命與二十歲的徐志摩結婚，據鄂公《別記》的描述：她「線條甚美，雅愛淡裝，沉默寡言，秀外慧中，親故多樂於親近之，然不呼其名，皆以二小姐稱之。」

一九一八年春，徐氏夫婦的第一個兒子積鍇生於家鄉硤石，這年八月，徐志摩拋捨下家庭、妻子，由上海搭輪赴美，進入麻州克拉克大學就讀。一九二〇年秋，他得到哥倫比亞大學文學碩士學位，即啓程前往英國，得狄更生介紹，進入劍橋大學王家學院，做個隨意選課聽講的特別生。是年冬，張幼儀也到英國倫敦來了，兩人在離康橋六英里的沙士頓租了房子同住。當時，徐志摩正陷入另一張情網，他苦苦追求才

1916年徐志摩應父命與年僅16歲的張幼儀成婚

女林徽音，想得到她爲終身伴侶，而始終沒有得到林小姐肯定的允諾。翌年秋天，張幼儀在現實環境的壓力下，隻身赴德求學。又次年，志摩赴柏林會夫人，二月下旬復得一子，取名德生，三月間由吳經熊、金岳霖作證，與張幼儀離婚。

在徐志摩尚未赴柏林之前，他曾致函張幼儀，提出離婚要求，中有如下數語：「彼此有改良社會之心，彼此有造福人類之心，其先自作榜樣，勇決智斷，彼此尊重人格，自由離婚，止絕苦痛，始兆幸福，皆在此矣。」（引自胡適〈追悼志摩〉）他認爲只有自己從奮鬥中追求，才能得到眞生命、眞幸福、眞戀愛。這年十月，徐志摩自英倫回國，他的家庭對離婚一事非常不諒解，但他卻和已離婚的夫人通信更勤，感情更好。徐志摩的雙親不忍其媳婦離開徐家，遂認她爲寄女。

直到一九二五年，張幼儀一直留在柏林。這年三月，徐志摩決定到歐洲

張幼儀的臥室（與徐志摩離婚後，徐申如收張爲女，就住於此）

做「感情作用」的旅行，十九日，其次子德生（彼得）患腹膜炎死於柏林，他於二十六日趕到柏林，已不及見最後一面。在徐志摩於三月二十六日給小曼的信中，他提到：「（指張幼儀）可是一個有志氣

有膽量的女子，她這兩年來進步不少，獨立的步子已經站得穩，思想確有通道；……她現在眞是『什麼都不怕』，將來準備丟幾個炸彈，驚驚中國鼠膽的社會，你們看著吧！」這個晚上，徐志摩曾陪著張幼儀看歌劇「茶花女」解悶。她說志摩：「只到歐洲來了一雙腳，『心』有別用的。」

　　一九二六年秋天，張幼儀自德國返國，任教於北京，十二月，徐志摩雙親到北京，由她迎養。志摩十二月十四日給她的信上，曾說：「你們那一小家庭，雖是新組織，聽來倒是熱鬧而且有精神，我們避難人聽了十分羨慕。……」一九二七年夏天，梁實秋曾在上海見到張幼儀，她在靜安寺路開設雲裳公司，這是中國第一個新式的時裝公司，營業狀況盛極一時。這時候，徐志摩已和陸小曼結婚，卻常在張幼儀的住所進進出出，張幼儀對他仍是噓寒問暖，沒有任何芥蒂。她落落大方的風度、樸實幹練的處世待人態度，給人很好的印象。張幼儀在上海，並曾創辦上海女子商業儲蓄銀行，自任董事長兼經理。抗戰勝利後，她以民社黨中執委的身分，管理該黨的財物，是民社黨的風雲人物之一。

　　大陸淪陷後，張幼儀避難到香港，結識中醫蘇季子，二人於一九五三年八月初，由香港飛赴東京結婚，締結一段良緣。

林徽音

　　一九二〇年秋，徐志摩離開美國赴英倫，進入倫敦大學政治經濟學院就讀。在倫敦的中國人中，他首先認識了陳源，然後又見到政壇名人林長民及

他十六歲的女兒林徽音。林徽音的出現，使徐志摩深陷情惘而不能自拔。他在情感、功課雙重的壓力下，乾脆不去上課。不久後，林徽音離開倫敦到蘇格蘭讀書；徐志摩遂和林長民一起參加國際聯盟協會（League of Nations Union），在那裏認識狄更生，並由他介紹轉到劍橋王家學院就讀。

一九二一年，林徽音隨父親回國；這一年三月，徐志摩在柏林和原配夫人張幼儀離婚；十月間離英回國，他回國可說完全是為了林徽音，奈何落花有意，流水無情，林徽音在回國不久後，已答應做梁啓超家的媳婦。梁啓超並不主張他的兒子梁思成和林徽音立刻舉行什麼儀式，他要他們到美國先完成學業，進一步才訂婚、結婚。梁錫華曾分析了梁啓超這個奇特的決定，他說：「梁啓超是深知志摩對林徽音的感情的，對林徽音這個曾在西歐生活，深識自由戀愛的女子也不無顧慮。他怕徐、林二人重拾舊歡，那麼梁家就會大失面子了。他要採取靜觀之策。另外，梁啓超賞識疼愛志摩如自己的子姪，他怕自己兒子和林徽音正式訂婚會使志摩太受打擊，他盼望志摩的心頭創傷，由時間老人慢慢治癒。」（《徐志摩新傳》頁四六─四七）

一九二四年，印度詩哲泰戈爾訪華期間，徐志摩和林徽音多次同任嚮導，頓有形影不離之態。他兩人又和新月社同仁排練泰戈爾短劇《齊德拉》，常有見面的機會，但林徽音既已答應做梁家媳婦，志摩的追求自是於事無補，徒增惆悵而已。志摩曾有一封未完的情書，本擬送交給林徽音，今卻存泰戈爾的英籍助手兼秘書恩厚之手中，全文如下：

我真不知道我要說的是什麼話，我已經好幾次提起筆來想寫，但是每次總

1924年4月泰戈爾（右3）與林長民（左3）、林徽音（右2）、梁思成（左1）、徐志摩（右1）等合影

是寫不成篇。這兩日我的頭腦只是昏昏沉沉的，開著眼閉著眼都只見大前晚模糊的淒清的月色，照著我們不願意的車輛，遲遲的向荒野裏退縮。離別！怎麼的能叫人相信？我想著了就要發瘋。這麼多的絲，誰能割得斷？我的眼前又黑了！

　　據恩厚之說：志摩對林徽音一直癡心不斷，到了一九二五、一九二六年之間，志摩忽然接到林徽音消息，說她亟盼收到他的信。志摩在既喜且急之餘，馬上拍電報作覆，但最後卻發現林徽音是跟他開玩笑。他大大不悅，自此之後，對林徽音才完全死了心，並寫下了〈拿回吧，勞駕，先生〉一詩以誌其事，用「南湖」筆名發表，全詩如下：

啊，果然有今天，就不算如願，

她這「我求你」也就夠可憐！

「我求你，」她信上說，「我的朋友，

給我一個快電，單說你平安，

多少也叫我心寬。」叫她心寬！

扯來她忘不了的還是我——我

雖則她的傲氣從不肯認服；

害得我多苦，這幾年叫痛苦

林徽音

帶住了我，像磨麵似的盡磨！
還不快發電去，傻子，說太顯──
或許不便，但也不妨佔一點
顏色，叫她明白我不曾改變，
咳何止，這爐火更旺似從前！

我已經靠在發電處的窗前，
震震的手寫來震震的情電，
遞給收電的那位先生，問這
該多少錢，但他看了看電文，
又看了我一眼，遲疑的說：「先生，
您沒重打吧？方才半點鐘前，
有一位年輕的先生也來發電，
那地址，那人名，全跟這一樣，
還有那電文，我記得對，我想，
也是這……先生，你明白，反正
意思相似，就這簽名不一樣！」
「嗯，是嗎？噢，可不是，我真是昏！
發了又重發！挐回吧，勞駕，先生。」

　　林徽音與梁思成於一九二七年年底訂了婚，是年，林二十三歲，梁二十六歲；林為美國本薛文尼亞大學建築學學士，耶魯大學戲劇科畢業。梁為美國本薛文尼亞大學建築學碩士。翌年三月，他們在加拿大結婚。這個月十日，由徐

志摩主編的《新月月刊》創刊，他曾邀請林徽音在這個刊物發表過詩作。

 陸小曼

陸小曼，名眉，江蘇常州人。幼時聰明活潑，在上海讀幼稚園，八九歲時隨母親到北平，與父親陸定住在一起。後來，進入北平法國聖心學堂讀書，其父又聘英籍女教員教授她英文，到她十五六歲，英文論文、信札，已能意到筆隨，平時手不釋卷，那些名人著作，什九都已讀過，同時她兼習法文，因之英法語言，都講得非常流利。

小曼在未結婚前，是北平交際界名花，她不僅是跳舞能手，更能唱一口漂亮的京戲。磊菴在〈陸小曼與徐志摩豔史〉中（按：此資料由陸小曼其弟陸效冰供給，可信度極高）說：「這時候，外交部常舉行交際舞會，小曼是跳舞能手，假定這天舞池裏沒有她的倩影，必使闔座為之不歡。中外男賓，固然為之傾倒，就是中外女賓，好像見了她，也目眩神迷似的，必欲與之言而後快。而她的舉措既得體，發言又溫柔，儀態萬方，無與倫比，所以同她父親和母親求婚的，先後不知有多少？她父母總是婉言拒卻，不肯把這一顆掌上明珠，輕易許人。」一九二〇年，小曼的母親才決定將她許配給王賡，一位剛從美國西點軍校畢業回國的青年才俊。

王賡與陸小曼結婚後數年，認識了徐志摩，彼此相處得很好。王氏夫婦於週末和星期日，常和徐志摩及其它朋友，一起到飯店跳舞，或遊西山，或看京戲等等，大夥盡情的玩樂。但是，在假期外，王賡總是手不釋卷的研究各種

問題。徐志摩則不管假期不假期，時常去找王賡夫婦，邀請他們跳舞，或做其他遊樂，王賡自然是不參加，他往往說：「志摩，我忙，我不去，叫小曼陪你去玩吧！」王賡沒想到徐志摩和陸小曼會背著他去談戀愛。不久，北京當局發表王賡爲哈爾濱的員警廳廳長，他上任時，把陸小曼寄住在北京母家。這時，徐志摩與陸小曼形影不離，如膠似漆的過著熱戀的生活。在陸小曼的《愛眉小札》序文中，她曾說：「在我們初次見面的時候（說來也十年多了），我是早已奉了父母之命媒妁之言同別人結婚了，雖然當時也癡長了十幾歲的年齡，可是性靈的迷糊竟和稚童一般。婚後一年多才稍懂人事，明白兩性的結合不是可以隨便聽憑別人安排的，在性情與思想上不能相謀而勉強結合是人間最痛苦的一件事。……這樣的生活一直到無意間認識了志摩，叫他那雙放射神輝的眼睛照徹了我內心的肺腑，認明了我的隱痛，更用真摯的感情勸我不要再騙人欺己中偷活，不要自己毀滅前程，他那種傾心相向的真情，才使我的生活轉換了方向，而同時也就跌入了戀愛了。於是煩惱和痛苦，也跟著一起來。」從《小曼日記》中可發現徐志摩的「真」，正是吸引陸小曼的重要因素之一，她曾說：「……我也明白他，我也認識他是一個純潔天真的人，他給我的那一片純潔的真，使我不能不還給他一個整個的永沒有給過別人的愛的。」郁達夫在〈懷四十歲的志摩〉一文，即說：「忠厚柔豔如小曼，熱情誠摯若志摩：遇合在一道，自然要發放火花，燒成一片，那裏還顧得到綱常倫教？更那裏還顧得到宗法家風？……」郁達夫並說他佩服志摩的純真，與小曼的勇敢。

志摩、小曼的戀愛事件，終不免在北京的社交界招引閒言閒語，以致鬧得滿城風雨。一九二五年三月，徐志摩不得已決定到歐洲旅行，避避鋒頭，並想

順道去探視臥病的印度詩哲泰戈爾。在徐志摩歐遊期間，他有十一封給小曼的信，小曼也應志摩的要求，記下日記二十篇，小曼的日記約略可歸納出下列的重點：

（1）她的日記是向志摩說話，親近志摩的方法。
（2）怨恨丈夫的情緒，都如實寫在日記裏。
（3）怨父母不能了解她與志摩的戀愛，在日記中時露不滿之詞。
（4）想念志摩的話，向志摩訴苦、訴說自己的勇氣。

徐志摩這趟歐洲行，到過蘇俄、德國、英國、義大利、法國、瑞士等國，在七月間接到小曼病重的信，倉促起程返國。八月六日，他曾偕陸小曼與林長民同遊瀛臺宮湖。九日，他開始寫日記，記載與小曼相戀的經過和心情，寫好了當信一樣拿給小曼看，這就是膾炙人口的《愛眉小札》，日記一開頭就寫道：「『幸福還不是不可能的』，這是我最近的發現。」

一九二六年陰曆七月七日（國曆八月十四日），傳說中牛郎會織女的日子，徐志摩和陸小曼終於排除阻礙訂婚了，席設北海董事會，到有賓客百餘人。這年陰曆八月二十七日（國曆十月三日），兩人在北海結婚，由志摩的老師梁啓超證婚，胡適做介紹人。梁在致證婚詞時，將一對新人訓戒了一番，滿座為之失色。據參加婚禮的人士事後的回憶：當天，梁任公可是展足了威風，他以嚴師的身分訓誡志摩說：「徐志摩，你這個人性情浮躁，所以在學問方面沒有成就；你這個人用情不專，以致離婚再娶，……以後務要痛改前非，重新做人！」另外，也向一對新人殷殷告誡：「你們都是離過婚，重又結婚的，都

是用情不專，以後要痛自悔悟，……祝你們這次是最後的一次結婚！」

　　梁任公對志摩小曼的婚姻，極不滿意，一來陸小曼的原任丈夫王賡，也是任公的學生。二來，志摩與原配張幼儀離婚時，梁任公就曾寫一封長信勸他，不要將自己的快樂，建立在他人的痛苦之上。由於以上的理由，梁任公極反對這件婚事，他曾在婚禮翌日寫給子女的信中，談到此事。信中說：「我昨天做了一件極不願意做之事，去替徐志摩證婚。他的新婦是王受慶（即：王賡）夫人，與志摩戀愛上，才和受慶離婚，實在是不道德之極。我屢次告誡志摩而無效，胡適之、張彭春苦苦為他說情，到底以姑息志摩之故，卒徇其請。我在禮堂演說一篇訓詞，大大教訓一番，新人及滿堂賓客無不失色，此恐是中外古今所未聞之婚禮矣。……」這一封附上婚禮演說訓詞的信，梁任公特地要梁思成、林徽音也看看。

　　婚後，徐志摩偕小曼離開北京，暫時寄寓上海新新旅館，十一月中旬搬回硤石。十二月，孫傳芳戰事起，曾避兵上海；是時，徐志摩的父母並不諒解此門親事，已先到北京，由張幼儀迎養。磊菴對志摩婚後的生活情形，有詳細的敘述，茲擇要引錄：「小曼養尊處優，在北平就是出了名會花錢的小姐，既嫁志摩之後，依然不事收斂。……不久以後，志摩便在上海光華大學教授英文，同

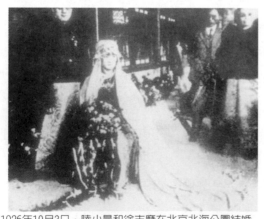

1926年10月3日，陸小曼和徐志摩在北京北海公園結婚

時在法租界花園別墅租好一座精緻房屋，接小曼居住。」「小曼在未結婚前，上海已譽爲交際花。後隨志摩到滬，更是名滿江南。當時有些闊太太，爲募捐賑濟而演義務戲，曾親自登門，請他出來幫忙。……在上海上流社會中，無分男女，聞小曼之名咸欲一覩顏色以爲榮，而且每次義演，儘管有多少位名票在前，也必推她壓軸，其實她於平劇一道，並無眞實功夫，僅是在北平拾到一點牙慧，既沒拜個老師，又沒做過票友，這總是因生得漂亮，豔名轟傳，先聲奪人。惟她喜歡平劇倒是眞的，尤喜歡捧坤伶，……她平日撥撒已慣，對於捧角，更是一擲千金，毫無吝嗇。」

1926年10月3日，徐志摩與陸小曼正式結婚，梁啓超做了被譽為「前無古人，後無來者」的證婚詞

　　志摩和小曼婚後，生活並不如戀愛時所想像的美麗。他承認自己的生活失敗，詩作中的情調，也暗慘的可怕。胡適說他：「冒了絕大的危險，費了無數的麻煩，犧牲了一切平凡的安逸，犧牲了家庭的親誼和人間的名譽，去追求，去試驗一個『夢想之神聖境界』，而終於免不了慘酷的失敗。……」胡適稱他的失敗是「一個單純的理想主義者的失敗」。梁實秋在〈談徐志摩〉裏也說：「志摩臨死前幾年的生活確是瀕臨腐爛的邊緣，不是一個敏感的詩人所能忍受的，所以他毅然決然的離開上海跑到北平。……」

　　一九三一年，徐志摩因飛機失事遇難後，小曼遭受的打擊甚大；雖然她沒

有再嫁，但卻和翁瑞午秘密同居。翁是世家子，家中收藏書畫甚多。小曼天性愛美，且喜繪畫，翁則時時慨贈名畫，以博佳人歡心。他又常教小曼吸食阿芙蓉（鴉片）、打牌，志摩生前愛小曼至深，只要小曼喜歡的事，他都一味姑息。志摩曾說：「投資到『愛的理想』上去，它的利息是性靈的光采，愛是建設在相互的忍耐與犧牲上面的。」志摩為小曼的付出極大，到頭來卻不免有了幻滅之感，無怪乎梁實秋舉西洋浪漫派的文學家雪萊、拜倫、盧梭等人為例說他們「都是一生追逐理想的生活，而終於不可得。他們愛的不是某一個女人，他們愛的是他們自己內心中的理想。」志摩一生中所追求的也正是這種「浪漫的愛」。志摩始終抱著決心，要改造小曼的思想；他以為小曼的揮霍和玩樂，是由於苦悶的發洩，只要苦悶一去，自會改變，他以為小曼只要脫離舊日環境跟他結婚，他就有絕對的影響力，使她成為中國的伊莉莎白白朗寧。然而，他的小曼，只是他個人一廂情願的幻象。小曼雖聰明，又多才多藝，但她不甘寂寞，生活上揮霍無度，喜歡上舞場、逛戲園、捧坤伶、抽鴉片煙，身體又多病，做為這樣一個女子的丈夫，徐志摩再會掙錢，終不免於捉襟見肘之窘狀。大陸易幟後，小曼身陷鐵幕，生活極為困窘，一九五六年，得到生平第一份工作，任上海文史館館員。一九五八年，成為上海中國畫院專業畫師，並參加上海美術家協會。一九五九年，任上海人民政府參事室參事，被全國美協評為「三八紅旗手」。一九六五年四月，因病死於上海，享年六十二歲。

結語

　　徐志摩的一生追求理想的生活，他之求與原配夫人離婚，也是追求理想的表現。他要從自由中得到眞生命、眞幸福、眞戀愛，而不是缺乏愛情基礎的婚姻。林徽音是徐志摩心目中的愛侶，她卻使志摩嚐到「初戀的痛苦」，梁錫華曾論到徐志摩在這一段時期的文學創作，「不論是詩作或翻譯，都有不少顯然是受愛情折磨而流露的極端情緒，這表現在一時是悲懷莫罄，灰心失望；一時是尼采式的決志苦鬥，視死如歸，大有不獲佳人，誓不收兵的氣概。……」徐志摩與陸小曼的結合，對詩人而言，顯然是錯誤的估計，但一切的惡果，都出自志摩手撒的種籽，怪得了誰呢？陸家的人曾說：「志摩害了小曼，小曼也害了志摩，兩人是互爲因果的！」

徐志摩之墓

《本文主要參考資料》

《徐志摩年譜》，收入《徐志摩全集》，傳記文學出版社，一九六九年。

劉心皇著《徐志摩與陸小曼》，大漢出版社，一九七八年。

梁錫華著《徐志摩新傳》，聯經出版事業公司，一九七九年。

劉思慧編《美麗與哀愁──一個眞實的陸小曼》，北京：東方出版社，二○○六年。

國家圖書館出版品預行編目資料

徐志摩散文／陳信元編著.
－－第一版－－臺北市：宇河文化 出版；
紅螞蟻圖書發行，2008.5
面 ； 公分－－(Reading；7)
ISBN 978-957-659-666-7（平裝）

855   97004850

Reading 7

徐志摩散文

編　　選／陳信元
美術構成／Chris' office
校　　對／朱慧蒨、楊安妮、陳信元
發 行 人／賴秀珍
總 編 輯／何南輝
出　　版／宇河文化 出版有限公司
發　　行／紅螞蟻圖書有限公司
地　　址／台北市內湖區舊宗路二段121巷19號（紅螞蟻資訊大樓）
網　　站／www.e-redant.com
郵撥帳號／1604621-1　紅螞蟻圖書有限公司
電　　話／(02)2795-3656（代表號）
傳　　真／(02)2795-4100
登 記 證／局版北市業字第1446號
法律顧問／許晏賓律師
印 刷 廠／卡樂彩色製版印刷有限公司
出版日期／2008年 5 月　第一版第一刷
　　　　　2017年 8 月　　　　第三刷

定價 280 元　　港幣 93 元

ISBN　978-957-659-666-7　　　　　　**Printed in Taiwan**